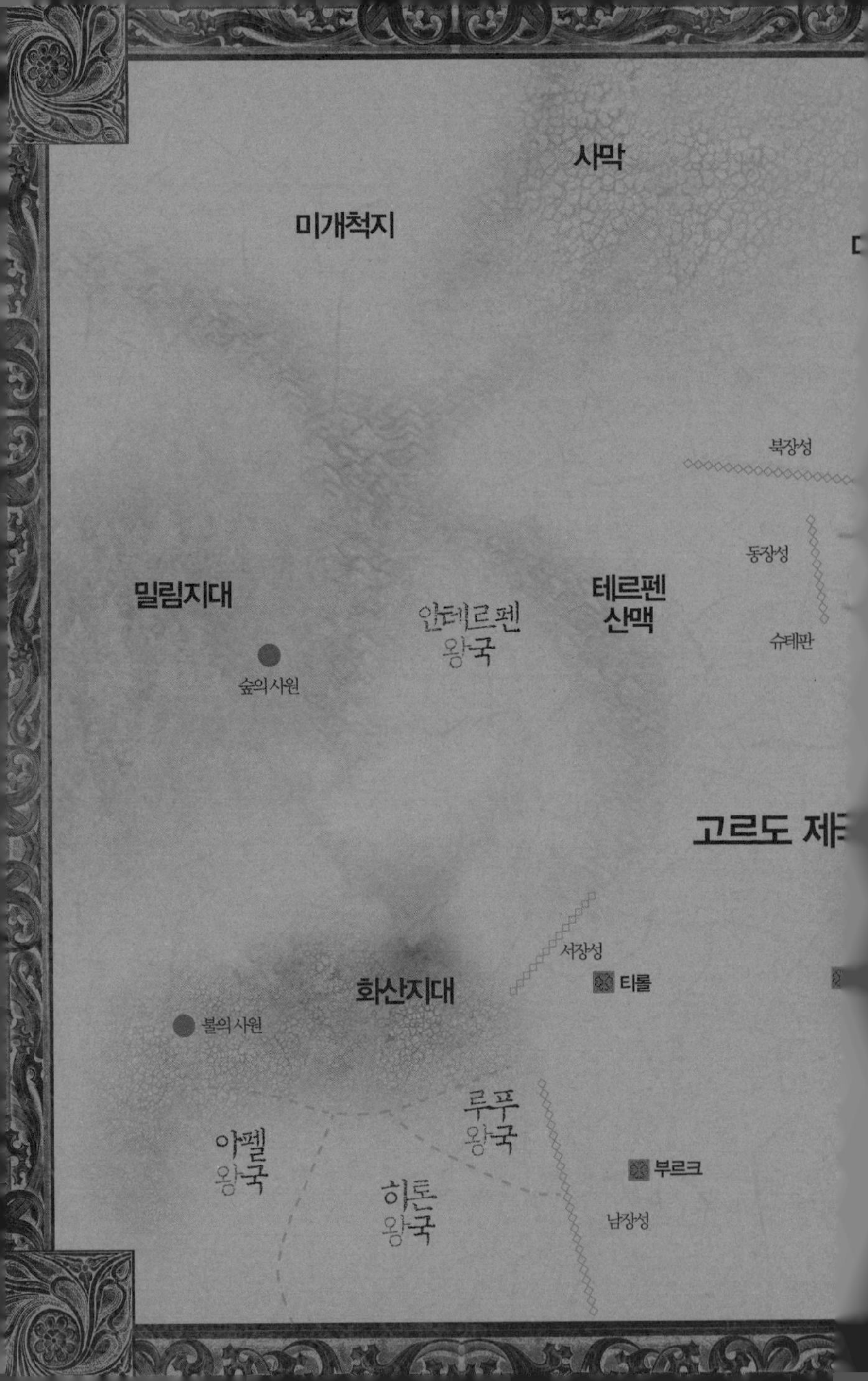
사막
미개척지
북장성
동장성
밀림지대
테르펜
산맥
안테르펜
왕국
슈테판
숲의 사원
고르도 제
서장성
티롤
화산지대
불의 사원
루푸
왕국
아펠
왕국
부르크
하론
왕국
남장성

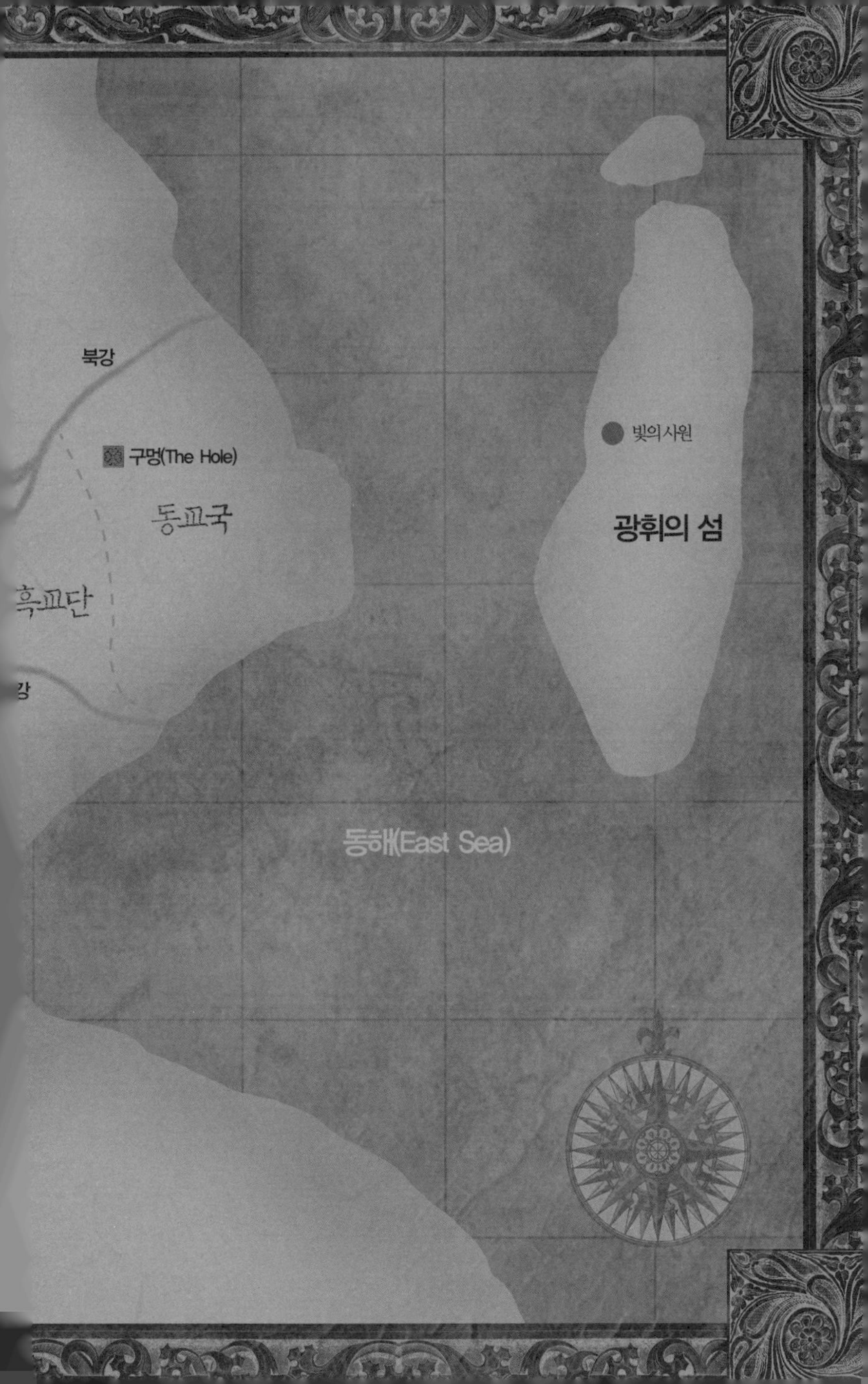
북강
구멍(The Hole)
동교국
흑교단
강
빛의 사원
광휘의 섬
동해(East Sea)

Shapiro

샤피로

14

쥬논 판타지 장편소설

FANTASY STORY & ADVENTURE

dream books
드림북스

샤피로 14(시즌 2 : 불과 어둠) - 완결 -
사대신수

초판 1쇄 인쇄 / 2015년 1월 22일
초판 1쇄 발행 / 2015년 1월 30일

지은이 / 쥬논

발행인 / 오영배
책임편집 / 편집부
펴낸 곳 / (주)삼양출판사 · 드림북스

주소 / 서울특별시 강북구 솔샘로67길 92
대표 전화 / 02-980-2112 팩스 / 02-983-0660
편집부 전화 / 02-980-2116 팩스 / 02-983-8201
블로그 / blog.naver.com/dreambookss

등록번호 / 제9-00046호
등록일자 / 1999년 3월 11일

값 8,000원

ISBN 978-89-542-5828-9 (04810) / 978-89-542-3827-4 (세트)

* 지은이와 협의하에 인지는 생략합니다.
* 잘못된 책은 구입한 곳에서 바꾸어 드립니다.

이 도서의 국립중앙도서관 출판시도서목록(CIP)은 서지정보유통지원시스템홈페이지
(http://seoji.nl.go.kr)와 국가자료공동목록시스템(http://www.nl.go.kr/kolisnet)에서
이용하실 수 있습니다. **(CIP제어번호: 2015001791)**

Shapiro

샤피로

쥬논 판타지 장편소설

FANTASY STORY & ADVENTURE

14

사대신수

dream books
드림북스

샤피로
Shapiro

Contents

⊙ 지난 사건들 요약

시즌 1: 두 개의 세상

〈22세〉

1월, 이건호 시점: 카이스트 4학년에 재학 중인 평범한 학생이다. 현실보다 더 생생한 악몽(?) 때문에 미쳐 버리기 직전이다.

3월, 샤피로 시점: 암흑교단의 교도이자 북부의 암귀 1713번 샤피로는 동교국 소속 성기사와 몽크들의 기습 공격을 받아 위기에 빠진다. 금단 마법 가운데 하나인 타란툴라의 원혼을 사용해서 적들을 간신히 물리치긴 하지만, 그 대가로 목숨을 잃는다. 죽음 후 샤피로는 흑고양이의 심장 마법으로 부활해서 동교국의 수습기사 프람이 된다.

11월, 샤피로 시점: 동교국에서 정식 성기사로 서임을 받은 샤피로는 파트너인 롬바와 함께 부르크 공작령에 도착한다. 그곳에서 샤피로는 암흑교단의 사제 3명을 추살하는 등 큰 공을 세운다. 하지만 샤피로의 진짜 목적은 동교국을 위해 공을 세우는 것이 아니라, 잃어버린 기억을 되찾는 것이다. 과거의 실마리를 찾기 위해 수소문을 하던 중 샤피로는 암흑교단의 4개의 머리, 즉 4대교조 가운데 한 명인 샤늘루루의 신물(붉은 여우의 다리)을 얻는다. 그즈음 부르크 공작령엔 변화의 바람이 불어닥친다. 갑작스런 공작의 서거 이후 그 후손들은 체켄파와 잘츠파로 나뉘어 본격적인 권력 투쟁에 돌입하고, 샤피로도 그 소용돌이에 휘말린다. 우여곡절 끝에 잘츠파에 합류한 샤피로는 여섯 꽃잎 장미(Six-Petaled Rose) 총사단과 함께 부르크 내성에 침투한다. 그곳에서 샤피로는 상대편의 핵심 인물인 체켄 공자에게 치명상을 입히고, 이어서 이락 우화를 발견한다. 이락 우화엔 샤피로의 잃어버린 기억을 되찾을 실마리가 담겨 있다.

11월, 이건호 시점: 미국 스탠포드 대학에 유학을 가기로 결심한다.

〈23세〉

1월, 이건호 시점: 스탠포드 대학 기숙사에서 쟈오 가오린을 만난다.

1월, 샤피로 시점: 부르크 저택에 잠입했다가 함정에 빠진다. 목숨이 위험한 순간, 샤피로는 세계의 벽을 뛰어넘어 이건호와 시야를 공유하는 놀라운 경험을 한다.

2월, 샤피로 시점: 고르도 제국의 황제 버힐 4세는 내전에 휘말린 부르크 공작령을 안정시키기 위해 제국 4군단을 파병한다. 샤피로와 SPR 총사단은 황제의 압박을 피해 잘츠 공자를 데리고 부르크 공작령을 탈출한다. 하지만 고르도 제국 안에서 황제의 눈을 피할 곳은 없다. 샤피로 일행은 어쩔 수 없이 서장성을 넘어 숲의 나라 안테르펜 왕국으로 도망친다.

〈28세〉

5월, 이건호 시점: 이건호는 스탠포드 대학에서 박사 학위를 받으며 장밋빛 미래를 꿈꾸지만, 그 꿈은 오래가지 않는다. 그의 능력을 질투한 가오린이 이건호를 요트로 유인해서 총으로 죽인다. 이건호의 약혼녀인 리나도 가오린의 마수에 빠져 함께 죽는다. 이건호의 부모도 이미 가오린에게 죽었다. 복수에 미친 이건호는 흑고양이의 심장 마법을 사용하여 한스 반 데어 뤄슨으로 부활한다. 한스는 미국 금융계를 지배하는 반 데어 뤄슨 가문의 후계자다. 새로운 신분을 갖게 된 이건호는 한스의 LA 별장에서 자신의 능력을 각성하고 신인류가 된다.

7월, 이건호 시점: 이건호는 반 데어 뤄슨 가문의 선조 모비드가 남긴 책을 읽고 그 비밀을 파헤치기 위해 노력한다. 그즈음 한스의 약혼녀인 알렉산드라가 찾아와 파혼을 선언한다. 이건호는 담담히 파혼을 받아들이고 뉴욕 본가로 향한다. 그의 머릿속에 약혼녀가 차지하는 비중은 눈곱만큼도 되지 않는다. 이건호는 자신을 해치려는 숙부 벤자민의 음모를 파헤친 뒤, 숙부의 비밀기지인 세인트 바난 학교를 쓸어버리고 늑대인간 30마리를 부하로 거둔다.

알고 보니 벤자민 숙부는 중국 백화문과 손을 잡고 있다. 그리고 그 백화문에는 원수인 쟈오 가오린이 있다. 복수에 눈이 먼 이건호는 숙부를 박살 내기로 결심하고 그의 저택으로 직접 쳐들어간다. 그곳에서 숙부의 부하들을 깨부수고, 숙모인 요꼬를 공격한다. 요꼬는 차이나타운으로 도망치지만, 이건호는 무섭게 따라붙어 끝내 요꼬의 목줄기를 움켜쥔다.

8월, 샤피로 시점: 지난 5년간 샤피로는 안테르펜 왕국 서쪽에 자리한 숲의 사원에서 수학했다. 놀라운 재능으로 두각을 나타낸 샤피로는 불과 5년 만에 대법사가 되어 안테르펜 왕국으로 복귀한다. 샤피로의 명성을 들은 안테르펜의 대영주 네툽 졸보레가 샤피로를 성으로 초청하고, 샤피로는 그곳에서 '생명의 뿌리'를 찾는 일을 맡는다.

8월, 이건호 시점: 이건호는 줄리아, 루이와 함께 루이의 무인도 별장으로 바다낚시를 간다. 편안히 휴가를 즐기러 간 것처럼 위장을 했지만, 사실 이건호가 노리는 것은 무인도 별장 인근에 위치한 켄의 비밀기지다. 요꼬 숙모의 부친인 켄은 미국 동부의 섬에 실험실을 꾸며 놓고 늑대인간과 미노타우르스 등을 양성해 왔던 것. 샤피로는 켄의 기지를 박살 내고 늑대인간 128마리와 미노타우르스 18마리를 부하로 거둔다. 그즈음 보어 경은 아들인 한스(이건호)를 뤄슨 그룹의 등기 이사로 임명한다. 이사회에서 이건호는 템플 기사단의 6인회 멤버들을 만난다.

9월, 샤피로 시점: 샤피로는 여신 강림 의식을 통해 생명의 뿌리를 포획한다. 놀랍게도 생명의 뿌리는 흑고양이의 심장과 유사한 능력을 선보인다.

9월, 이건호 시점: 백화문의 청룡당주 쿠 에릭이 부하들을 대거 이끌고 미국에 진입한다. 이건호는 쿠 에릭이 탄 암트랙(기차)을 전복시키고 쿠 에릭을 포로로 잡는다. 이어서 숙부의 장인인 켄 바난을 치고 신비 소녀 미호와 만난다. 미호는 이건호와 싸우다가 정신적 충격을 받아 백치가 된다. 이건호는 켄의 부하들을 금단 마법 가운데 하나인 아나콘다의 눈으로 제압해서 부하로 거두고, 미호를 통해 춘화집을 손에 넣는다. 난잡해 보이는 춘화집 안에는 역대 최강의 신인류 6명, 즉 육존(六尊) 가운데 한 명인 십제(十帝)의 무술이 담겨져 있다. 그즈음 수세에 몰린 벤자민 숙부는 뉴욕 맨해튼에서 마지막 발악을 하고, 이건호는 숙부를 제압하는 과정에서 파혼녀인 알렉산드라와 다시 만난다. 벤자민과의 싸움을 통해 이건호의 실체(?)를 알게 된 알렉산드라는 얼굴에 철판을 깔고 파혼을 다시 취소한다. 그 무렵, 가오린의 손에 죽은 줄 알았던 옛 약혼녀 리나 제임슨이 나타나 이건호의 머리를 복잡하게 만든다.

9월, 샤피로 시점: 고르도 제국이 안테르펜 왕국을 침공한다. 고르도의 황제 버힐 4세는 제국의 주력인 무엘크 공작, 아베크 공작, 호른 백작을 모두 움직여 대대적인 전쟁을 시작한다. 특히 호른 백작이 지휘하는 레인보우 형제들의 압도적인 무력 앞에 안테르펜 왕국은 공포에 잠긴다. 척후로 나선 샤피로는 적막한 숲에서 레인보우 형제 가운데 둘째인 오렌지를 만나 비참하게 패한다.

분노에 휩싸인 샤피로는 미친 척하고 생명의 뿌리를 먹고, 그 결과 세상의 모든 나무와 일체가 되는 신비로운 경험을 한다.

10월, 샤피로 시점: 샤피로는 생명의 뿌리에 타란툴라의 원혼을 더해 새로운 마법 '카멜레온의 원한'을 만들어 낸다. 이어서 생명의 뿌리에 킹 카라인의 숨결을 융합해서 '포이즌 트리'를 창안한다. 능력이 업그레이드된 샤피로는 적진에 홀로 침투해서 호른 백작을 붙잡는다. 아나콘다의 눈으로 호른의 정신을 제압한 샤피로는, 호른을 이용해서 적 병력을 둘로 쪼갠다. 그 후 레인보우의 둘째 오렌지와 다섯째 블루를 죽여 복수에 성공한다.

10월, 이건호 시점: 춘화집에서 십제의 유학인 파륜석화술법과 일목권, 풍법, 십제검을 얻는다. 리엔조 가문의 초대를 받아 이탈리아로 간다.

11월, 샤피로 시점: 안테르펜 왕국의 우페나 대습지에서 대규모 전투가 벌어진다. 고르도 제국의 아베크 공작이 이 전투에서 샤피로의 계략에 걸려 크게 패퇴한다. 무엘크 공작도 후퇴한다.

11월, 이건호 시점: 이건호는 바티칸시티에서 교황을 알현하고 바티칸의 수호자가 된다. 이어서 성베드로 성당

지하 도서관에서 모비드의 책 초판본을 읽는다. 한편으로 이건호는 까마귀 모임을 통해 여러 가문의 후계자들과 안면을 튼다. 이렇듯 인맥을 넓힌 것은 이건호에게 좋은 일이었으나, 베네치아에서 리나를 다시 만난 것은 큰 충격으로 남는다. 이건호는 자신이 지난 5년간 한 번이 아니라 두 번 연속해서 죽었다는 사실을 깨닫고는 큰 혼란에 빠진다. 또한 스탠포드 학생 시절, 자신이 그토록 사랑했던 여자가 리나가 아니라 다른 사람이었다는 사실을 깨닫는다.

이건호의 과거를 장악한 수수께끼의 여인은 놀랍게도 반 데어 뤄슨의 선조인 모비드와 꼭 닮아 있었다. 여러 가지 복잡한 사건들이 한꺼번에 터져 머리가 깨질 듯이 아픈 가운데, 이건호는 아프리카로 가서 흑마법사들의 아지트를 뒤지게 되고, 그곳에서 악마 부활 의식이 거행되었던 흔적을 찾는다. 얼마 후 흑마법사들과 싸우게 된 이건호는 적들이 사용하는 마법이 샤피로 세상의 마법과 유사하다는 점을 알게 된다. 또한 적의 우두머리인 사자가면과 마사 리엔조의 숨겨진 관계를 파악한다. 놀랍게도 사자가면은 마사의 친부였다. 아프리카 사건을 마무리한 뒤, 이건호는 뉴욕으로 돌아와 자신의 과거를 파헤치는 일에 집중한다.

12월, 이건호 시점: 십제검을 5편까지 완성한다. 마지막 6편인 '시간검'은 아직 익히지 못한다. 대신 십제검과 카멜레온의 원혼, 그리고 현대의 미사일 개념을 혼합하여 새로운 권능, 즉 '발키리의 원혼'을 창안한다. 그러면서 한편으로 이건호는 과거에 스탠포드 대학에서 함께 공부했던 고든을 찾는다. 고든은 미국의 방산 업체인 노스롭그루먼에 입사하여 버터플라이(카메라를 장착한 초소형 무인항공기)를 개발한 천재 연구원이다.

12월 25일, 이건호 시점: 크리스마스를 맞아 포세이돈 나이트클럽을 방문한 이건호는 줄리아, 알렉산드라와 아옹다옹하다가 분위기에 휩쓸려 두 여자와 동시에 키스한다.

〈29세〉

1월, 이건호 시점: 한스의 친누나 미센을 만난다. 때마침 일본의 삼각위원회에서 초청장이 날아온다. 세계 여러 신입류 집단이 함께 모여 최근 등장한 흑마법사들에 대한 대책 회의를 열자는 것이 삼각위원회의 제안이었다. 회의 장소는 일본의 요코하마. 이건호는 보어 경과 함께 요코하마로 가서 회의에 참석한다. 요코하마의 한 카페에서 백화문도들과 맞닥뜨린 이건호는 그들 5명을 거리

낌 없이 죽인다. 그다음 미리 준비해 간 사자가면을 뒤집어쓰고 백화문을 급습한다. 이 기회에 백화문을 깨부순 다음, 모든 일들을 흑마법사들에게 뒤집어씌우겠다는 것이 이건호의 계획이다. 세밀하게 계획을 세운 이건호는 백호부당주 쟈오 위엔(가오린의 부친)을 죽이고 문상 왕 쑤이의 목을 자른다. 또한 무상 쟈오 팡저우, 현무당주 허 위엔을 납치한다. 이 과정에서 이건호는 왕 쑤이와 바흐다나가 문지기, 즉 동일인이라는 사실을 깨닫는다.

전용 비행기를 타고 미국으로 복귀한 이건호는 나비와 여왕벌, 개미 등의 곤충을 길들이는 능력을 새로 개발한다. 그 와중에 뉴욕 맨해튼의 산 페르민 클럽으로 가서 가르시아 가문의 가디언들과 격돌한다. 그곳에서 육존 가운데 한 명인 세르히오와 싸우게 된 이건호는 세르히오의 '공간 삭제' 권능을 경험한다. 1월 말에는 알렉산드라, 줄리아와 함께 방콕을 거쳐 홍콩으로 여행을 간다.

2월, 이건호 시점: 홍콩의 랑함 호텔에서 왕 쑤이의 딸이자 백화문의 주작당주인 왕옥과 접촉한다. 중국 남부 샤먼의 남보타 사찰로 간 이건호는 그곳에서 왕옥과 맞부딪친다. 왕옥을 통해 바흐다나, 샤늘루루, 검은 고양이의 관계를 듣게 된 이건호는 심각한 혼란을 느낀다. 하지만 그 와중에도 왕옥을 조정해서 백화문의 온건파를 부추기는 작업을 잊지 않는다.

2월, 샤피로 시점: 빛의 사원의 우두머리 컨이 예지몽으로 바흐다나(왕 쑤이)의 죽음을 깨닫는다.

『시즌 1: 두 개의 세상』 完

시즌 2: 불과 어둠

2월, 샤피로 시점: 붉은 여우 다리의 폭발로 샤피로가 아홉 번째 죽음을 맞이한다. 매로 부활한다.

〈과거〉

4월, 샤피로 시점: 샤피로, 프란츠 시 애너하임 거리의 푸줏간에서 몸을 추스른다. 본 마우스의 도움을 받아 몸을 일으키고는 푸줏간 주인 핌스턴과 매니저 세미르 형제를 만난다.

6월, 샤피로 시점: 필립이라는 노인이 시체 3구와 만드라고라 뿌리 5개를 푸줏간에 배달한다. 저녁에 핌스턴이 세미르와 걸터, 샤피로를 불러 회의를 열고는 필립의 요구 사항을 전한다.

핌스턴의 스승 누보로부터 헬 하운드의 등장 소식을 듣는다. 헬 하운드의 공격을 받는다. 샤피로, 헬 하운드를 피해 도망치다가 헬 하운드 조직의 팔장로와 마주친다. 샤피로가 본색을 드러내 팔장로의 화기를 흡수한다.

핌스턴이 필립(설로인)과 기무정관을 납치한다. 뇌수술을 통해 기무정관의 정신연령을 낮춘 뒤, 그리즐리의 화살에 대해서 캐낸다. 샤피로는 누보의 셋째 제자가 된 뒤 위대한 탈라히 세트 가운데 쥬퍼를 선물 받는다.

에바 공주와, 공주를 호위하는 안텔롭(기사), 뮤트(황궁 마법사)를 만난다. 저녁에 프란츠 후작의 성으로 들어간다.

〈현재 29세〉

2월, 이건호 시점: 산 페르민 근처에서 샤늘루루(가짜 리나)와 바이올렛(미센)을 만난다. 그녀들을 죽였다가 되살린다. 샤늘루루에게 모리나라는 이름을, 바이올렛에게 미센이라는 이름을 하사한다. 샤늘루루에게 이반이 남긴 에메랄드 반지(러시아 드네르프의 총수를 의미하는 인장)를 선물 받는다.

세르히오의 초대를 받는다. 알렉산드라의 전화를 받고 코라 디 리엔조의 소식을 듣는다. 과거를 읽어서 코라와 에르쿨이 함께 있는 모습을 본다.

스페인 메노르카 섬의 별장에 도착한다. 가짜 에르쿨의 부추김을 받아 이비자 섬의 클럽으로 향한다. 암네시아 클럽에서 거품 파티가 열리는 동안 지하 감옥에서 가디언 에이(A)와 가디언 아이(I)를 괴멸시키고 후안 가르시아와 미리엄 가르시아를 포로로 잡는다. 바람의 솜노(빛의 사원의 신인, 문지기)를 붙잡은 다음, 그의 뇌 속에 굴레 식물을 심어 노예로 만든다. 문지기가 다른 차원의 사람이나 물건을 현 차원으로 전송할 수 있다는 사실을 알게 된다.

아침 식사 중에 구울과 거미인간, 흑마법사의 공격을 받는다. 파드리그 해링턴과 크리스토프 바이어가 부상을 입는다. 어둠의 족속 스티처(Stitcher)를 소환해서 가디언 케이(K) 11명을 해치운다. 에르쿨의 상처를 치유해서 가주들로 하여금 가르시아 가문을 의심하도록 유도한다. 에르쿨을 포로로 붙잡는다. 템플 기사단의 다섯 가문이 '메노르카 연합'을 결성한다.

〈과거〉

6월, 샤피로 시점: 헬 하운드의 2차 습격을 받는다. 누보의 마법으로 프란츠 성을 탈출한다.

수도 바아란에 도착한다.

핌스턴과 세미르, 걸터가 샤피로를 위해 생일상을 준

비한다. 그 사이 샤피로는 헬 하운드의 칠장로와 이클립스의 바이올렛, 그리고 샤늘루루 공주의 싸움에 휘말린다. 바이올렛은 과거 이클립스의 일곱 별 가운데 여섯째였고 샤피로는 일곱째였다. 샤피로는 자신을 두려워하는 바이올렛을 윽박질러 현재 그녀가 제국의 팔황자 오롬과 손을 잡았다는 사실을 알아낸다.

또한 오롬이 폭발 능력자라는 비밀도 알게 된다. 황태자는 태양교와 손을 잡았고, 삼황자 뒤에는 헬 하운드가 있으며 사황자는 네크로맨서들과 전략적 동맹 관계인데, 여기에 이클립스와 손을 잡은 팔황자까지 끼어들어 제국의 내란은 점점 더 복잡해진다.

이 와중에 샤피로는 삼황자의 친동생인 샤늘루루에게 여황이 되라고 부추긴다.

네크로맨서들과 뒤늦은 생일잔치를 한다. 누보에게 생일 선물로 키키로의 종을 받고 활성화시킨다. 쥬퍼의 해골이 75개까지 깨어나고, 키키로도 활성화시켜 네거티브 필드(Negative Field) 마법을 초현한다.

알톤 백작을 속여 황태자파를 도모한다. 바이올렛과 함께 태양교의 사제 11명을 해치우고 한 명을 포로로 붙잡는다. 그리섬 백작과 접촉한다.

포로로 붙잡은 태양교의 사제를 이용해 태양교와 헬 하운드 사이에 싸움을 붙인다. 태양교 휘하 인써클드 라인의 성법사 11명을 해치운다. 이어서 태양교의 미하일 주교로 위장해 헬 하운드 사장로와 오장로의 목을 벤다. 그들의 머리통을 제국의 수도 북문에 매달아 본격적인 종교 전쟁의 서막을 연다.

〈현재 29세〉

3월, 이건호 시점: 반 데어 뤄슨의 여름 별장에서 알렉산드라, 줄리아와 약혼한다. 마사의 유혹을 받는다.

사대신수

〈성혈의 바하문트〉

—신수: 날개 달린 사자

—상징: 공포

—속성: 흙(土), 피(血)

〈둠 블러드 이탄〉

—신수: 냉혹의 뱀

—상징: 파멸

—속성: 금속(金), 빛(光)

〈불과 어둠의 지배자 샤피로〉

—신수: 광기의 매

—상징: 탐욕

—속성: 나무(木), 불(火), 어둠(暗)

〈포식자 하라간〉

—신수: 투명 마수

—상징: 나태

—속성: 물(水), 독(毒), 얼음(氷)

제1화
허니문

멀지 않은 미래

세계와 세계, 차원과 차원을 연결하는 문이 활짝 열려

네 마리 신수(神獸)가 한자리에 맞부딪치는 날

나는 비로소 내 진정한 존재의 의미를 깨닫게 될 것이다.

그리고 나머지 세 마리 환수의 머리를 짓밟고 우뚝 선

내 모습을 발견하게 될 것이다.

그 영광의 날을 위해

지금 이 순간에도 나는 끝없이 강해져야만 한다.

··현재의 샤피로가 미래의 샤피로에게 남기는 말 중에서··

Chapter 1

산들바람이 피부를 간지럽히는 3월의 어느 봄날.

미국 동북부의 오대호에 위치한 한 아름다운 섬에서 성대한 파티가 열렸다. 나와 알렉산드라, 줄리아의 약혼을 축하하는 파티였다. 섬 동쪽에 자리한 반 데어 뤄슨의 여름 별장은 파티에 참가한 축하객들로 흥청거렸다.

솔직히 축하객의 수가 많지는 않았다. 미국을 대표하는 금융 재벌가 반 데어 뤄슨과 세계 석유 카르텔을 움직이는 버플리 가문의 결합치고는 무척이나 간소한 약혼식이었다.

이유는 뻔했다.

내 약혼녀가 두 명이나 되기 때문이다.

첫 번째 약혼녀는 알렉산드라 버플리.

두 번째 약혼녀는 줄리아 반 데어 뤄슨.

나는 이 두 명의 여자와 동시에 약혼했다.

이 사실이 알려지면 전 세계 언론의 비난을 받을 것이 뻔했기에 약혼식에는 극소수 친인척들과 친구들만이 초대를 받았다.

'번잡스러운 것은 싫었는데 참으로 잘된 일이지.'

나는 다소 한산해 보이는 약혼식장을 둘러보며 속으로 이렇게 생각했다.

"핏! 이런 무드 없는 사람."

알렉산드라가 다가와 팔꿈치로 내 옆구리를 쿡 찔렀다.

"응?"

"이렇게 아름다운 약혼녀를 혼자 내버려 두고 여기서 뭘 구경하고 있어요?"

입술을 삐쭉거리는 알렉산드라의 모습이 무척이나 섹시해 보였다. 나는 오른손으로 알렉산드라의 잘록한 허리를 잡아 바짝 끌어당겼다.

"어맛!"

알렉산드라가 내 품에 쓰러지듯 안겼다. 그리 싫지 않은 표정이었다.

나는 그녀의 이마에 가볍게 키스했다.

"피잇!"

알렉산드라의 얼굴에 살짝 홍조가 걸렸다. 알렉산드라는 나긋나긋한 손으로 내 허리를 감싸 안았다.

한창 분위기가 좋을 때 등 뒤에서 뾰족한 음성이 들렸다.

"두 사람, 나만 빼고 뭐하는 거예요?"

허리에 양손을 얹고 볼을 복어처럼 부풀린 여인은 바로 줄리아였다.

나는 오른손으로 알렉산드라를 안은 채 왼팔을 활짝 벌렸다. 줄리아가 쪼르르 달려와 내 왼쪽 옆구리를 차지했다.

한줄기 바람이 불어와 우리 세 사람의 머리카락을 훑고 지나갔다. 3월의 바람에서 싱그러운 봄 냄새가 풍겼다.

약혼 여행지는 하와이로 정했다.

유럽은 처음부터 염두에 두지 않았다. 스페인의 메노르카 섬에 다녀온 것이 지난달 말일이었다. 그곳에서 가르시아 가문과 혈투가 벌어졌고, 가르시아에 대항하기 위해 메노르카 연합이 결성되었다.

그런데 불과 2주 만에 유럽을 다시 방문한다고?

"유럽은 아닌 것 같아요."

"오빠, 저도 유럽은 싫어요."

알렉산드라와 줄리아가 동시에 반대의 목소리를 냈다.

그래서 결정한 곳이 하와이었다.

하와이 제도의 섬은 총 100개가 넘었는데, 그 가운데 카

우아이, 호놀룰루, 마우이, 그리고 빅 아일랜드가 유명했다.

"여긴 어때?"

나는 하와이의 섬들 가운데 빅 아일랜드(Big Island)를 손으로 가리켰다.

빅 아일랜드의 정식 이름은 하와이.

하와이 제도는 사실 이 빅 아일랜드의 명칭에서 유래된 것이다. 하와이 제도의 섬들 가운데 가장 커서 빅 아일랜드라는 애칭이 붙었다. 하지만 대부분의 관광객들은 호놀룰루 섬을 하와이로 알고 있었다. 호놀룰루의 와이키키 해변이야말로 관광객들이 가장 선호하는 장소이기 때문이다. 호놀룰루에 비하면 빅 아일랜드는 상대적으로 관광객의 수가 적었다. 나는 번잡한 것이 싫었기에 호놀룰루로 여행을 갈 생각은 없었다.

"난 좋아요."

알렉산드라가 선뜻 응했다.

"저도 좋아요. 오빠가 선택한 곳이라면 어디든 따라갈 거예요."

줄리아도 적극 찬성했다.

반 데어 뤄슨의 별장에서 하룻밤을 보내고, 우리는 이튿날 아침 일찍 하와이로 향했다. 인근 공항에서 대기 중이던 반 데어 뤼슨의 전용기가 우리를 싣고 빅 아일랜드의 코나 공항으로 향했다.

코나는 빅 아일랜드의 서쪽 해변에 위치한 지역 공항이었다. 전용기에 탑승한 사람은 나와 알렉산드라, 줄리아…….

원래 이렇게 딱 세 명만 가야 하는데, 거기에 더해서 루이 발데마르, 마사 디 리엔조, 찰스 해링턴, 엘리자베스 해링턴, 루트비히 바이어, 그리고 니코 바이어까지, 민폐 덩어리들이 끼어들었다.

남의 허니문을 망치기로 작정한 이 6명의 방해꾼들을 나는 날카롭게 노려보았다.

"흡!"

루이가 움찔 놀라 고개를 숙였다.

루이는 신인류 단체 가운데 한 곳인 일루미나티의 중요 멤버였다. 루이가 속한 발데마르 가문은 대대로 상원 의원을 배출하는 명문가이며, 루이 본인도 각성률 21퍼센트의 변형술사였다. 신인류들 가운데서도 변형술사는 희소성이 높아 루이에 대한 발데마르 가문의 관심은 각별했다.

그 루이가 "저는 죄가 없어요. 그저 절친인 줄리아가 심심할까 봐 따라온 거예요."라는 말도 안 되는 핑계를 대며 전용기에 올라탔다.

알렉산드라의 친구 마사도 루이와 유사한 핑계를 댔다.

마사는 이탈리아 리엔조 가문의 가주 대행이자 각성률이 무려 65퍼센트에 달하는 몬스터급 신인류였다. 천재라 불리는 알렉산드라의 각성률이 고작 30퍼센트인 점을 감안하면 마사가 얼마나 뛰어난 인물인지 알 수 있었다.

그런 마사도 내 앞에선 고양이 앞의 쥐 신세였다. 나와 눈이 마주친 마사는 "한스 이사님, 저도 마찬가지예요. 알렉산드라가 심심할까 봐……."라고 둘러댔다.

이어서 영국 해링턴 가문의 적자이자 각성률 27퍼센트의 찰스!

아버지인 파드리그 해링턴이 가르시아 가문의 공격을 받아 쓰러진 지금, 찰스야말로 해링턴 가문을 이끌어 가는 핵심인물이었다.

그런 사람이 한가하게도 내 허니문에 꼽사리를 꼈다. 그것도 육촌 여동생인 엘리자베스 해링턴도 함께!

엘리자베스는 각성률 18퍼센트의 마녀였다. 그녀는 나와 스페인에서 잠깐 만난 것이 인연이 되어서 내 약혼식에 참석했고, 뻔뻔하게도 약혼 여행까지 쫓아오는 만행을 저질렀다.

독일의 바이어 가문도 빠지지 않았다.

바이어에서는 루트비히와 니코가 동석했다. 루트비히는 각성률 32퍼센트의 마녀로 장차 가문을 물려받을 후계자였다. 루트비히의 사촌 여동생인 니코는 고작 16세의 나이에

22퍼센트의 각성률을 자랑하는 법사였다.

이상 6명 모두 집안도 빵빵하고 실력도 뛰어난 인재들이었다.

"문제는 이 우수한 인재들이 왜 남의 허니문을 훼방 놓느냔 말이지. 다들 양심이 없어. 쯧쯧쯧!"

하와이로 날아가는 비행기 안에서 알렉산드라가 혀를 찼다.

"아악! 이건 내가 꿈꿔 왔던 허니문이 아니야! 달콤해야 할 허니문에 웬 잡동사니들이 이렇게 따라붙느냔 말이야!"

줄리아는 양손으로 귀를 틀어막았다.

"헤헤! 줄리아, 미안. 대신 너도 나중에 내 허니문에 쫓아와. 히히히!"

루이가 계면쩍게 웃었다.

옆에서 찰스가 맞장구를 쳤다.

"그렇지! 그럼, 피장파장이지. 나중에 나도 허니문 여행을 갈 때 한스 이사를 초청할게. 으하하하하!"

"오라버니, 그런 약속을 뭐하러 해요."

엘리자베스가 찰스에게 핀잔을 주었다. 여우 같은 엘리자베스는 나중에 이 민폐를 되갚음 당하기 싫은 모양이었다. 정말 얄미웠다.

그나마 루트비히는 양심이 있었다.

"한스 이사, 정말 미안합니다."

내게 정중하게 사과를 한 사람은 루트비히가 유일했다.

니코가 사촌 오빠 루트비히의 옆구리를 쿡 찔렀다.

"루트비히 오빠, 쉿! 이럴 땐 그냥 조용히 있는 게 좋아요."

"좋긴 뭐가 좋아?"

니코의 말에 알렉산드라가 고개를 홱 돌렸다. 민폐 덩어리들을 노려보는 알렉산드라의 눈에선 레이저가 튀어나올 듯했다.

"흡!"

니코가 상어를 만난 거북이처럼 목을 움츠렸다.

"크크크! 니코, 너 까불다가 혼날 줄 알았다."

찰스가 니코를 놀렸다.

그러자 이번엔 알렉산드라의 분노가 찰스에게 향했다.

"뭐예욧?"

"흡!"

찰스가 두 손으로 자신의 입을 막았다.

그 모습이 우스꽝스러웠는지 비행기 안 여기저기서 킥킥거리는 소리가 났다.

"다들 입 닥쳐!"

마침내 알렉산드라의 분노 폭발!

텍사스의 석유 여제가 뿜어내는 섬뜩한 살기가 비행기 내부를 휘감았다. 떠버리 찰스도, 수다쟁이 루이도 일제히 합죽이가 되었다. 비행기 안의 기온이 순식간에 영하 10도로 뚝 떨어진 듯했다.

"에효!"

나는 우그적우그적 땅콩만 씹어 먹었다.

Chapter 2

기이이잉—

미국 대륙을 횡단한 반 데어 뤄슨의 전용기가 빅 아일랜드 코나 공항에 안착했다. 활주로에 내리자 온화한 하와이의 기후가 우리를 반겼다.

코나 공항은 외관이 독특했다.

내가 가 본 대부분의 공항은 넓적한 건물에 비행기 탑승구가 줄지어 있고, 그 탑승구에 부착된 연결 통로를 통해 비행기에 탑승하는 구조였다.

한데 코나 공항은 건물과 비행기를 연결하는 통로가 없었다. 비행기에서 계단을 타고 직접 활주로로 내려온 다음, 공항으로 걸어 들어가야 했다. 공항 건물은 나무 기둥에 지붕만 얹힌 단층의 개방형 구조라 안팎이 훤히 들여다보였다.

'마치 한국의 정자 같네?'

공항 건물을 보면서 문득 이런 생각이 들었다.

정자를 닮은 조그만 건물 십여 개가 공항 활주로를 따라 쭉 늘어서 있었는데, 이 건물들 하나하나가 공항의 게이트 역할을 했다.

게이트 밖으로 나오자 길가에 대기 중인 SUV 세 대가 보였다. 하얀 차체의 메르세데스 벤츠 G63 AMG 6X6이었다. 벤츠 앞에서 대기 중이던 정장 차림의 사내가 후다닥 달려와 내 앞에 섰다.

"한스 이사님이십니까?"

"그렇소."

나는 짧게 고개를 끄덕였다. 그러면서 내 시선은 상대의 양복 왼쪽 깃에 매달린 뤄슨 그룹의 배지를 훑어보았다.

'그렇지. 하와이에도 뤄슨 그룹의 은행이 있었지. 아마도 이곳 은행 직원인가 보네.'

허니문을 오면서 자동차에 대한 준비는 따로 하지 않았다. 그냥 공항 근처의 렌터카 업체를 이용할 생각이었는데, 보어 경이 미리 손을 써 둔 모양이었다.

사내가 내게 자동차 키 3개를 건네주었다.

"저희가 의전용으로 보유한 자동차들이 여러 대 있습니다만, 리무진보다는 사륜구동을 더 선호하실 것 같아 벤츠 G63으로 가져왔습니다. 마음에 들지 않으시면 말씀만 하십시오. 운전기사가 딸린 리무진을 대령하겠습니다."

이곳 빅 아일랜드는 천문대와 화산으로 유명했다. 특히 마우나케아에 위치한 천문대는 해발 4,000미터가 넘는 높이라 사륜구동 자동차가 아니면 올라가기 힘들었다.

"아니오. 리무진보단 이게 낫겠지. 그리고 운전기사는 필요 없소. 직접 차를 몰 테니 걱정 마시오."

내가 흡족한 표정으로 말하자 사내의 얼굴이 밝아졌다. 내 취향을 제대로 파악했다고 생각하는 모양이었다.

"전 뤄슨 은행 코나 지점장 톰슨 케이입니다."

사내가 재빠르게 자신의 이름을 밝혔다. 이번 기회에 내 눈에 들어 두려는 의도 같았다.

"고맙소, 톰슨."

내가 톰슨과 악수를 하는 사이, 알렉산드라가 내 손에서 자동차 키 하나를 채 갔다.

"제가 차를 몰죠."

알렉산드라는 거친 오프로드 운전을 즐기는 SUV 매니아로, 러시아의 프롬브론(Prombron) 블랙 샤크와 콤뱃(Kombat) T98, 미국의 컨퀘스트 나이트 XV, 벤츠 G63 AMG 6X6, 허머, 랜드로버 등의 고급 SUV를 모두 소유한 수집광이었다. 이들 자동차 가운데 프롬브론은 한국 돈으로 14억 원이 넘고, 나머지 SUV들도 대부분 고속에 방탄 기능을 갖춘 장갑차에 가까웠다. 심지어 알렉산드라는 무지막지하게 개조한 몬스터 트럭도 여러 대 가지고 있었다.

그러니 벤츠 G63을 보자마자 눈을 반짝일 수밖에.

"한스 이사, 나도 하나 가져갈게."

찰스가 두 번째 자동차 키를 가져갔다.

엘리자베스와 루이가 찰스의 차에 동승하기로 했다.

마지막 차 키는 루트비히의 차지였다. 니코와 마사는 루트비히의 차에 올라탔다.

부우웅!

알렉산드라가 시동을 걸자 벤츠 G63 AMG 6X6이 SUV 특유의 기분 좋은 굉음을 토해 놓았다.

나는 알렉산드라의 옆자리에 앉았다. 줄리아는 뒷좌석을 차지했다.

톰슨이 급하게 소리쳤다.

"한스 이사님, 와이콜로아 해변의 의전용 별장을 비워 놓았습니다. 내비게이션에 별장 위치를 입력해 놓았으니 편하게 사용하십시오. 그게 싫으시면 제 집에서 하루 묵으시면서…… 제 와이프가 하와이안 요리를 제법……."

차 뒤에서 톰슨이 주절주절 떠들었다. 어떻게든 내 눈에 들고 싶어서 하는 행동일 텐데, 계속 들어 주는 것도 고역이었다. 나는 자동차 사이드 미러에 비친 톰슨을 향해 가볍게 손을 흔들었다.

부아아앙—

알렉산드라가 가속 페달을 밟자 코나 공항이 순식간에

뒤로 멀어졌다.

"같이 가!"

찰스의 목소리가 그 뒤를 좇았다.

빅 아일랜드는 크게 4개의 구역으로 나눌 수 있었다.

첫째, 동부의 힐로 지역.

힐로는 빅 아일랜드의 주민들이 가장 많이 모여 사는 곳으로, 행정 타운이나 마트가 밀집해 있어서 생활이 편리했다. 반면 건물이나 도로가 낡았고 비교적 비가 많이 오는 편이라 관광객들에겐 그리 매력적이지 않았다.

둘째, 남부 해안가.

빅 아일랜드의 남부 지역은 세 가지 볼거리로 유명했다. 그중 하나가 현재도 활동 중인 킬라우에아 화산 지대이고, 두 번째가 현무암이 갈려서 형성된 블랙 샌드 비치(Black Sand Beach: 검은 모래 해변)이며, 마지막이 하와이에서만 볼 수 있는 그린 샌드 비치(Green Sand Beach: 녹색 모래 해변)였다. 하지만 이곳 남부 지역은 공항에서 거리가 멀고 고급 호텔이 많지 않은 것이 단점이었다.

셋째, 중부의 마우나케아.

해발 4,200미터에 달하는 이 높은 산 정상엔 전 세계의 유명한 천문대들이 모여 있었다. 산 정상이 구름보다 높아 1년 내내 구름이 끼지 않기에 별을 관측하기엔 정말 최적의 장소였다. 덕분에 쌍둥이 망원경으로 이름이 알려진 켁(Keck) 망원경을 비롯해 디스커버리 채널 망원경, 일본의 스바루 망원경 등이 마우나케아에 줄줄이 들어섰다. 거기에 더해서 마우나케아 정상 인근은 일반인에게는 공개가 되지 않는 미 공군 전용 관측 시설들이 점령 중이었다.

마지막으로 서부의 코나 지역.

코나 커피로 유명한 서부 해안가는 빅 아일랜드를 찾는 관광객들이 가장 선호하는 지역이었다. 이곳 서부는 동부 해안에 비해 날씨가 맑고 스노클링에 적합한 장소가 많았다. 코나 공항이 설치된 것도 이 지역을 찾는 관광객이 급증했기 때문이다. 특히 코나 북부 코할라 해변에 위치한 와이콜로아 일대는 힐튼을 비롯한 고급 호텔과 리조트들이 경쟁하듯 들어선 관광특구였다.

부우웅—

하얀색 벤츠 G63 세 대가 코할라 코스트 해변 도로를 따라 일렬로 행진했다. 코나 공항을 출발해 와이콜로아 해변으로 향하는 길은 숨 막히게 아름다웠다. 바다에서 시작해서 구름 덮인 산꼭대기까지 모두 검붉은 현무암으로 채워져 있었고, 나무라고는 단 한 그루도 찾아볼 수 없었다.

그 검붉은 현무암 사이로 밝은 연두색의 풀들이 자란 모습은 마치 흑인 래퍼가 머리카락을 노란 빛깔이 섞인 연두색으로 염색한 것 같이 느껴졌다. 바다는 에메랄드 빛깔이었다. 세상 어디에 가도 이런 풍경을 볼 수는 없었다. 지금 내 눈앞을 스쳐 지나가는 이 경치는 오직 이곳 와이콜로아 해변에서만 볼 수 있는 특급 풍경이었다.

"와! 멋지네요."

줄리아가 감탄했다.

알렉산드라가 맞장구를 쳤다.

"정말 풍경이 특이하지? 전에 볼 때도 감탄했는데 지금 다시 봐도 멋져."

"언니는 여기 와 봤어요?"

"응. 이 근처에 우리 가문의 골프장이 있거든. 줄리아는 처음이야?"

"저야 와이키키 섬만 가 봤죠. 와이키키엔 할아버지 명의로 별장을 하나 사 놨는데, 여기도 하나 마련하면 좋을 것 같아요. 해안가에 나인홀짜리 조그만 골프장이 딸린 것으로요. 그죠, 오빠?"

줄리아가 애교 섞인 목소리로 이렇게 말했다.

나는 피식 웃음을 흘렸다.

'우리 줄리아가 통도 크구나! 여자들은 보통 옷이나 가방을 원할 때 애교를 부린다는데, 넌 골프장 딸린 별장이냐?'

그렇다고 줄리아가 사치스럽다는 생각은 들지 않았다.

나는 2개의 세상을 지배하는 절대자!

오른손엔 불을, 왼손엔 어둠을 움켜쥐고 생명의 뿌리마저 삼켜 버린 탐욕의 군주!

'이 몸의 여자라면 마땅히 배포가 커야지. 암, 그렇고말고.'

이런 생각을 하는 와중에 목적지에 도착했다.

코나 공항과 북부 코할라 해변 사이에 위치한 와이콜로아는 해변이 육지를 향해 움푹 들어간 형태라 파도가 잔잔하고 열대어들이 많았다. 스노클링을 즐기는 사람들에겐 열대어보다 바다거북이 인기가 더 많았는데, 이 녀석들은 사람이 접근해도 도망치지 않아 관광객들의 관심을 한 몸에 받았다.

뤄슨 그룹이 보유한 숙소는 힐튼 호텔 북쪽에 위치해 있었다. 도로를 따라 쭉 들어가면 나인홀 규모의 소형 골프장이 나오고, 그 안쪽 해변가에 총 5개 동의 별장 건물이 늘어섰는데, 평상시엔 뤄슨 그룹 임원진들의 휴양지로 사용된다고 했다. 하지만 지금은 내 허니문을 위해 별장 5개 동을 모두 비웠다고 들었다.

별장 입구에 주차를 하자 관리인들이 후다닥 뛰어나와 인사를 했다. 나이가 지긋한 별장 지배인 한 명에 젊은 직원이 열둘, 요리사 다섯, 전용 비서가 2명이었다.

"사람이 이렇게 많으면 오히려 불편하거든요. 뤄슨 그룹의 이사인 내 권한으로 모두 유급휴가를 보내 줄 테니 일주

일간 자리 좀 비켜 줘요."

나는 직원들을 별장에서 내보냈다.

지배인은 물론이고 요리사나 비서도 예외가 아니었다. 다들 뜻하지 않은 유급휴가에 신이 나서 돌아갔다.

그 모습을 본 찰스가 눈을 찌푸렸다.

"다른 사람은 몰라도 요리사는 있어야 하지 않아? 음식은 어떻게 하게?"

찰스는 타고난 미식가였다. 그는 평소 "잠자리가 불편한 것은 참아도 맛없는 음식은 용서할 수 없다."고 떠벌리고 다녔다.

나는 시큰둥하게 찰스의 말을 받았다.

"요리사가 왜 없어? 여기 있잖아."

"여기? 누구?"

찰스가 고개를 갸웃했다.

나는 손가락으로 찰스를 가리켰다.

"찰스 형이 요리사지. 남의 허니문에 훼방꾼으로 끼어들었으면 요리 정도는 해 줘야 하는 거 아냐?"

"뭐라고?"

찰스가 벌레 씹은 표정을 지었다.

"호호호, 그거 참 속 시원한 소리네요."

알렉산드라가 고소하다는 듯이 웃었다.

반면 줄리아는 입을 삐쭉 내밀었다.

"핏! 이거 허니문 내내 맛없는 요리만 먹게 생겼네요. 영국 요리가 뭐 있겠어요? 그저 생선 튀김과 감자 칩뿐인데, 이거 아주 망했다고요."

"와하하하!"

줄리아의 말에 다들 크게 웃었다.

두 명의 영국인, 찰스와 엘리자베스만이 심통 난 표정을 지었다.

사실 요리 걱정을 할 필요는 없었다. 루이는 뉴욕의 별 다섯 개 식당의 요리사보다도 더 뛰어난 쉐프였다. 마사도 이탈리아 요리에 정통한 재주꾼이었고, 줄리아도 상당히 뛰어난 요리 실력을 갖추었다.

특히 줄리아는 최근에 신부 수업을 받으면서 요리 솜씨가 부쩍 늘었다. 내게 그 요리 솜씨를 뽐내고 싶어서 안달이 난 모양인데, 이렇게 기회가 오자 펄 듯이 기뻐했다.

"우리가 중앙의 별장을 사용할게."

내가 먼저 숙소를 정했다. 5개 동 가운데 중앙 별장이 가장 크고 전망이 좋았다.

찰스는 그 다음 선택의 기회를 여자들에게 양보했다.

"레이디 퍼스트. 숙녀분들이 그 다음 숙소를 정하시죠."

"우린 저기 두 번째 동에 묵을게요."

마사와 엘리자베스, 니코가 별장을 훽 둘러보다가 중앙 왼쪽을 선택했다. 별장 건물은 모두 2층짜리였는데, 각 층

마다 방 셋에 욕실이 2개라 3명이 함께 사용해도 불편하지 않았다.

찰스는 중앙 오른쪽의 별장을 가리켰다.

"그럼 나와 루트비히는 저기 오른쪽 건물을 사용하지. 루트비히, 어때? 괜찮지?"

"저는 아무데나 상관없어요. 제가 1층을 쓸까요? 아니면 형이 1층을 쓸래요?"

"내가 1층을 쓸게."

찰스가 루트비히에게 전망 좋은 2층을 양보했다. 어떨 때는 무례한 것도 같지만, 이럴 때 보면 찰스는 배려심이 많은 형이었다.

"저는 저기 맨 왼쪽 동으로 갈게요."

마지막으로 루이가 왼쪽 첫 번째 별장을 선택했다.

게이인 루이는 남자들과 함께 숙소를 사용하기 싫어했다. 가능한 여자들과 가까운 곳을 잡은 것도 그 때문이었다.

마사가 짝짝 손뼉을 쳤다.

"그럼 다들 짐을 풀고 30분 뒤에 다시 만나죠. 한스 이사님이 요리사를 쫓아냈으니 우리끼리 저녁 메뉴를 정해야 하잖아요."

이렇게 말을 하면서 마사가 내게 살짝 윙크를 했다.

보지 않아도 뻔했다. 마사가 요리 실력을 뽐내고 싶은 모양이니 오늘 저녁 메뉴는 이탈리아식이 될 것이다.

Chapter 3

하얀 백사장에 맛있는 냄새가 솔솔 퍼졌다. 바비큐 그릴 위에선 이탈리안 특유의 소스를 발라 구운 돼지고기가 노릇하게 익어 가고, 올리브 오일을 바른 불판 위에선 스파게티 면이 지글지글 소리를 내면서 향을 뿜어냈다.

마사는 짧은 핫팬츠에 민소매 티 하나만 입고 그 위에 앞치마를 두른 채 바비큐 그릴과 스파게티 불판 위를 바쁘게 오갔다. 신체를 많이 드러낸 상태에서 하얀 앞치마만 두른 모습이 무척 섹시했다.

줄리아는 찜통에서 로브스터(바닷가재)를 꺼내 반으로 자르고 그 위에 레몬 장식을 얹었다. 루이가 디저트로 크림 얹은 호두파이를 준비 중이었다.

이렇게 요리 파티가 벌어진 것은 30분 전의 사건 때문이었다. 사실 요리사를 쫓아냈어도 음식을 하는 데는 아무런 지장이 없었다. 별장 부속 건물에 자리한 식당 냉장고엔 신선한 식재료들이 가득했다.

"이럴 땐 약혼녀 대신 약혼녀의 들러리가 먼저 수고를 해야겠죠? 별로 자신은 없지만 내가 먼저 요리를 해 볼게요."

숙소에 짐을 풀고 난 뒤, 마사가 이렇게 선수를 쳤다. 자신이 없다는 말과 달리 마사는 능숙하게 식재료를 다듬었다. 식칼로 감자를 채 썰 때는 그 엄청난 속도와 정교함에 다들 혀를 내두를 정도였다.

"호오!"

다들 감탄한 눈으로 마사를 바라보았다.

특히 미식가인 찰스가 침을 줄줄 흘리며 좋아했다.

반면 루이의 생각은 달랐다. 게이인 루이는 여자들보다 더 뛰어난 직감을 지녔는데, 이번에도 그 날카로운 직감이 발휘되었다. 루이는 경계심 가득한 눈빛으로 마사를 노려보다가 줄리아에게 속삭였다.

"줄리아, 뭐하고 있어?"

"응? 왜?"

"한스 형에게 네 요리 실력을 보여 줘야지. 이럴 때 솜씨를 보이려고 그동안 열심히 연습한 것 아니었어?"

둘이 속삭이는 소리가 내게는 또렷하게 들렸다. 나는 루이의 속마음을 짐작하고는 피식 웃었다.

줄리아가 어깨를 으쓱했다.

"하지만 오늘 저녁은 마사 언니가 책임을 진다는데?"

"그건 아니지. 물론 마사 누나의 이탈리안 퀴진(Cuisine: 요리)도 맛있겠지. 하지만 그래도 오늘은 허니문 첫날이잖

아. 약혼녀인 네가 정성껏 만든 요리를 한스 형에게 대접하는 것이 의미 있을 것 같아."

"정말 그럴까?"

"당연하지. 한스 형도 많이 좋아할 거야."

내가 좋아할 거란 말에 줄리아의 마음이 움직였다. 줄리아는 요리용 수건을 어깨에 척 걸치고 앞으로 나섰다.

"마사 언니, 저도 해 볼게요."

마사가 눈을 동그랗게 떴다.

"줄리아, 네가?"

"네. 언니가 이탈리안 퀴진을 준비하니까 저는 보스턴식 해물 요리를 해 보죠. 루이, 나 좀 도와줘."

줄리아는 영악하게도 루이를 끌어들였다.

"엉? 나보고 도우라고? 난 별로 자신 없는데."

루이는 못 이기는 척하면서 주방용 집기를 손에 들었다. 그러곤 드럼 연주자가 스틱을 돌리는 것처럼 주방 집기를 현란하게 돌려 댔다. 한눈에 보기에도 요리 도구를 많이 다뤄 본 솜씨였다.

"읏!"

루이의 얄미운 태도가 마사의 경쟁심에 불을 지폈다. 마사는 입을 꾹 다물고 요리에 집중했다.

타타타타타!

마사의 칼질 속도가 두 배는 더 빨라졌다. 마사는 해변

장작판에 장작을 던져 넣어 불을 지피는 한편, 그릴도 준비했다.

동에 번쩍, 서에 번쩍!

마사는 원더우먼으로 변신한 듯했다.

줄리아도 경쟁심을 불태웠다. 그녀는 뜰채를 들고 식당 수조로 다가가더니 살아 있는 로브스터와 킹크랩을 능숙하게 꺼내 찜통에 넣었다. 루이는 디저트를 돕는다며 냉장고를 뒤졌다.

처음에는 가볍게 시작한 저녁 준비가 점점 뜨겁게 불타올라 이젠 완전히 요리 대결로 변했다.

박수를 치며 좋아하던 구경꾼들도 뭔지 모를 뜨거운 경쟁심에 압도되어 숨도 제대로 쉬지 못했다. 그저 시계 초침 돌아가는 소리만 째깍째깍 들릴 뿐이다.

그 와중에도 찰스는 분위기 파악을 못 했다.

"우와! 이탈리아식 돼지고기 구이에, 토마토 스파게티에, 버터 바른 로브스터와 킹크랩까지! 이거 생각지도 않게 내 배가 호강을 하겠는걸! 우하하하!"

마사와 줄리아, 루이가 요리에 전념하는 동안 알렉산드라가 내게 다가왔다.

"미안해요. 나는 잘하는 요리가 없어서 한스 이사님, 아니 당신에게 아무것도 해 줄 수가 없어요."

알렉산드라가 울먹였다.

다른 사람들이 이 모습을 보았다면 기절했을 것이다. 손가락 하나로 세계 석유 가격을 좌우하는 텍사스의 여제가 요리 못하는 것이 부끄러워 울려고 하다니!

나는 알렉산드라의 목에 팔을 두르고는 나직이 속삭였다.

"그러게 말이야. 내 약혼녀가 요리를 할 줄 모른다니, 이거 실망이군."

"아앗! 흐으윽!"

내가 이렇게 직설적으로 말할 줄은 몰랐는지 알렉산드라의 얼굴이 하얗게 질렸다. 하지만 이어지는 내 말에 그녀의 얼굴이 그릴 속 장작처럼 발갛게 달아올랐다.

"요리를 할 줄 모르니 다른 걸 시켜야겠네. 이따가 밤에 말이야."

"이따가 밤에요?"

알렉산드라의 음성이 가늘게 떨렸다.

"그래. 밤에."

"밤에 뭘 시킬 건데요?"

"글쎄? 뭘 시킬까?"

"뭐든 열심히 해야겠죠? 저는 요리도 할 줄 모르는 약혼녀니까, 그걸 만회하려면 뭐든 열심히 해야 할 거예요."

"그래. 그래야 착한 아이지. 하하!"

나는 홍시처럼 붉어진 알렉산드라의 뺨에 입술을 살짝

접촉했다. 텍사스의 여제 알렉산드라가 참새처럼 바르르 몸을 떨었다.

식사는 더할 나위 없이 맛있었다.

굳이 우열을 가리자면, 그릴에 구운 이탈리아식 돼지고기 요리가 5점, 버터와 꿀을 발라 구운 로브스터가 4.5점, 호두파이 디저트도 동일하게 4.5점, 토마토 스파게티와 킹크랩 찜이 4점을 줄 만했다.

물론 이런 평가를 입 밖으로 내뱉지는 않았다.

요리가 어찌나 맛있었던지 먹는 내내 대화가 끊겼다. 알렉산드라와 줄리아는 내 양 옆에 붙어서 내 입으로 음식을 날라 주느라 바빴다. 줄리아는 주로 로브스터와 킹크랩을 내게 먹여 주었고, 알렉산드라는 친구 마사가 만든 돼지고기 구이와 스파게티를 전달했다.

"음, 맛있네. 이것도 맛있고. 얌얌."

나는 음식을 씹는 짬짬이 칭찬을 했다.

그때마다 줄리아와 마사의 얼굴이 상기되었다.

가볍게 허기를 달랜 다음, 와인을 땄다. 별장에서 보관 중이던 이탈리안 와인이었다. 일반적으로는 프랑스 와인이 인기가 좋고, 요새는 칠레나 캘리포니아산 와인도 널리 알려졌지만, 사실 이탈리아 와인 중에도 괴물처럼 맛있는 것들이 많았다.

나는 별장 지하에 마련된 와인 창고를 뒤져서 특별히 이탈리아산을 선별해 왔다. 마사에 대한 조그만 배려였다.

와인을 홀짝이는 중에 해가 완전히 지고 밤이 찾아왔다.

어둑한 해변엔 파도가 밀려와 하얀 포말을 만들어 내었다. 밤하늘엔 무수히 많은 별들이 떠서 지상을 향해 쏟아질 것처럼 자신의 빛을 뽐냈다. 그릴 속에선 하얗게 변한 장작이 타닥타닥 소리를 냈다.

한 폭의 그림처럼 아름다운 밤이었다.

우리는 그 밤, 해변에 앉아 술과 이야기를 공유했다.

술기운이 조금 돌자 알렉산드라와 줄리아가 내 어깨에 머리를 기댔다. 마사는 부러운 표정으로 우리의 다정한 모습을 곁눈질했다. 찰스는 과장된 몸짓과 표정으로 무언가를 떠들었다. 엘리자베스와 루트비히가 찰스에게 장단을 맞춰 주었다.

다들 즐거워했다. 멀지 않은 장래에 가르시아 가문과 벌여야 할 혈투를 모두들 잊은 듯했다. 아니, 억지로라도 머릿속에서 지우고 싶은 모양이었다.

최소한 이 밤만이라도…….

Chapter 4

깊은 밤.

나는 침대에서 일어나 창가에 섰다. 널찍한 침대 위엔 알렉산드라와 줄리아가 곤히 잠들어 있었다. 나는 그녀들의 단잠을 깨우고 싶지 않았다. 손바닥을 가볍게 휘젓자 얇은 막이 침대 주변을 감쌌다.

공간이 격리된 것이다.

커튼을 살짝 열고 베란다로 나왔다. 공기가 시원했다. 눈앞에 태평양 밤바다가 훤히 내려다보였다.

잠시 후, 시커먼 바다 속에서 시커먼 짐승들이 하나둘 모습을 드러냈다. 소리 없이 해변으로 접근하는 것들은 말 그대로 짐승이었다.

늑대의 얼굴에 사람의 몸을 가진 짐승들!

그리고 그 뒤에 어슬렁어슬렁 다가오는 소의 얼굴에 사람의 몸을 가진 짐승들!

수백 마리가 넘는 흉포한 무리들이 평화로운 해변에 상륙했다. 그들은 나와 눈이 마주치자마자 즉각 무릎을 꿇었다.

이 늑대인간들과 미노타우르스는 벤자민 숙부가 키워 낸 실험체들이었다. 아니, 사실은 벤자민이 아니라 벤자민의 장인인 켄 바난의 수족들이었다. 한데 지금은 내 명령에 맹목적으로 복종하는 권속들이 되었다.

나는 해변에 늘어선 권속들을 훑어보았다.

권속들의 몸에서 풍기는 기세가 예사롭지 않았다. 나는 시험 삼아 이들을 해변으로 불러들였다.

'마사가 과연 이들의 등장을 눈치챌까?'

이곳 별장의 신인류들 가운데 나를 제외하면 마사가 가장 강했다. 마사는 각성률이 65퍼센트를 넘어서는 수준일 뿐 아니라, 감각이 예민하다고 알려졌다.

'그녀라면 늑대인간의 접근을 모를 리 없지. 평범한 늑대인간이라면 말이야.'

하지만 아무리 기다려도 마사는 깨어나지 않았다. 이곳에 나타난 늑대인간들이 보통이 아니라는 의미였다.

당연한 일이었다.

나는 어둠의 지배자!

모든 음차원 생명체에게 무한한 힘을 부여할 수 있는 근원 중의 근원!

늑대인간은 어둠에 속한 짐승이었다. 미노타우르스도 어둠의 속성을 지녔다. 그러니 이들은 내 몸에서 뿜어져 나오는 무한한 어둠의 마력을 받아들일 수 있다. 내가 힘을 부여한 이상 이들은 진정한 어둠의 권속이 된다.

당장 그 증거가 내 눈앞에 드러났다. 별장 바로 앞에서 늑대인간 158마리와 미노타우르스 18마리가 진득한 기운을 줄줄이 내뿜고 있건만 마사를 비롯한 그 어떤 신인류도 이를 감지하지 못했다.

'다시 말해서 이 자리에 있는 늑대인간과 미노타우르스의 능력이 마사와 동급, 혹은 그 이상이라는 뜻이지.'

마사와 견줄 만한 전사가 무려 176!

이제 준비는 끝났다.

"자, 오라!"

나는 해변의 권속들을 향해 두 팔을 벌렸다. 아니, 해변이 아니라 태평양 너머, 아시아 대륙을 지나 유럽을 향해 두 팔을 활짝 열었다.

"어서 이곳에 오란 말이다."

나의 울부짖음이 하늘에 닿았다.

"나 한스 반 데어 뤄슨이 여기에 있다. 본거지인 뉴욕을 떠나 이곳 하와이에 허니문 여행을 왔단 말이다. 그것도 혼자가 아니다. 약혼녀 둘을 데리고, 친구들을 우르르 끼고 여기에 왔다. 무려 8명이나 되는 약점과 함께 여기에 왔단 말이다. 이 좋은 기회를 그냥 놓칠 셈이냐? 세르히오 가르시아!"

내가 부르는 상대는 세르히오 가르시아!

역사 이래 가장 강하다는 육존(六尊) 가운데 한 명이자 가르시아 가문의 가주!

광전의 현자라 불리는 그 절대자!

샤피로 세상에서 불리는 이름은 하늘의 컨!

내가 뿜어내는 기세가 성난 적란운처럼 뭉게뭉게 피어올

랐다. 내 등 뒤에서 돋아난 반투명한 날개는 펄럭펄럭 자라나 시선이 머무는 모든 범위를 뒤덮었다.

그 거대한 날개가 별장과 해안 사이를 가로막는 장막이 되었다. 덕분에 별장으로는 아무런 소리도 전달되지 않았다.

나는 해변이 쩌렁쩌렁 울리도록 소리쳤다.

"오라! 세르히오여!"

내 무시무시한 노성에 바다가 뒤집혔다.

"어서 여기로 오라, 하늘의 컨이여!"

먼 바다를 헤엄치던 고래가 배를 까뒤집고 둥둥 떠올랐다. 하늘을 날던 갈매기는 갑자기 뚝 떨어져 바다에 빠졌다.

잔잔하던 바다가 폭풍을 만난 듯 뒤흔들렸다. 마른하늘에서 벼락이 내리치고, 하늘은 시커먼 먹구름 뒤에 숨었다. 우르릉우르릉 소리를 내는 먹구름 뒤에서 시뻘건 불똥이 튀었다. 그리고 그 불똥에 물들어 붉게 달아오른 핏빛 달이 떠올랐다.

우오오오오―

해변의 늑대인간들이 핏빛 달을 향해 포효했다.

쿠어어어!

미노타우르스는 고개를 숙이고 콧김을 씩씩 내뿜었다.

"세르히오 가르시아!"

나는 핏빛 달을 향해 소리쳤다.

공간을 찢어발기며 날아간 나의 날카로운 외침이 핏빛 달에 닿았다. 달무리가 불길하게 일렁거렸다. 그 달무리 속으로 나의 염원이 파고들었다.

그렇다!

이것은 나의 염원이다!

나는 세르히오를 만나기를 간절히 염원했다. 세르히오 가르시아, 즉 하늘의 컨을 만나 그의 능력을 갈취하고 싶었다.

'그는 샤피로 세상의 인물을 이곳 세상으로 빼돌리는 방법을 알아. 참으로 탐나는 능력이지.'

세르히오는 샤피로 세상의 인물인 솜노를 이곳 세상으로 불러왔다. 사람뿐 아니라 포지리움이라는 금속도 이 세상으로 옮겨왔다.

나는 이 능력을 갖고 싶었다. 지금까지 내가 갖고 싶다고 마음먹어서 손에 넣지 못한 것은 아무것도 없었다.

나는 끝 모를 탐욕의 군주! 질투의 화신! 빼앗고 또 빼앗아서 세상 모든 것을 다 가져야 직성이 풀리는 존재!

이것이 나다.

이것이 내 본성이다.

한낱 세르히오 따위는 내 강렬한 본성에 맞설 수 없다. 그의 본래 운명이 어떤 것이었든지 간에, 일단 나와 맞닥뜨린 이상 내 운명의 실타래에 빨려 들어올 수밖에 없었다.

"어서 이곳으로 와라, 가련한 세르히오 가르시아여! 여기서 나와 맞붙자. 그 다음 내 손아귀에 붙잡혀 네 모든 것을 토해 놓거라!"

나의 광기 어린 울부짖음이 핏빛 달을 움직였다. 달이 박힌 하늘을 움직였다. 나의 순수하고도 포악한 탐욕이 시간을 거슬러 올라가 세르히오의 운명에 영향을 미쳤다. 내 등에서 뻗은 날개가 지구의 3분의 1을 뒤덮었다. 그 날개 깃털 하나하나에 박힌 검이 공간을 찢고 시간의 흐름을 뒤흔들었다.

내가 날개로 구현한 이 권능이야말로 십제검(十帝劍) 6편의 '시간검'이었다. 육존 가운데 한 명인 십제가 남긴 최후의 정화, 시간검!

십제조차 완성하지 못하고 이론으로만 남긴 시간검이 지금 내 손에서 구현되었다. 내 등에서 돋아난 날개가 지구를 휘감아 꽉 움켜쥔 순간, 지구가 후워어어엉! 진동하다가 자전 운동을 멈췄다. 시간이 점점 느릿하게 흘러가다가 뚝 정지했다.

미래를 향해 한 방향으로 흐르던 시간이 우르르 재배치되었다.

공간이 와르르 허물어졌다가 다시 조립되었다.

세상이 완전히 뒤틀렸다.

이것이 나의 능력이다! 이것이 나의 권능이란 말이다!

나의 무한한 탐욕이 시공간을 비틀고 쥐어짜서 다시 만들어 낸 세상! 그 세상에서 세르히오 가르시아의 현재 위치는 하와이 군도의 빅 아일랜드로 지정되었다.

운명에 의해!

또는 운명을 뛰어넘는 나의 의지에 의해!

광기에 의해!

제2화
블러드 문 I

Chapter 1

며칠 전으로 거슬러 올라간 그 시간.

세르히오 가르시아는 스페인의 한 유서 깊은 성에 머무르는 중이었다. 중세 고딕풍의 성 주변엔 폭 20미터의 강이 U자 모양으로 굽이쳐 흘렀고, 그 강을 굽어볼 수 있는 절벽 위에 성이 우뚝 서 있었다.

이 고풍스러운 성 안에서 세르히오 가르시아는 두 손으로 이마를 짚고 깊은 시름에 잠겼다.

지구의 자전을 멈추고 시간을 거슬러 올라가는 도중, 나는 세르히오의 모습을 생생하게 관찰할 기회를 잡았다.

세르히오 앞에는 길쭉한 타원형의 테이블이 보였다. 그 테이블 주변에 몇몇 인물들이 자리했다.

다들 로브를 쓰고 있었지만, 내 눈엔 그들의 본 모습이 훤히 들여다보였다.

세르히오 오른편에 앉은 자는 덩치가 산처럼 크고 온몸에 낙엽과 진흙이 덕지덕지 묻어 있는 괴인이었다.

나는 상대의 정체를 꿰뚫어 보았다.

"테닛! 빛의 사원의 여덟 신인 가운데 한 명이자 늪을 다스리는 자, 테닛이구나!"

테닛의 오른쪽 눈썹 위엔 Λ 문양이 선명하게 드러났다. Λ는 늪을 상징하는 기호였다.

테닛 옆에는 발갛게 발광하는 몸을 가진 괴인이 앉아 있었다. 몸뚱어리가 용암으로 이루어진 듯한 모습이었는데, 누구인지 짐작이 갔다.

"링이겠지. 불을 지배하는 신인 링!"

링의 오른쪽 눈썹 위에 박힌 문양은 Ψ.

이 Ψ 문양은 영원히 꺼지지 않는 불의 정화를 의미했다.

링 옆에는 푸른 피부 위에 노란색 문신을 잔뜩 새긴 노인이 보였다. 노인의 두 눈은 벼락을 품은 듯 강렬하게 번쩍였다. 또한 오른쪽 눈썹 위엔 Π 문양이 또렷했다.

"이 노인은 우레의 신인 지니구나!"

지니 또한 빛의 사원을 지배하는 여덟 신인 가운데 하나였다.

지니의 옆자리는 공석이었다.

"아마도 저 자리는 솜노의 차지였을 거야."

나는 가볍게 고개를 끄덕였다.

솜노의 속성은 바람!

녀석은 스페인의 이비자 섬에서 내게 붙잡혀 내 노예가 되었다. 나는 솜노의 뇌 속에 손가락을 푹 박고 그 안에 씨앗을 하나 심어 놓았다. 그 씨앗이 즉시 발아해 솜노의 뇌에 뿌리를 내리고 가지를 뻗었다. 두개골을 뚫고 나온 그 투명한 가지 끝에 잎사귀가 피고 꽃망울이 맺혔다. 다른 사람들의 눈에는 보이지 않는 영혼의 꽃망울이었다.

나는 솜노의 머리에서 자라난 꽃을 따서 먹었다.

사람의 뇌에서 피어난 식물.

네크로맨서들은 이 마법의 식물을 '굴레'라고 부른다. 한 번 피면 절대 시들지 않고 영원히 뇌를 장악하는 식물. 그래서 이름이 굴레다. 또한 이 식물의 꽃을 섭취한 자에게서 영원히 벗어나지 못하기에 굴레라고도 불린다.

솜노의 자리를 건너뛰자 이번엔 온몸이 액체로 이루어진 괴인이 보였다.

"물의 신인 가르멜!"

가르멜의 문양은 *Ω*였다.

그 옆엔 테닛보다도 더 덩치가 큰 거인이 쪼그려 앉아 있었는데, 그의 정체는 칸노였다. 속성은 산(山), 문양은 *Δ*였다.

마지막 자리는 수염이 덥수룩한 난쟁이 차지였다. 난쟁이의 얼굴은 진한 흙빛이었고, 코는 주먹만 했다. 그의 오른쪽 눈썹 위엔 ∋ 문양이 선명하게 박혀 있었다.

"이자가 땅의 신인인 코온이구나!"

빛의 사원을 지배하는 신인들 가운데 솜노를 제외한 나머지 일곱이 한자리에 모였다.

하늘의 컨!

늪의 테닛!

불의 링!

우레의 지니!

물의 가르멜!

산의 칸노!

땅의 코온!

이상 일곱 명 가운데 세르히오 가르시아(하늘의 컨)만이 사람의 모습을 하고 있었고, 나머지는 샤피로 세상의 외모를 그대로 유지한 상태였다.

이유는 뻔했다.

"저들 가운데 오직 세르히오만 문지기란 말이지."

문지기는 2개의 세상을 살아가는 존재!

그들은 양쪽 세상에 모두 육체를 가지고 있다. 내가 한스의 몸과 샤피로의 몸을 동시에 가진 것처럼, 세르히오도 마찬가지였다.

반면 테닛이나 링, 지니, 가르멜, 칸노, 코온은 이곳 지구인이라고는 볼 수 없는 괴상한 모습들이었다.

"즉, 저들은 문지기가 아니란 말이지. 그저 샤피로 세상에서만 살고 있는 존재인데, 세르히오가 이곳으로 불러들인 거야."

내 노예가 된 솜노도 문지기가 아니었다. 그저 세르히오에 의해 이곳 세계에 불려 왔다가 내 노예로 전락했을 뿐이다.

내가 지켜보는 가운데 침묵이 깨졌다.

가르멜이 가장 먼저 포문을 열었다.

"컨 님! 이제 더는 참지 못하겠습니다. 우리를 이 엉뚱한 세상으로 불러 놓고 언제까지 침묵만 지키실 겁니까?"

가르멜의 입에서 튀어나온 것은 지구의 언어가 아니었다. 샤피로 세계, 빛의 사원에서 사용되는 언어였는데, 나는 그 말을 모두 알아들을 수 있었다.

"대답해 보십시오, 컨 님."

가르멜이 다시 재촉했다.

신인들이 일제히 세르히오에게 시선을 던졌다.

세르히오는 침중한 표정으로 얼굴을 들었다.

"으음!"

하지만 곧 다시 시선을 내리깔았다. 세르히오의 입에서 묵직한 신음이 흘렀다.

성격 급한 링이 벌떡 일어섰다.

"컨 님, 당장 해명을 해 주셔야 할 겁니다. 당신의 서열이 아무리 우리보다 높다고 하나, 우리를 이렇게 졸개 부리듯이 하는 것은 용납할 수 없으니까요."

우레의 지니도 링의 말에 동의했다.

"컨 님도 알다시피 우리 8명은 서로 상호 존중하는 관계가 아닙니까? 이렇게 일방적으로 우리를 소환하는 것은 컨 님의 권한을 넘어선 일입니다. 그러니 어서 우리를 소환한 이유를 밝히시지요. 아니면 우리를 다시 원래 세계로 돌려보내 주시든가요."

말투는 공손했지만 지니의 태도는 그리 고분고분하지 않았다. 세르히오에게 말을 하는 동안 지니의 눈에선 강렬한 벼락이 뿜어져 나와 주변 집기들을 태워 버렸다. 빠지직! 빠지직! 주변 물건들이 타들어 가며 세르히오를 압박했다.

지니의 도발적인 태도에 세르히오가 반응했다.

"감힛!"

세르히오가 손바닥으로 탁자를 내리치자 두꺼운 원목탁자에 손바닥 모양으로 구멍이 났다. 공간을 삭제하는 이 권능이야말로 컨의 주특기 가운데 하나였다.

하지만 지니도 만만치 않았다.

"컨 님, 지금 저희를 협박하시는 겁니까?"

지니의 두 눈에서만 뿜어지던 벼락이 이제 온몸의 수만 개

모공에서 불같이 일어났다. 지니의 몸뚱어리 전체가 벼락의 정화로 뒤덮였다.

빠카카카캉!

무서운 소리가 지니의 온몸에서 울려 나왔다.

링도 지니의 편을 들었다. 링이 화를 내자 시뻘건 화염이 넘실넘실 일어났다. 그의 발이 닿은 대리석 바닥은 발갛게 달아올랐다가 흐물흐물 녹았다.

"그만!"

여덟 번째 신인 코온이 중재에 나섰다. 코온이 손을 뻗자 세르히오와 지니 사이에 흙벽이 솟아나 둘을 갈라놓았다.

코온은 서열은 여덟 번째지만 무력으로는 신인들 가운데 최강이었다. 하늘의 컨도 코온과 정면으로 맞붙어서 이길 자신은 없었다.

"끄응!"

지니가 억지로 화를 참았다. 주변을 휘감던 벼락이 잠잠하게 가라앉았다.

링도 불길을 거뒀다.

세르히오는 코온에게 고개를 까딱했다.

"중재해 줘서 고맙소, 코온."

코온은 고개를 가로저었다.

"컨 님, 제가 말리는 것에도 한계가 있습니다. 저희 모두를 소환하셨으면 마땅히 그 이유를 설명해 주셔야지요. 지금 우리 세계도 큰 환란을 겪는 중 아닙니까? 고르도 제국과 안테르펜 왕국 사이의 전쟁이 이제 대륙 전체로 번지고 있습니다. 숲의 사원을 등에 업은 안테르펜 왕국은 고르도 제국의 수도를 점령한 다음 그 여세를 몰아 무섭게 서진하는 중입니다. 우리 빛의 사원도 이미 그 여파에 말려들었고요."

가르멜이 말을 보탰다.

"전쟁이 벌어진 초기, 컨 님께서 무언가 조치를 취하신다고 하셨지요? 숲의 사원을 혼내 주기 위해 지하 세계의 도마뱀들을 풀어놓는다고도 말씀하셨지요? 그런데 결과는 어떻습니까? 그 일곱 마리 도마뱀들이 미쳐 날뛰면서 오히려 고르도 제국군을 공격했습니다. 통제 불능의 그놈들이 안테르펜의 진격을 돕고 있단 말입니다."

"애초부터 도마뱀들을 풀어놓는 것이 아니었습니다. 놈들은 통제 불능이 아닙니까? 통제할 수도 없는 파충류들을 왜 풀어놓는단 말입니까? 그리고 이왕 풀어놓았으면 사후 대책도 세워 놓았어야죠. 도마뱀들이 날뛰는 와중에 우리들을 몽땅 이쪽으로 소환해 버리면 어쩌자는 겁니까?"

테닛도 한 팔 거들었다.

테닛과 가르멜은 원래 다른 속셈을 가진 자들이었다. 그들은 고르도 제국과 안테르펜 왕국의 전쟁에 끼어들어 샤피로의 보물을 차지하려고 했다가 낭패만 보았다. 그러곤 그 원망의 화살을 엉뚱하게도 세르히오에게 돌린 것이다.

사방에서 공격이 들어오자 세르히오의 얼굴이 일그러졌다.

"이이익!"

세르히오가 막 폭발하려고 할 때, 코온이 다시 끼어들었다.

"자, 다들 그만! 잠시 기다려 봅시다. 컨 님께서 무슨 말씀을 하시겠지요."

이번에도 코온의 말이 먹혔다. 신인들은 흥분을 가라앉히고 다시 착석했다.

세르히오도 더는 침묵할 수 없었다.

"끄으응! 좋소. 말하리다. 내가 여러분들을 이쪽 세상에 소환한 이유는 바로 이자 때문이오."

세르히오가 내민 것은 한 장의 사진이었다.

'어라? 저건 내 사진이잖아?'

나는 회의 과정을 지켜보면서 피식 웃었다.

세르히오가 내민 것은 다름 아닌 내 사진이었다. 사진 하단부엔 '한스 반 데어 뤄슨'이라는 글자가 또렷했다.

"이게 뭡니까?"

가르멜이 시큰둥하게 물었다.

세르히오는 심각하게 대답했다.

"바로 이자를 잡기 위해 여러분들을 이쪽 세상으로 소환한 거외다."

"뭐라고요?"

Chapter 2

"컨 님, 지금 뭐라고 하셨습니까?"

가르멜이 손가락으로 귓구멍을 파면서 되물었다.

"허! 지금 이자를 잡기 위해 우리 모두를 소환했다고 하셨습니까?"

링은 기가 막힌다는 듯이 뇌까렸다.

세르히오는 쓰게 입맛을 다셨다.

"끄응! 부끄럽지만 사실이외다. 이자를 잡으려고 여러분들 모두를 소환한 거요."

"나는 그 말을 믿을 수가 없습니다."

지니가 벌떡 일어섰다. 지니는 내 사진을 붙잡아 동료들 앞에 흔들었다.

"고작 이런 애송이 한 명을 잡는 데 우리 모두가 필요하다니, 그 말을 어찌 믿으란 겁니까? 아무래도 컨 님께서는 딴생각을 품으셨나 봅니다."

"딴생각?"

링이 반문했다.

지니의 답변이 이어졌다.

"당연히 딴생각이지. 링 님도 한번 생각해 보시구려. 지금 우리 세계에 큰 환란이 벌어졌소이다. 전쟁의 불길이 고르도 제국을 불태우고 점점 번지더니 급기야 우리 빛의 사원도 그 전쟁에 휘말렸소. 그런데 일이 이렇게 커진 이유는 컨 님께서 지하 세계의 도마뱀들을 풀어놓은 탓이 아니겠소?"

"그렇지. 컨 님의 실책이 분명 있으셨지."

링이 맞장구를 쳤다.

지니가 말을 이었다.

"그런데 이 급한 와중에 우리를 몽땅 이 세계로 소환해 버렸단 말이오. 그럼 주인 없이 텅 빈 빛의 사원이 과연 어찌 되겠소? 우리를 섬기는 몽크들이 무사하겠소? 물론 컨 님을 섬기는 몽크들이야 무사하겠지만, 난 내 아이들이 걱정된단 말이오."

지니는 작정을 한 듯 세르히오를 압박했다.

그 말이 설득력이 있었다. 신인들은 무서운 눈으로 세르히오를 노려보았다.

세르히오가 고개를 가로저었다.

"다들 흥분하지 말고 내 말을 들으시구려. 지하 세계의 도마뱀들을 풀어 준 것은 분명 내 실책이오. 그 와중에 우리 빛의 사원의 몽크들이 다치고 죽게 된 것도 다 내가 부덕한 탓이오. 하지만 이것 하나만은 믿어 주시오. 여러분들이 이 늙은이를 믿고 도와주지 않으면! 그리하여 그 사진 속의 괴물을 잡지 못한다면! 단언컨대 우리에게 내일은 없소."

"흥! 말도 안 되는 소리!"

지니가 코웃음을 쳤다.

세르히오가 악을 썼다.

"그렇게 비웃지만 말고! 제발 이 늙은이의 피 토하는 절규를 들어 보란 말이오! 그 괴물이 솜노를 해치웠소!"

"뭣?"

지니가 흠칫 놀랐다.

링도 얼굴이 굳었다.

다른 신인들도 충격을 받은 표정이었다.

세르히오의 절규가 이어졌다.

"그 괴물! 그 괴물이 지금 지하 세계의 도마뱀들을 채찍질해 빛의 사원으로 진격시킨 장본인이란 말이오! 그 괴물이 이쪽 세상에서 나를 압박하고 솜노를 해치웠으며, 저쪽 세상에선 대륙 일통을 꿈꾼단 말이외다! 으아아아악!"

털썩!

마침내 세르히오가 동료들 앞에 무릎을 꿇었다.

"그러니 제발 이 늙은이를 도와주시오. 내 말을 좀 믿고, 나를 도와 달란 말이오. 크흐흐흑!"

세르히오의 눈에서 굵은 눈물이 흘러내렸다.

"아!"

그 모습에 다들 입을 다물지 못했다. 하늘의 컨이 눈물을 흘리다니! 이건 상상도 하지 못했던 광경이었다.
세르히오의 눈물이 신인들의 마음을 움직였다.
코온이 먼저 손을 내밀었다.
"컨 님, 그만 일어나시지요."
세르히오가 그 손을 맞잡았다.
덩치 큰 칸노가 쿵쿵 걸어와 세르히오를 부축했다. 눈치가 빠른 테닛과 가르멜은 어느새 세르히오 옆에 섰다. 세르히오의 추궁에 앞장섰던 지니와 링도 아무런 말이 없었다.
빛의 사원을 다스리는 신인들이 다시 하나로 합심했다. 스페인의 한 성에서 벌어진 일이었다.
나는 그 모습을 지켜보면서 하얗게 웃었다.

후워어어엉—
거꾸로 거슬러 올라갔던 시간이 다시 원래 방향으로 흐르기 시작했다. 세르히오와 신인들은 머리를 맞대고 나를 잡을 방법을 논의했다.
정보는 세르히오가 제공했다.
"여러분들은 내 예지력을 믿소?"
세르히오가 물었다.
다들 고개를 끄덕였다.
"컨 님의 예지력이야 언제나 정확하지요. 그걸 믿지 않으면 세상에 무얼 믿을 수 있겠습니까?"

가르멜이 아부성 발언을 했다.

세르히오는 가르멜의 얼굴을 빤히 바라보았다.

'참으로 박쥐 같은 놈이로구나!'

이런 생각이 세르히오의 눈빛을 통해 드러났다. 하지만 세르히오는 겉으로 내색하지 않고 말을 이었다.

"내가 꾼 꿈에 의하면, 이 한스라는 괴물은 이틀 뒤에 약혼을 할 거외다. 그 다음 약혼녀 2명과 친구들을 데리고 여기 이 섬으로 여행을 가게 될 운명이오."

세르히오가 가리킨 곳은 지도 위의 하와이 군도였다.

"여기 이 섬 말입니까?"

코온이 턱수염을 조몰락거렸다.

세르히오가 고개를 끄덕였다.

"그렇소, 코온 님. 지도만 봐도 무언가 느껴지는 바가 있지 않소?"

"지형이 불안정하군요. 땅속 운동이 무척 활발할 것 같습니다."

코온의 답변은 놀라울 정도로 정확했다. 실제로 하와이 빅 아일랜드는 아직도 화산 활동이 진행 중인 섬이었다. 코온은 놀랍게도 지도를 보는 것만으로도 그 사실을 유추해냈다.

링이 말을 보탰다.

"뜨거운 열기가 섬 밑을 꽉 채우고 있군요. 제가 힘을 쓰고 코온 님이 거들어 주시면 이거 한바탕 큰일을 벌일 수 있겠습니다."

세르히오가 무릎을 쳤다.

"그렇지! 그래서 여러분들을 소환한 것이외다. 어쩌면 이곳 하와이야말로 저 괴물을 해치울 수 있는 최적의 장소가 아닌가 싶소. 그리고 이 늙은이가 확언컨대, 이쪽 세상에서 저 괴물을 해치운다면 우리 세상의 전쟁도 손쉽게 종결될 게요. 전쟁의 배후에 바로 저 괴물이 있으니까!"

"으음! 그렇다면 어떻게든 이 기회를 놓치면 안 되겠군요. 역시 컨 님이십니다. 놀라운 예지력으로 이런 기회를 만들어 내시다니요. 하하하!"

가르멜이 또다시 아부를 던졌다.

세르히오는 아무런 대꾸도 하지 않았다.

"와하하!"

가르멜이 계면쩍게 웃었다.

동료 신인들은 그런 가르멜을 한심하다는 듯이 바라보았다.

Chapter 3

후워어어엉—

거꾸로 흘렀던 시간이 원래 방향으로 좀 더 흘렀다.

세르히오(컨)를 비롯한 테닛, 링, 지니, 가르멜, 칸노, 코온은 하와이 제도의 빅 아일랜드로 단숨에 공간이동했다.

거기에 더해서 가르시아 가문의 주력 부대도 하와이로 향했다.

원래 세르히오가 키운 부대는 모두 4개였다.

라이트닝 마법에 특화된 가디언 엘(L)!

에어 마법을 집중적으로 배운 가디언 에이(A)!

아이스 마법의 결정체 가디언 아이(I)!

기사들로 이루어진 가디언 케이(K)!

이 가운데 가디언 엘(L)은 뉴욕의 산 페르민 클럽에서 나를 공격했다가 전멸했다. 가디언 엘(L)의 수장인 호르디 가르시아도 내게 모든 정보를 토해 놓고는 비참하게 죽었다.

두 번째 조직인 가디언 에이(A)와 세 번째 조직인 가디언 아이(I)는 스페인의 이비자 섬 지하 감옥에서 내 손에 박살났다. 가디언 에이(A)의 수장인 후안 가르시아와 가디언 아이(I)를 이끄는 미리엄 가르시아도 내 포로로 전락했다.

미리엄은 세르히오가 가장 아끼는 제자였다. 그녀는 보기 드문 빙계 법사로, 각성률이 무려 81퍼센트에 달하는 에인션트급 신인류였다.

하지만 내 상대는 되지 못했다.

나는 포로로 붙잡은 미리엄의 뇌 속에 네크로맨서의 '굴레'를 심어 내 노예로 만들어 버렸다. 그냥 죽이기엔 미리엄의 실력이 아까웠기 때문이다.

더불어서 후안 가르시아의 뇌에도 굴레를 심어 주었다.

이렇게 세르히오의 비밀 무기 4개 가운데 3개가 허물어졌다. 그러니 이제 세르히오가 믿을 전력은 가디언 케이(K)뿐.

문제는 가디언 케이(K)도 정상이 아니라는 점.

총 48명이던 가디언 케이(K)의 조직원은 지금 36명으로 줄었다. 11명이 스페인의 메노르카 섬에서 내 손에 죽었고, 에르쿨 가르시아는 포로로 붙잡힌 탓이다.

세르히오는 남은 36명을 이번 작전에 투입했다. 가르시아 가문의 전용기를 탄 가디언 케이(K) 소속 기사들이 힐로 공항을 통해 빅 아일랜드에 입성했다.

나는 시간의 흐름 속에서 그 모습을 지켜보았다. 공항 검색대를 통과하는 기사들의 얼굴이 비장해 보였다.

"가디언만 동원하고, 가르시아 가문의 신인류들은 투입하지 않을 셈인가?"

가르시아 가문은 수천 년의 역사를 가진 명문가였다. 당연히 다양한 종류의 무력 부대가 가문을 지탱하고 있었다. 이 무력 부대들 가운데 최근에 설립한 가디언 부대가 가장 강력했지만, 나머지 부대들도 제법 쓸 만했다.

한데 세르히오는 가문의 정병들을 그대로 스페인에 남겨 놓았다. 세르히오의 손녀인 유진 가르시아도 움직이지 않았다.

세르히오가 이들을 스페인에 남겨 둔 이유는 뻔했다. 최악의 경우 가르시아 가문이 전멸하는 사태를 막기 위해서일 것이다.

"뭐, 세르히오만 붙잡으면 나머지 가르시아 패잔병들쯤이야 아무것도 아니지."

나는 세르히오만 손에 넣으면 나머지 가르시아의 찌꺼기들은 살려 둘 마음도 있었다. 나름 아량을 베푸는 것도 괜찮은 선택이었다. 더군다나 유진 가르시아를 포함한 상당수의 가르시아 사람들은 세르히오의 본성에 대해서 제대로 알지 못했다. 그동안 가르시아 가문이 아프리카 등지에서 저지른 악행에 대해서도 전혀 무지했다. 심지어 유진은 마사가 자신의 이복자매라는 사실도 알지 못했다.

가르시아의 정병들은 유럽에 남게 된 반면, 가르시아의 비밀 실험체는 전투에 동원되었다. 가르시아 가문은 오랜 시간 동안 각종 약품과 DNA 조작을 통해 실험체들을 만들어 왔다.

이들 대부분은 실패작이거나 무력이 그리 강하지 않았다.

그러다 몇 년 전, 가르시아 가문은 획기적인 실험체의 개발에 성공했다.

살아 있는 인간을 강제로 각성시킨 다음, 심장을 적출하고 그 자리에 포지리움이라는 특수 금속을 집어넣어서 만든 실험체!

세르히오는 이 실험체들에게 버서커(Berserker: 광전사)라는 이름을 붙여 주었다.

버서커는 북유럽 전설에 나오는 '광포한 전사'를 의미했다.

심장 대신 포지리움을 몸에 품은 실험체들은 버서커라는 이름에 걸맞게 광기가 넘쳤다. 그래서 세르히오는 이 버서커들을 '절반의 성공'이라고 불렀다.

적군과 아군을 구별하지 못하고 눈앞에 존재하는 모든 것을 파괴하는 버서커들은 통제가 불가능했다. 그리고 무엇보다 수명이 짧았다. 전쟁터에 한번 풀어놓으면 포지리움의 에너지가 바닥날 때까지 광포하게 날뛰다가 끝!

그 때문에 세르히오는 버서커를 실제 전장에 투입한 적이 한 번도 없었다. 그저 실험실의 유리관 안에 잠재워 놓았을 뿐이다.

그런 버서커 부대가 이번 하와이 작전에 전량 투입되었다. 총 44개의 유리관이 가르시아 가문의 수송기에 실려 빅 아일랜드로 향했다.

"버서커 부대라? 이건 좀 기대가 되는데?"

나는 흥미로운 장난감을 발견한 어린아이처럼 눈을 반짝 빛냈다.

"버서커까지 동원했으니 이젠 흑마법사들의 차례겠지?"

나는 세르히오가 흑마법사들을 부를 것이라 예상했다. 하지만 내 예측은 틀렸다. 세르히오는 흑마법사들을 작전에 동원하지 못했다.

사실 세르히오가 부리는 네크로맨서와 흑마법사들은 가디언 부대보다 더 강력한 무력 조직이었다. 아프리카 전투와 스페인 전투에서 흑마법사들이 보여 준 전투력은 감탄할 만했다. 그런데 궁지에 몰린 세르히오가 이 강력한 흑마법사들을 작전에서 뺀 것은 이해할 수가 없었다.

"왜 흑마법사들을 작전에 동원하지 않지?"

나는 세르히오의 속내가 궁금했다.

잠시 지켜보는 가운데 내 궁금증이 해소되었다. 하와이로 공간이동하기 직전, 세르히오는 안타깝다는 듯이 발을 굴렀다.

"제기랄! 네크로맨서와 흑마법사들을 총동원해서 괴물 사냥에 투입해야 마음이 놓이거늘, 이 약삭빠른 흑마법사 놈들! 감히 내 명령을 거역하고 백화문의 그늘에 숨어? 으드득! 백화문도 마음에 들지 않아. 박쥐 같은 흑마법사 녀석들은 모조리 모가지를 뽑아 버리고 싶어. 크우우! 두고 보자! 반 데어 뤼슨의 그 괴물을 해치운 다음엔 네놈들에게 배신의 대가를 치르도록 만들어 줄 테다."

세르히오의 독백을 듣자 전후 사정이 이해가 되었다.

나는 손바닥으로 내 이마를 툭 쳤다.

"아하하하! 이런, 이런! 흑마법사들이 세르히오의 명을 거역하고 중국으로 도망쳤구나! 이거 참, 세르히오의 신세가 불쌍하게 되었군. 키우던 개에게 배신을 당했으니까 말이야. 아하하하하!"

흑마법사들이 하와이로 오건 말건 나는 상관없었다. 가르시아 가문과 함께 흑마법사들을 한 묶음으로 쓸어버려도 좋고, 나중에 백화문을 정리할 때 함께 처리해도 무방했다. 약간의 시간 차이만 있을 뿐 결과는 마찬가지였다.

모든 것이 내 계획대로 흘러가니 기분이 좋았다.

"흐흐흐흥~"

나는 가볍게 콧노래를 불렀다.

후워어어엉—

시간이 좀 더 흘렀다.

반 데어 뤄슨의 별장에선 내 약혼식이 한창이었다. 나는 약혼식장 한구석에서 마사와 키스를 했다.

같은 시간!

빛의 사원을 다스리는 신인들은 하와이 군도 빅 아일랜드 남부의 킬라우에아 화산에 모여 나를 잡기 위한 함정을 준비 중이었다.

킬라우에아 화산은 현재도 유황 연기를 뿜어내는 활화산이었다. 인근에는 화산 활동을 관찰하기 위한 연구소와 박물관이 있고, 먼발치에서 화산 연기를 구경할 수 있는 전망대가 자리했다.

직접 용암을 볼 수 있는 곳은 화산의 남쪽 지역인데, 이 방향은 미국 정부에 의해 접근이 통제되었다.

화산 활동이 심해질 때면 이 킬라우에아 화산에서 시작된 용암이 산을 타고 흘러내려 하와이 남쪽 바다로 직접 떨어지곤 했다.

용암과 바닷물이 맞닥뜨리면 엄청난 양의 수증기가 치솟게 마련인데, 하와이 원주민들은 이를 불의 여신과 물의 여신의 싸움으로 묘사했다.

세르히오 가르시아가 공간이동을 한 장소는 바로 이 킬라우에아 화산 분화구였다. 인적이 없는 분화구 입구로 직접 공간이동을 한 덕분에 관광객들은 세르히오의 등장을 알아차리지 못했다.

오직 한 명!

미국 반대편에 있는 나만이 세르히오의 등장을 지켜보고 있었다.

번쩍!

밝은 빛이 확 퍼졌다가 빠르게 꺼졌다. 그 주변에서 파직! 파지직! 소리와 함께 스파크가 튀었다. 잠시 후 스파크 안에서 서서히 사람의 모습이 드러났다.

세르히오였다.

그가 유럽에서 하와이로 공간이동을 한 것이다.

세르히오는 분화구 앞에 착지하자마자 손을 휘저었다. 화산 활동을 탐지하기 위해 설치한 관찰 카메라들이 번쩍 빛을 토하며 망가졌다.

빛이 한 번 더 명멸하고, 스파크가 화려하게 튀었다. 그 스파크 속에서 6명이 동시에 튀어나왔다. 늪의 테닛, 불의 링, 우레의 지니, 물의 가르멜, 산의 칸노, 땅의 코온까지 모두 공간이동에 성공했다.

"여기군요."

링이 킬라우에아 화산을 내려다보았다. 나머지 여섯 명의 신인들도 분화구 앞에 빙 둘러서서 용암을 굽어보았다.

분화구 안에선 눈을 뜨기 힘들 정도로 독한 유황 가스가 뭉게뭉게 분출 중이었다. 그리고 연기에 가려진 저 밑바닥에 시뻘건 용암이 꿈틀거렸다. 뿌연 연기 사이로 용암의 모습이 얼핏얼핏 드러났다.

세르히오가 링에게 물었다.

"링 님, 어떻소? 에너지는 충분한 것 같소?"

"훌륭합니다. 불의 사원이 세워져 있는 카(KA)에 비할 수는 없지만, 이 정도의 열기를 품고 있으면 섬 전체를 녹여 버리기에 충분하지요. 후후후!"

링의 두 눈이 기이한 열기를 띠었다. 화산 지역에 가까이 온 것만으로도 링은 기운이 넘쳐났다.

세르히오의 시선이 지니에게 머물렀다.

“지니 님의 생각은 어떠하시오? 쓸 만한 함정을 팔 수 있을 것 같소?”

지니는 깡마른 손을 화산 연기 속으로 집어넣었다. 하늘을 향해 열린 그의 손바닥에서 번쩍번쩍 스파크가 튀었다.

지니가 이빨을 드러내며 웃었다.

“크흐! 이거 괜찮네요. 화산 가스에 유황 성분이 충분해서 벼락을 부르기만 하면 폭발이 쾅쾅 일어날 것입니다.”

세르히오의 얼굴이 밝아졌다.

“오오! 이거 반가운 소리군! 그럼 링 님이 용암을 퍼 올려 주변을 불태우고 지니 님이 벼락을 내리찍어 대폭발을 이끌어 낸다면 아마도 하와이를 통째로 날려 버릴 수도 있겠구려?”

링이 코온을 가리켰다.

“그러자면 코온 님의 도움이 필요하지요. 코온 님께서 맨틀을 움직여서 저 땅속 깊은 곳의 용암을 끝없이 퍼 올려 준다면 얼마든지 가능합니다.”

코온은 화산 남쪽에 펼쳐진 태평양을 둘러보았다.

“이곳은 지반이 상당히 불안정하군요. 잘만 움직이면 화산 폭발과 동시에 대지진도 일으킬 수 있겠습니다.”

가르멜이 말을 보탰다.

"해저 지반에서 대지진이 나면 곧 해일이 일겠지요? 제가 힘을 보태면 그 해일을 어마어마하게 증폭시킬 수 있을 겁니다. 한스 반 데어 뤄슨을 집어삼킬 만큼 어마어마하게 말입니다. 크흐흐!"

늪의 테닛이 자신의 역할을 입에 담았다.

"놈이 무척 빠르다지요? 제가 끈적끈적한 진흙을 모아 놈의 발목을 붙잡겠습니다. 그 사이 링 님께서 화산을 분출시켜 놈을 용암 속에 빠트리고 지니 님께서 벼락으로 대폭발을 일으키시지요. 동시에 코온 님께서 지진을 발생시키고 가르멜 님께서 해일을 불러오면 될 것 같습니다."

칸노도 빠지지 않았다.

"푸우! 다행히 이 근방은 모두 암석 천지군요. 이 정도로 암석이 많으니 스톤 골렘을 무수히 소환할 수 있을 겁니다. 푸우우! 저는 골렘으로 적의 발을 묶어 두겠습다. 푸우우!"

평소 말수가 적은 칸노는 긴 문장을 이야기하면서 중간중간 숨을 몰아쉬었다.

Chapter 4

이제 준비는 끝났다.

뜨겁게 달궈진 용암 분출!

하늘에서 떨어지는 수천 줄기의 벼락과 가스 폭발!

지반을 뒤틀어 버리는 대지진!

하늘을 뒤덮는 엄청난 해일!

이 와중에 늪에 파묻혀 꼼짝도 못 한다. 사방의 현무암들은 수십 기의 스톤 골렘으로 변해 달려들어 발을 묶는다.

여기에 더해서 세르히오가 공간 삭제 능력으로 원거리 공격을 퍼붓는다. 현란하게 공간이동을 반복하면서 공간을 삭제해 버린다면 적이 피할 곳은 없다.

신인들의 머릿속에 전투 장면이 파노라마처럼 떠올랐다. 그들의 머릿속에 그려진 결과는 한결같았다.

"허어! 이거 완벽하군!"

"우리가 이긴 싸움이야. 이 정도면 과거 태고의 도마뱀이 몇 배 더 강하져서 되살아온다고 해도 벗어나지 못해."

"암! 그렇고말고요."

신인들은 서로의 얼굴을 바라보며 승리의 미소를 지었다.

세르히오가 고개를 가로저었다.

"아니, 아니! 그렇게 안심할 때가 아니외다."

신인들의 시선이 세르히오에게 집중되었다.

세르히오는 심각하게 말했다.

"물론 나도 여러분들의 의견에 동조하고 싶지만, 세상엔 만에 하나라는 것이 있지 않겠소? 그러니 이 정도만으로는 만족할 수 없구려. 실제로 내가 겪어 본 그 괴물의 몸뚱어리는 지진을 견딜 정도로 단단하고 용암을 버틸 정도로 열에 친숙합디다. 게다가 어지간한 벼락은 그대로 튕겨 버릴 겁니다. 그래서 이걸 준비했지요."

세르히오가 꺼내 든 것은 뾰족한 피뢰침 모양의 금속 덩어리였다.

지니가 금속의 정체를 알아보았다.

"엇? 그건 포지리움이 아닙니까?"

포지리움은 샤피로 세상에서만 존재하는 금속이었다. 전하의 활동량을 수천 배, 아니 수만 배 증폭시키는 마법의 금속!

얼마 전 뉴욕 전투 때 가디언 엘(L)의 마법사들이 포지리움을 사용해서 나를 공격했었다. 세르히오는 포지리움 덩어리를 지니에게 건네주었다.

"순도 99.9999퍼센트의 포지리움이외다. 소수점 넷째 자리까지 정제율을 높이느라 그동안 고생이 무척 심했소. 허허허! 이걸 사용하면 지니 님의 공격력이 수백 배는 더 증폭되겠지요?"

"99.9999퍼센트의 포지리움! 크하하! 이 정도의 고순도 포지리움이라면 내 힘을 최소한 500배는 증폭시켜 줄 겁니다. 이거 컨 님께서 정말 준비를 철저하게 하셨군요. 크하하하!"

지니는 허리를 뒤로 젖히며 웃었다.

세르히오의 준비는 거기서 끝나지 않았다.

"거기에 더해서 심리전도 덧붙일 것이외다."

"심리전이라고요?"

코온이 되물었다.

세르히오는 번들거리는 눈빛으로 대답했다.

"그렇소. 심리전! 내가 예지력을 발휘해 보니 이곳에 그 괴물이 혼자 오는 것이 아니라오. 괴물의 약혼녀 2명과 친구들이 함께 오게 되어 있소."

"그러니까 그 한스라는 괴물에게 조력자가 있단 말씀이지요? 그럼 문제가 아닙니까?"

코온이 눈을 찌푸렸다.

세르히고는 고개를 가로저었다.

"아니오. 오히려 우리에게 도움이 될 게요. 놈의 약혼녀와 친구들은 하찮은 벌레에 불과하거든. 후후후!"

세르히오가 음흉하게 웃었다.

코온이 무릎을 쳤다.

"아하! 그러니까 조력자가 아니라 오히려 짐덩어리란 말씀이군요."

"그렇소. 놈의 약혼녀와 친구들은 짐이 될 게요. 우리가 그 괴물을 공격하는 그 순간, 내가 키운 아이들이 괴물의 약혼녀와 친구들을 집단으로 공격할 것이외다. 만약 그 괴물이 약혼녀의 위기를 알게 된다면? 아무래도 마음이 조급해지지 않겠소? 으흐흐!"

"당연히 그렇겠지요."

코온이 맞장구를 쳤다.

가르멜이 입술을 비틀며 웃더니, 대화에 끼어들었다.

"역시 컨 님이십니다. 완벽한 함정에 더해 심리전까지 준비를 해 놓으셨으니 이제 그 괴물을 잡는 것은 시간문제겠네요. 컨 님, 정말 대단하십니다."

가르멜의 아부는 끝없이 계속되었다. 그러자 컨도 꽁했던 마음이 살짝 누그러졌다.

"허허! 가르멜 님의 말씀대로 되었으면 좋겠구려. 허허허!"

"후하하하!"

모처럼 컨이 웃음을 보이자 가르멜도 기분이 좋아졌다.

묵묵히 듣고만 있던 칸노가 물었다.

"그런데 컨 님. 푸우!"

"칸노 님, 왜 그러시오?"

"푸우! 혹시 전투 결과는 예지하지 못하셨습까? 푸우우! 결과를 미리 읽었는지 궁금해서요. 푸우우!"

"아, 그렇지!"

신인들이 눈을 번쩍 떴다. 다들 기대에 찬 얼굴로 세르히오를 바라보았다.

세르히오는 고개를 천천히 가로저었다.

"아쉽게도 전투 결과는 읽지 못했소. 아무것도 보이지 않았소. 그래서 전투 준비를 더 철저하게 한 것이외다."

컨의 예지력은 완벽하지 않았다. 그가 예지력으로 읽은 미래는 반드시 실현되지만, 아예 미래를 읽지 못하는 경우도 종종 있었다.

코온은 그게 무슨 대수냐는 듯이 뇌까렸다.

"지금까지 컨 님께서 전투 결과를 예지하지 못한 적이 여러 번 있었지요. 하지만 그때마다 우리는 철저한 준비를 통해 이겨 왔습니다. 태고의 도마뱀도 이겼고, 불의 사원과 숲의 사원도 꺾었습니다. 이번에도 마찬가지라고 생각합니다."

"코온 님의 말씀이 옳습니다. 이렇게 용암이 들끓는 곳에서 우리가 실패할 리 없지요."

링이 자신의 가슴을 탕탕 두드렸다.

지니는 포지리움을 번쩍 들었다.

"이런 고순도 포지리움을 손에 쥐고도 진다면 말이 되지 않지요. 크흐흐!"

"암요! 우리가 이길 겁니다. 암요!"

코온이 자신 있게 맞장구쳤다.

테닛이 고개를 끄덕였다.

짝짝짝!

가르멜은 승리를 미리 자축하는 의미에서 박수를 쳤다.

"푸우! 푸우!"

칸노는 결의에 찬 표정으로 팔짱을 꼈다.

동료들의 자신만만한 모습을 둘러보면서 세르히오는 가볍게 고개를 끄덕였다. 그런 다음 눈을 들어 먼 동쪽 하늘을 바라보았다.

'어서 와라, 한스 반 데어 뤄슨이여! 내가 파 놓은 함정 속으로 어서 기어들어 오너라!'

아마도 세르히오는 마음속으로 이런 생각을 하고 있을 것이다. 나는 내가 뒤틀어 버린 시간의 흐름 속에서 그 음모의 현장을 낱낱이 지켜보았다.

후워어어엉—

거꾸로 거슬러 올라갔던 시간이 다시 원상태로 돌아왔다.

나는 뤄슨 그룹의 전용기를 타고 하와이 코나 공항에 내렸다. 알렉산드라와 줄리아가 양쪽에서 내 팔짱을 꼈다. 염치도 없이 남의 허니문에 끼어든 찰스 해링턴과 엘리자베스 해링턴, 마사 디 리엔조, 루이 발데마르, 루트비히 바이어, 니코 바이어도 내 뒤를 이어 공항 활주로에 내려섰다.

공항 밖으로 나오자 벤츠 G63 AMG 6X6 세 대가 나란히 서 있는 모습이 보였다. 양복을 입은 사내가 후다닥 내게 달려왔다.

'이자의 이름이 톰슨이라고 했지? 뤄슨 그룹 코나 지역 은행의 지부장 톰슨.'

똑같은 장면을 되풀이해서 겪는 것도 참 고역이었다.

"한스 이사님이십니까?"

톰슨이 내게 물었다.

"그렇소."

나는 짧게 고개를 끄덕였다. 전에 했던 행동 그대로였다.

톰슨이 내게 자동차 키 3개를 냉큼 건네주었다.

"저희가 의전용으로 보유한 자동차들이 여러 대 있습니다만, 리무진보다는 사륜구동을 더 선호하실 것 같아 벤츠 G63으로 가져왔습니다. 마음에 들지 않으시면 말씀만 하십시오. 운전기사가 딸린 리무진을 대령하겠습니다."

이 말도 토씨 하나 다르지 않고 똑같았다.

"아니, 리무진보단 이게 낫지. 잘했소, 톰슨."

나는 과거의 행동을 답습하지 않고 슬쩍 비틀었다.

톰슨이 화들짝 놀랐다.

"이사님께서 어찌 제 이름을 아십니까?"

나는 톰슨의 어깨를 툭툭 두드렸다.

"뤄슨 그룹의 일꾼인 톰슨 지부장의 이름이야 내 서류에서 여러 번 보았지. 앞으로 잘 부탁하겠소."

"이사님! 크흑!"

톰슨은 감격에 겨워 아예 눈물까지 글썽였다.

알렉산드라가 새삼스럽게 나를 보았다.

"언제 이런 시골구석의 지부장 이름까지 외워 두셨어요?

회사 경영에는 별로 관심이 없는 줄 알았는데요."

알렉산드라의 속삭임에 나는 어깨만 으쓱했다.

"역시 멋져요."

알렉산드라는 이렇게 칭찬을 하고는 내 손에서 자동차 키 하나를 채 갔다.

"제가 차를 몰게요."

"한스 이사, 나도 하나 가져갈게."

찰스가 두 번째 자동차 키를 가져갔다.

'그 다음엔 엘리자베스와 루이가 찰스의 차에 타겠지?'

아니나 다를까, 두 사람이 찰스와 동승했다.

세 번째 차엔 루트비히와 니코, 마사가 탑승했다. 운전은 루트비히가 맡았다.

톰슨이 부랴부랴 따라붙었다.

"한스 이사님, 와이콜로아 해변의 의전용 별장을 비워 놓았습니다. 내비게이션에 별장 위치를 입력해 놓았으니 편하게 사용하십시오. 그게 싫으시면 제 집에서 하루 묵으시면서 하와이 전통의 홈스테이(Home Stay: 현지 가정 체험)를 경험해 보시면 어떠신지요? 제 와이프가 하와이안 요리를 제법 잘합니다."

부우웅—

알렉산드라가 톰슨의 말을 듣지도 않고 가속 페달을 밟았다. 나는 자동차 사이드 미러에 비친 톰슨을 향해 가볍게 손을 흔들어 주었다.

"같이 가!"

찰스의 목소리가 뒤에서 들렸다.

이전과 달라진 것은 아무것도 없었다.

와이콜로아 지역으로 이동하는 경로도 동일했고, 풍경도 그대로였다. 별장에 도착해서 짐을 풀고, 숙소를 정하고, 음식을 직접 요리해 먹었다. 마사와 줄리아가 요리 경쟁을 한 것도 그대로 되풀이되었다.

저녁식사 후에는 두 명의 약혼녀와 손을 잡고 이야기를 나누었다.

그 후엔 베란다에 설치된 월풀 욕조에 뜨거운 물을 찰랑찰랑 받아 놓고 셋이서 바다 풍경을 감상하면서 목욕을 즐겼다.

한바탕 사랑을 나눈 뒤에 알렉산드라와 줄리아는 색색 잠이 들었다. 나는 베란다로 나와 늑대인간과 미노타우르스 부대를 맞았다. 반투명한 날개를 활짝 펼쳐 음파를 차단한 덕분에 알렉산드라와 줄리아는 잠에서 깨지 않았다.

여기까지는 이전과 똑같았다.

이제부터가 달라질 차례였다.

"와라! 세르히오!"

나는 하얗게 이를 드러내었다.

해변의 짐승들이 내게 동조해서 낮게 으르렁거렸다. 그 다음 내 손짓에 따라 바다 속으로 다시 모습을 감추었다.

철썩, 철썩! 짐승을 품은 바다가 거칠게 격랑을 일으켰다. 하늘의 달은 핏빛으로 진하게 물들었다.

블러드 문(Blood Moon: 핏빛 달) 점등!

모든 짐승들이 광기를 불태우며 피를 흘릴 시간이 도래했다.

Chapter 5

파앗!

날카로운 화살이 내 뺨을 스치고 지나갔다.

실제 화살이 아니었다. 물로 이루어진 워터 애로우(Water Arrow)였다.

'시작은 가르멜인가?'

물의 신인인 가르멜이 나를 함정으로 유인하는 역할을 맡았나 보다.

'이게 전부일 리 없는데? 가르멜 혼자 나를 공격했다가 허무하게 붙잡혀 버리면 어쩌려고?'

예전 스페인에서 나는 솜노를 붙잡았다. 바람처럼 실체가 없는 솜노도 내 손아귀를 벗어나지 못했는데, 가르멜이라고 예외일 리 없었다.

"누구냐?"

나는 베란다에서 뛰어내리는 것과 동시에 손을 쫙 펼쳤다. 손끝에서 돋아난 새하얀 나뭇가지가 부챗살처럼 좌라락 펼쳐지며 전방으로 날아갔다.

"이크!"

골프장 입구 야자수 그늘에 숨어 있던 가르멜이 찰싹 바닥에 엎드렸다. 가르멜의 몸뚱어리는 그대로 액체로 변해 땅에 스며들었다.

유도탄처럼 곡선을 그리며 날아간 나뭇가지 열두 가닥이 가르멜이 머물던 주변을 동그랗게 에워싸며 푹푹 꽂혔다.

물은 나무를 이길 수 없는 법!

하얀 나뭇가지가 주변 수분을 쭉 빨아들이자 가르멜의 입에서 비명이 터졌다.

"어어억!"

축축하게 젖은 땅에서 물로 빚어진 사람이 우르르 일어났다. 바로 가르멜이었다.

가르멜의 팔과 다리엔 하얀 나뭇가지가 송곳처럼 꽂혀 있었는데, 그가 아무리 애를 써도 나뭇가지로부터 벗어날 수가 없었다.

"이이익! 벗어나라!"

가르멜이 악을 썼다. 그의 몸뚱어리가 고무처럼 쭉 늘어났다.

하지만 땅에 콱 박힌 12개의 나뭇가지는 꿈쩍도 하지 않았다. 그 나뭇가지에 관통당한 부위도 꼼짝 못 했다.

나는 성큼성큼 상대에게 다가섰다.

"아, 안 돼!"

가르멜의 얼굴이 하얗게 질렸다.

그때 섬뜩한 기운이 내 옆구리를 강타했다.

펑!

내가 벼락처럼 옆으로 피하고, 그 뒤를 이어 내가 서 있던 자리에서 공기 터지는 소리가 울렸다.

조금 전까지 내가 머물던 공간이 자동차 바퀴 크기로 펵 사라졌다. 공간이 삭제되면서 그 공간에 있던 공기도 함께 사라졌다. 그런 다음 주변 공기가 빈 공간으로 확 몰려들면서 펑 소리가 들린 것이다.

이건 공간 삭제 능력!

바로 세르히오 가르시아의 주특기였다.

"세르히오!"

나는 번뜩이는 눈으로 세르히오의 이름을 불렀다.

세르히오는 나를 공격해서 주의를 돌린 다음, 가르멜의 몸 뒤로 공간이동해서 가르멜의 어깨를 꽉 붙잡았다. 그다음 다시 가르멜을 데리고 공간이동을 했다.

번쩍!

사라졌던 세르히오와 가르멜이 100미터 전방에 나타났

다.

"세르히오, 너구나!"

하얀 양복에 하얀 수염과 하얀 머리카락을 가진 노신사!

한 손에 단풍나무 지팡이를 짚고 다른 손으로 가르멜을 부축한 저 노신사야말로 내가 애타게 찾던 바로 그 세르히오였다.

세르히오는 무섭게 나를 노려보았다.

"이런 예의도 없는 놈! 감히 누구의 이름을 함부로 부르느냐? 네 부친이나 조부도 감히 내 이름을 부른 적이 없느니라! 으헉!"

세르히오는 호통을 끝맺지 못했다. 내 발바닥에서 돋아난 나뭇가지가 땅을 뚫고 100미터를 지나가 세르히오의 발밑에서 솟구쳤다.

세르히오가 믿기지 않을 정도의 순발력으로 몸을 뒤로 젖히지 않았다면, 나뭇가지에 사타구니부터 머리끝까지 그대로 관통당할 뻔했다.

세르히오는 내 공격을 겨우 피했지만, 가르멜은 그렇게 운이 좋지 않았다. 두 번째 나뭇가지가 가르멜의 발바닥을 뚫고 무릎으로 튀어나왔다.

"크악!"

가르멜이 비명을 질렀다. 나뭇가지가 흡입력을 발휘하자 가르멜의 몸을 구성한 액체들이 속절없이 그 안으로 빨려들었다.

"안 돼!"

세르히오가 가르멜을 꽉 붙잡고 다시 한 번 공간이동을 했다.

번쩍! 사라진 세르히오와 가르멜이 다시 100미터 밖에 나타났다.

"어딜 도망가려고?"

나는 히죽 웃으며 뒤쫓았다.

내 등 뒤에서 솟구친 하얀 나뭇가지들이 하늘로 퓽퓽 쏘아졌다가 곡선을 그리며 낙하했다. 열 가닥이 넘는 나뭇가지들이 세르히오에게 차례로 작렬했다.

그 속도가 어찌나 빨랐던지 세르히오는 감히 반격할 생각도 못 했다.

"으으! 이런 괴물 같은 놈!"

세르히오가 눈 깜짝할 사이에 여덟 번이나 공간이동을 했다.

내가 쏘아낸 열 가닥의 나뭇가지 가운데 8개가 허탕을 쳤고, 아홉 번째 나뭇가지가 또다시 가르멜의 어깨를 찔렀다.

"끄아악!"

가르멜의 입에서 허연 연기가 솟구쳤다. 가르멜은 세르히오에 이끌려 휙휙 공간이동을 하느라 정신이 하나도 없었다. 거기다 나뭇가지에 찔린 부위가 너무 아파 혼이 쏙 빠질 지경이었다. 가르멜이 느끼는 고통이 얼마나 큰지 눈에 훤히 보였다.

가르멜의 어깨에 박힌 나뭇가지가 주변 액체를 쭈욱 쭉 빨아들였다. 그때마다 가르멜의 안색은 하얗게 탈색되었다.

"이이익!"

세르히오가 이를 악물었다.

이번엔 아예 200미터 밖으로 공간이동을 했다.

그때 하늘에서 대기 중이던 열 번째 나뭇가지가 기다렸다는 듯이 세르히오의 머리 위로 작렬했다.

"컥!"

이번 비명은 가르멜이 아니라 세르히오의 입에서 나왔다. 열 번째 나뭇가지는 신통하게도 세르히오의 오른쪽 팔뚝에 푹 틀어박혔다.

피 맛을 본 나뭇가지는 세르히오의 팔뚝 속에 재빨리 뿌리를 뻗었다.

세르히오가 낌새를 챘다.

"크아앗!"

세르히오는 전력을 다해 공간이동을 했다. 팔뚝에 박힌 나뭇가지만 그 자리에 남겨 놓은 채 세르히오의 몸뚱어리가 싹 사라졌다가 10미터 좌측에 나타났다.

어찌나 급했는지 세르히오는 가르멜을 챙기지 못했다. 내 발바닥에서 솟구친 나뭇가지가 땅속을 통과해 가르멜의 발밑에서 다시 솟구쳤다.

푹!

뾰족한 것이 살 속으로 파고드는 소리가 울렸다. 가르멜은 입을 쩍 벌리고 벼락을 맞은 듯 온몸을 떨었다. 비명은 지르지 못했다.

이번 공격은 제대로 들어갔다. 가르멜의 발이 아니라 사타구니를 정확히 찔렀다.

가르멜은 풍악패의 악사가 상모를 돌리듯이 고개를 시계 방향으로 핑그르르 돌리며 고꾸라졌다.

"안 돼애—!"

세르히오가 악을 썼다.

나는 상대의 속내를 짐작했다.

'나를 함정으로 유인하기도 전에 가르멜을 잃으면 곤란할 거야. 그러니 세르히오가 저렇게 목이 터져라 악을 쓰겠지.'

아니나 다를까, 세르히오는 위험을 무릅쓰고 다시 가르멜에게 공간이동했다.

나는 기다렸다는 듯이 나뭇가지를 발사했다. 세르히오가 공간이동할 위치를 미리 예측해서 푹!

덕분에 세르히오는 공간이동과 동시에 코앞으로 날아드는 뾰족한 나뭇가지를 발견하게 되었다.

"우이익!"

세르히오가 죽을힘을 다해 고개를 뒤로 젖혔다.

미사일처럼 쏘아져 나간 나뭇가지가 세르히오의 뺨을 아슬아슬하게 스치고 지나갔다. 그의 살갗이 찢어지면서 핏물이 일자로 튀었다.

"크윽!"

세르히오의 얼굴이 흉신악살처럼 일그러졌다.

하긴! 육존 가운데 한 명인 세르히오가 언제 이런 꼴을 겪어 보았겠는가. 견디기 힘든 치욕에 세르히오의 두 주먹이 부르르 떨렸다.

하지만 그렇게 뺨을 내준 덕분에 세르히오는 가르멜의 목덜미를 붙잡을 수 있었다. 그리고 그 즉시 공간이동을 시도했다.

번쩍!

세르히오와 가르멜의 몸이 동시에 사라졌다.

나는 육감을 동원해 상대의 위치를 파악했다.

이번엔 1킬로미터나 점프!

"이런! 저렇게 멀리 도망가 버리다니, 나를 유인할 생각을 잠시 잊은 모양이야. 하하하!"

나는 어이가 없어 너털웃음을 흘렸다.

세르히오도 어쩔 수 없는 인간이었다. 목숨이 위급하니 유인 계획이고 뭐고 다 내팽개치고 일단 거리를 벌려 한숨을 돌릴 요량인 듯했다.

"그런데 세르히오 저 늙은이가 알려나? 조금 전에 나뭇가지로 목을 따 버릴 수도 있었는데 일부러 봐주었다는 사실을 말이야. 루룰루~"

나는 콧노래를 부르면서 적을 추격했다.

급할 것은 없었다. 밤은 길고 시간은 많았다. 어두운 창공, 핏빛 달이 요사한 빛을 내리쬐었다.

제3화
블러드 문 II

Chapter 1

"헉! 헉! 헉!"

세르히오의 입에서 거친 숨소리가 쏟아졌다. 그 소리가 내 귓가에 생생히 들렸다.

공간이동을 한 횟수만 따져도 벌써 수백 번이 넘었다. 세르히오의 마력이 아무리 풍부하다고 해도 이제 지치는 것이 당연했다.

게다가 세르히오는 홀몸이 아니었다. 축 늘어진 가르멜이 세르히오의 등에 업혀 있었다. 가르멜은 오른발과 정강이, 왼쪽 어깨, 왼쪽 갈비뼈 아래, 사타구니, 목 뒤, 관자놀이 부위에 심각한 상처를 입은 상태였다. 액체로 이루어진 가르멜의 몸은 그 어떤 상처도 쉽게 치유하는 장점을 가졌는데, 특이하게도 하얀 나뭇가지에 찔린 상처는 쉽게 아물지 않았다. 치유는커녕 상처 부위가 점점 벌어지면서 썩기 시작했다.

정신이 반쯤 나간 가르멜이 세르히오의 등 뒤에서 끙끙 신음을 흘렸다.

내 손끝에서 쏘아져 나간 하얀 나뭇가지 다섯 가닥이 500미터 전방의 세르히오를 향해 날아갔다. 그중 두 가닥은 레이저처럼 일직선으로 날아가 세르히오의 몸을 관통했다.

아니, 관통 직전에 세르히오가 또 공간이동을 했다.

그러자 나머지 세 가닥의 나뭇가지가 세르히오가 나타날 지점을 향해 폭격을 퍼부었다.

"큭!"

세르히오는 공간이동을 마치자마자 다시 한 번 공간이동을 되풀이해야만 했다.

목표물을 놓친 다섯 가닥의 나뭇가지들이 하늘로 급선회했다. 그 다음 지능이 있는 유도 무기처럼 하늘에서 대기하고 있다가 세르히오의 위치를 재확인하고는 다시 쏘아졌다.

"이런 끈질긴 것들!"

세르히오는 진저리를 쳤다.

단순한 공간이동만으로는 저 지긋지긋한 나뭇가지들을 떨쳐 낼 수 없다는 사실이 세르히오를 괴롭게 만드는 모양이었다.

결국 세르히오가 방법을 바꿨다.

"모두 사라져라, 이 지긋지긋한 것들아!"

세르히오는 더 이상 회피하지 않았다. 제자리에 우뚝 멈춰 서더니 두 손을 앞으로 쭉 내밀었다. 벼락처럼 날아가던 나뭇가지가 허공에서 파삭 으스러졌다.

내가 발출한 나뭇가지는 다이아몬드보다 더 단단해서 어지간한 공격엔 끄떡없었다. 하지만 이처럼 공간 자체를 삭제해 버리는 데는 버틸 수가 없었다.

하지만 나뭇가지는 하나가 아니었다. 5개도 아니었다. 50개, 500개, 5,000개, 50,000개! 아니, 내가 원한다면 500,000개의 나뭇가지도 쏘아 보낼 수 있었다.

퓨퓨퓨퓨퓻—

나는 기관총을 연사하듯 나뭇가지를 일직선으로 계속 쏘았다. 벼락보다 더 빨리 날아드는 나뭇가지 다발에 세르히오의 얼굴이 일그러졌다.

"이런 미친!"

세르히오는 공간 삭제 권능으로 처음 세 가닥의 나뭇가지를 부숴 버렸다. 이어서 날아든 두 대도 공간 저편으로 날려 버렸다. 바로 뒤이어 날아온 네 가닥의 나뭇가지도 이를 악물고 막았다. 이어서 날아오는 여덟 발의 나뭇가지는 죽을힘을 다해 막았다.

그런데 뒤이어 여섯 발이 날아오고, 그 뒤에 또 일곱 발, 그 다음엔 여덟 발이 연달아 들이닥쳤다.

세르히오의 이마에 지렁이처럼 굵은 핏줄이 돋아났다.

"크왁!"

결국 세르히오가 힘 싸움에서 밀렸다. 집중력이 떨어져 나뭇가지 하나를 놓친 것이다. 그 나뭇가지가 세르히오의 오른쪽 어깻죽지를 뚫고 그의 등에 업힌 가르멜의 오른쪽 어깨까지 함께 꿰뚫었다.

내가 발출한 나뭇가지는 적의 몸에 파고드는 즉시 뿌리를 내린다. 그래서 무섭다.

세르히오도 그 사실을 잘 알았다.

"크아악!"

세르히오는 젖 먹던 힘까지 쥐어짜 다시 한 번 공간이동을 했다. 그 와중에 마력이 딸려 왈칵 피까지 토했다. 단정히 빗어 넘긴 세르히오의 백발은 미친년 머리처럼 산발이 된 지 오래였다. 눈처럼 새하얀 양복은 흙과 피로 범벅이 되어 눈 뜨고 봐 줄 수가 없었다.

'이쯤 해서 세르히오를 붙잡을까?'

사실 내가 마음만 먹었으면 세르히오에게 더 큰 타격을 입힐 기회가 많았다.

'하지만 그랬다가 저 늙은이가 동료들을 버리고 스페인으로 공간이동을 해 버리면 더 귀찮아지겠지?'

물론 그렇더라도 나는 포기하지 않는다. 지구 끝까지 쫓아가서 세르히오를 붙잡을 것이다. 하지만 그 과정이 너무 귀찮을 것 같았다.

'조금만 더 저 늙은이의 힘을 빼 놓자. 세르히오가 유럽까지 공간이동할 힘이 없을 때, 그때 생포를 해야지.'

또 한 가지.

나는 이번 기회에 세르히오의 동료들도 모두 사로잡을 요량이었다.

'이 참에 빛의 사원을 접수하는 게 좋겠어.'

내 계획이 바뀌었다.

테닛!

나는 늪을 지배하는 테닛의 능력을 강탈하고 싶었다.

지니!

벼락을 부리는 지니의 능력도 솔찬히 탐이 났다.

가르멜!

물과 액체를 다스리는 가르멜의 능력도 빼앗아 놓으면 쓸모가 많을 것 같았다.

칸노!

암석과 바위를 부리는 칸노의 권능도 그런대로 먹음직해 보였다.

무엇보다 코온!

땅을 지배하고 지진을 일으키는 코온의 권능이야말로 세르히오의 것 다음으로 탐나는 능력이었다.

마지막으로 링!

"솔직히 이 녀석은 별 가치가 없지."

내가 이글거리는 태양이라면 링은 하찮은 성냥불에 불과했다. 불과 화염에 관한 능력이라면 링이 아니라 그 누구도 나를 따라올 수 없었다.

나는 잠시 공격을 멈춰 적에게 숨 돌릴 틈을 주었다.

물론 세르히오는 내 의도를 눈치채지 못했다. 혼이 쏙 빠진 탓이었다. 그는 근처에서 바스락거리는 소리만 들려도 소스라치게 놀라 공간이동을 했다.

나는 어슬렁어슬렁 사냥감을 몰았다.

"라라랄라~"

콧노래가 절로 나왔다.

와이콜로아에서 시작된 나의 추격은 코나의 커피 농장 지대를 지나 남동쪽으로 계속 향했다.

빅 아일랜드 중북부에 해발 4,200미터의 마우나케아가 버티고 있다면, 빅 아일랜드 남부엔 그에 못지않은 산이 우뚝 서 있었다. 바로 마우나로아였다.

세르히오는 마우나로아를 일직선으로 가로지르며 도망

쳤다.

처음엔 나를 유인하기 위해 100미터, 200미터 단위로 짧게 끊어서 공간이동을 했다. 그러다 어느 순간부터는 500미터, 1,000미터 단위로 펄쩍펄쩍 도망쳤다. 세르히오의 표정을 보아 하니, 유인이 아니라 진짜로 죽기 싫어서 전력을 다해 도망치는 듯했다. 그 와중에도 그가 가르멜을 버리지 않는 점은 신통했다.

나는 이 지루한 추격전을 길게 지속하고 싶지는 않았다. 그래서 슬슬 추격 속도를 높였다. 어슬렁어슬렁 걷다가 성큼성큼!

그 다음엔 벼락처럼 쭈웅!

"크헙!"

덕분에 세르히오는 더 다급해졌다. 그는 1,000미터 단위로 공간이동하는 것으로도 모자라 아예 2,000미터, 3,000미터씩 도망쳤다.

그렇게 점프 거리를 늘려도 나와의 거리 차이가 벌어지지 않았다. 나는 어느새 세르히오의 등 뒤에 바짝 따라붙어 있었다. 게다가 내가 가끔씩 쏘아 보내는 나뭇가지가 세르히오의 등을 할퀴고 종아리를 찢었다. 세르히오의 마음엔 눈곱만큼의 여유도 남아 있지 않았다. 세르히오는 피투성이가 되어 점프하고 또 점프했다.

나는 그때마다 척척 따라붙었다.

"이이익! 이런 괴물 같은 놈!"

세르히오가 내 집요함에 치를 떨었다.

그렇게 이어지던 추격전은 킬라우에아 화산에 도착해서야 끝이 났다. 격렬하게 흔들리던 세르히오의 눈빛은 화산이 보이기 시작하자 겨우 안정을 되찾았다.

나는 공격을 잠시 멈췄다. 대신 속도를 높여 세르히오에게 빠르게 접근했다.

"으흑! 뭐가 이렇게 빨라?"

내가 속도를 두 배로 높이자 세르히오가 기겁했다. 그는 킬라우에아 분화구로 단숨에 공간이동했다.

나도 그 뒤를 바짝 쫓아 분화구로 뛰어들었다.

"이 때다!"

세르히오가 악을 썼다.

콰릉!

마른하늘에서 시퍼런 벼락이 지상으로 내리꽂혔다.

벼락은 한 줄기가 아니었다.

빠캉! 빠카카캉! 빠카카카캉!

수십 가닥, 수백 가닥의 벼락이 연달아 한자리에 내리꽂혔다. 내가 서 있는 바로 그 자리에 작렬하는 벼락들!

벼락 떨어지는 속도가 너무 빨라 피하는 것은 불가능했다. 나는 오른팔을 위로 들어 머리를 보호했다. 반투명한 날개가 일어나 내 머리 위에 한 겹의 보호막을 씌웠다.

저 멀리 바위 위에 깡마른 늙은이가 우뚝 서 있는 모습이 보였다. 한 손에 금속 막대기를 들고 하늘을 향해 주문을 외우는 늙은이의 정체는 바로 지니였다. 벼락의 신인 지니!

지니가 뿜어내는 전하가 고순도 포지리움을 통해 500배 이상 증폭되었다. 그 엄청난 전하 덩어리가 그대로 벼락이 되어 내 머리 위로 쏟아졌다.

평소 지니의 실력이라면 1초에 한 번 간격으로 벼락을 떨어뜨리기도 어려울 것이다. 하지만 고순도 포지리움을 든 지니는 1초에 500번 이상 벼락을 내뿜었다.

벼락이 미처 작렬하기도 전에 다음 벼락이 이어서 떨어지고, 또 떨어지고.

그러다 보니 내 방어막 위에 전하가 쌓이고 또 쌓여서 푸르스름한 전하의 구름을 만들었다. 이른바 플라즈마 현상이었다. 지니가 만들어 낸 플라즈마는 자연계에서 정상적으로는 도저히 발생할 수 없을 만큼 대량이었고 농도가 진했다.

구름처럼 뭉친 그 플라즈마들이 주변 현무암을 뭉텅뭉텅 녹였다. 킬라우에아 화산에서 뿜어지는 지독한 유황 가스가 그 플라즈마와 반응해 치이익 타들어 갔다. 그러다 임계점을 넘자 콰아앙!

거친 폭발에 지반이 뒤흔들렸다.

나는 무너지는 돌을 밟고 풀쩍 뛰었다.

지니가 이를 악물고 포지리움을 흔들었다.

빠카카캉! 빠캉!

벼락이 집요하게 나를 쫓아왔다.

플라즈마는 아예 내 날개 위를 뒤덮어 전체를 에워쌌다. 유황 가스가 플라즈마 주변에서 반응해 펑펑 폭발했다. 강한 충격이 날개를 강타했다.

그때를 기다렸다는 듯이 발밑이 한 번 더 붕괴했다.

무너지는 바위들이 둥글게 뭉쳐 사람의 형체를 갖추었다. 그 위에 주변 암석이 날아와 척척 달라붙더니 두 팔이 되었다. 두 다리가 되었다. 녀석의 등 뒤에서 동그란 암석이 불쑥 솟구쳐 머리 모양을 갖추었다.

뿌어엉—

암석으로 이루어진 스톤 골렘이 나를 향해 거칠게 포효했다.

머리 위에선 벼락이 떨어지고, 몸 주변엔 플라즈마가 달라붙고, 사방에서 가스가 폭발해 사방을 구분할 수 없었다. 그 와중에 발밑에서 스톤 골렘이 일어나 나를 향해 돌주먹을 휘둘렀다.

스톤 골렘의 크기는 얼추 2미터가 넘었다. 생각보다 크지는 않았는데, 그래서 더욱 위협적이었다. 골렘답지 않게 속도가 빠르고 동작도 정확했다. 녀석은 스트레이트로 왼손을 날린 다음 바로 이어서 오른 주먹을 아래서 위로 올려

쳤다.

내 턱을 노린 공격이었다.

나는 현란하게 스텝을 밟아 골렘의 공격을 피했다.

그 사이 더 많은 양의 벼락이 내리쳤다. 지니가 잡아먹을 듯이 나를 노려보며 포지리움을 흔들었다.

등 뒤에서 매복 중이던 두 번째 스톤 골렘이 나를 와락 덮쳤다.

내 발밑에서 쏘아진 새하얀 나뭇가지가 두 번째 스톤 골렘을 칭칭 감아 와드득 썰어 버렸다. 내 가슴에서 돋아난 나뭇가지는 뱅글뱅글 회전하며 방패를 만들었다. 첫 번째 골렘의 주먹이 회전하는 방패에 갈려 후두둑 가루가 되었다.

어느 틈에 세 번째 골렘이 일어나 내 허리를 들이받았다.

미식축구 선수처럼 자세를 낮추고 콰앙!

하지만 내 방어가 한발 빨랐다. 나뭇가지 세 가닥이 날아가 세 번째 스톤 골렘의 두 팔을 뜯어내고 머리를 뭉그러뜨렸다.

그 사이 등 뒤에서 네 번째 스톤 골렘이 일어났다. 이번 골렘은 키가 5미터에 달하는 거인이었다. 녀석이 발을 번쩍 들었다가 쾅! 내리찍었다. 나를 밟아 죽일 속셈이었다.

나는 피겨스케이트 선수처럼 제자리에서 핑그르르 회전했다. 내 몸에서 돋아난 나뭇가지 스무 가닥이 채찍처럼 빙글빙글 돌며 주변의 모든 골렘들을 한꺼번에 썰어 버렸다. 어떤 골렘은 허리가 썽둥 썰려 날아가고, 또 다른 골렘은 머리가 가로로 썰려 두 조각 났다.

그러는 와중에도 벼락은 계속 머리 위로 떨어졌다. 날개로 방어를 하는 것도 이제 싫증이 났다.

나는 힐끗 고개를 돌렸다.

지니의 자세는 처음과 달라지지 않았다. 하늘을 향해 포지리움을 번쩍 치켜든 모습이 위풍당당했다.

하지만 지니의 안색은 그리 좋지 않았다. 얼굴의 주름은 푸들푸들 떨렸고, 입가엔 한 줄기 핏물이 흘러내렸다. 쉬지 않고 벼락을 떨어뜨리다 보니 슬슬 한계에 봉착하는 모양이었다.

지니가 지쳐 간다는 사실을 동료들이 눈치챘다.

"칸노 님, 더 강하게 몰아쳐 주시오."

바위 저편에서 세르히오가 소리쳤다.

"푸우! 푸우!"

반대편에서 푸푸거리는 숨소리가 들렸다.

하나둘씩 일어나던 스톤 골렘들이 이제 열 마리 단위로 한꺼번에 소환되었다. 열 마리 가운데 둘이 나를 앞뒤에서 공격했다. 나머지 여덟은 투포환을 던지듯 내게 바위를 날렸다. 근거리 공격과 원거리 공격을 적절히 섞는 방식이었다.

벼락이 잠시 주춤했다.

바위 위에서 지니가 허리를 꾸부정하게 숙이고 거칠게 숨을 몰아쉬었다. 나는 지니를 향해 손가락을 뻗었다.

쭈웅—

레이저처럼 일직선으로 날아간 나뭇가지가 지니의 머리를 관통하려는 찰나, 콰앙! 땅의 벽이 삼중 사중으로 높이 일어나 지니를 보호했다.

땅의 지배자 코온이 개입한 것이다,

내가 쏘아 낸 나뭇가지는 땅의 벽을 차례로 뚫고 지니를 찔러 갔다.

"어림없다!"

이번엔 세르히오가 끼어들었다.

공간이 삭제되면서 내가 쏘아 낸 나뭇가지가 파스스 흩어졌다.

그 사이 새로 소환된 스톤 골렘들이 나를 압박했다.

Chapter 2

"정말 사람 귀찮게 만드는구나!"

나는 달려드는 스톤 골렘을 향해 나뭇가지 수백 가닥을 한꺼번에 뽑아내었다. 내 온몸 곳곳에서 돋아난 나뭇가지들이 굴에서 출동하는 독사 무리처럼 사방으로 흩어졌다. 그러곤 스톤 골렘들을 차례로 휘감아 그대로 채썰어 버렸다.

골렘이 부서지면서 현무암 가루가 뿌옇게 날렸다. 뿌엉! 뿌어엉! 골렘의 울부짖음이 귀청을 찢었다.

그때 지축이 크게 흔들렸다. 나를 중심으로 내 주변의 땅이 180도 확 회전한 느낌이었다. 이런 공격은 난생처음 겪어 보았다. 갑작스럽게 대지가 방향을 바꾸자 귓속 달팽이관에 혼란이 왔다. 잠시 현기증이 일었다. 나는 발바닥에서 돋아난 나뭇가지를 스프링처럼 이용해 허공에 몸을 띄웠다.

공중에서 보자 상황이 파악되었다.

내가 서 있던 곳을 중심으로 사방 30미터 규모의 땅덩어리가 팽이처럼 빙글빙글 돌아가는 모습이 보였다.

코온의 주특기인 '대지의 통곡'이었다. 이 가공할 마법 한 방이면 어지간한 기마대 한 부대쯤은 눈 깜짝할 사이에 맷돌처럼 갈아 버릴 수 있었다.

"신기한 재주를 다 부리는군."

나는 허공에 몸을 띄운 채 사방으로 나뭇가지를 쏘았다.

공중부양을 한 채 수백 가닥의 새하얀 나뭇가지를 쏘아 하늘을 뒤덮는 광경이 실로 장관이었다.

"막앗!"

바위 뒤에서 세르히오가 소리를 질렀다.

스톤 골렘들이 몸을 날려 신인들을 보호했다. 나뭇가지들이 스톤 골렘의 몸을 뚫어 일차 방어막을 통과했다.

"이익!"

바위 뒤에 숨어 있던 코온이 발을 쾅 굴렀다.

땅의 벽이 세 겹으로 일어나 이차 방어막을 쳤다. 일직선으로 날아가던 나뭇가지들이 갑자기 하늘로 훽 솟구쳐 땅의 벽을 피했다. 그 다음 장애물을 넘어 재차 내리꽂히며 신인들을 공격했다.

"위험해!"

세르히오가 벼락처럼 몸을 날렸다. 그는 한 손에 가르멜을 안고, 다른 손에 지니를 붙잡고는 세 번 연달아 공간이동을 했다. 그 다음 상체를 뒤로 틀어 등 뒤에 바짝 따라붙은 나뭇가지를 공간 삭제 권능으로 해체했다.

칸노도 나름대로 살 궁리를 했다. 칸노의 주변 암석들이 우르르 일어나 그를 둥글게 에워쌌다.

그 위에 나뭇가지 작렬! 나뭇가지들은 단숨에 암석을 뚫고 칸노의 온몸을 찔렀다.

"우어엉—!"

칸노가 상처 입은 곰 같은 소리를 냈다. 산이 쩌렁쩌렁 울렸다.

늪의 테닛이 진득한 흙을 사방으로 뿜어내 시야를 가렸

다. 내가 발출한 나뭇가지가 테닛의 진흙을 뚫고 녀석의 배를 쑤셨다.

"크악!"

테닛은 심각한 상처를 입은 상태에서도 포기하지 않았다. 전력을 다해 내 주변을 늪지대로 만들었다.

딱딱하던 현무암이 질퍽한 늪으로 변해 점점 주변을 잠식했다.

나뭇가지가 테닛의 뱃속에 뿌리를 내렸다. 날카로운 뿌리들이 테닛의 장기를 헤집고 복부를 난자했다.

"크우욱! 끄아아악!"

테닛이 데굴데굴 굴렀다.

그러면서도 테닛은 복부에 박힌 나뭇가지를 양손으로 꽉 붙잡고는 죽을힘을 다해 마력을 개방했다.

내 주변이 온통 늪으로 변했다. 질퍽한 진흙이 내 움직임을 굼뜨게 만들었다.

마력을 회복한 지니가 또다시 포지리움을 치켜들었다.

빠카카캉! 빠캉! 빠캉!

눈 뜨기 힘들 정도로 강렬하게 스파크가 튀었다. 한동안 멈추었던 벼락이 다시 폭우처럼 쏟아졌다.

지니도 이제 한계에 달했다. 깡마른 그의 얼굴이 시커멓게 죽었고, 코에선 연신 피가 흘러내렸다.

"크으윽! 제발 죽어랏, 이 괴물아!"

지니가 나를 향해 악을 썼다.

나는 왼쪽 날개로 벼락을 방어하는 한편, 지니를 향해 오른손을 쭉 뻗었다. 다섯 손가락에서 쏘아진 나뭇가지가 벼락처럼 빠르게 날아가 지니를 찔렀다.

"안 돼!"

그 전에 세르히오가 지니를 안고 공간이동을 했다.

갑작스러운 공간이동 때문에 지니의 벼락이 잠시 방향을 잃었다. 나를 공격해야 하는데 엉뚱하게도 화산 한복판을 때렸다.

펑퍼펑! 폭음과 함께 유황 가스의 양이 급격히 늘었다. 이제 눈에 보일 정도로 용암이 부글부글 끓었다.

스톤 골렘들이 다시 일어나 나를 용암 쪽으로 밀어붙였다.

"잘한다. 저 괴물을 용암 안으로 밀어서 떨어뜨려라."

세르히오가 목청이 찢어져라 응원했다.

"크읏!"

지니가 다시 힘을 쥐어짜 포지리윰을 흔들었다. 벼락이 포위망을 구축하듯 떨어지면서 나를 용암 쪽으로 유도했다.

스톤 골렘들이 미식축구 선수처럼 달려들어 나를 용암 쪽으로 밀었다.

늪으로 변한 바닥이 내 행동을 제약했다. 하얀 나뭇가지에도 찐득찐득한 진흙이 달라붙어 날아가는 속도가 다소 감소되었다.

벼락이 연속해서 떨어지면서 다시 플라즈마가 발생했다. 전하와 금속이온이 뒤섞인 플라즈마는 주변 모든 것을 녹이며 나를 압박했다.

때를 맞춰 세르히오가 결정타를 날렸다. 내 머리와 복부를 노리고 공간 삭제 공격을 두 번 연달아 감행한 다음, 세르히오는 고래고래 소리를 질렀다.

"한스 반 데어 뤼슨! 지금쯤 네놈의 약혼녀가 어찌 되었을 줄 아느냐?"

"뭐?"

나는 짐짓 당황한 체를 했다.

세르히오가 기가 살았다.

"으하하하! 놀랐느냐? 이 괴물아, 지금쯤 네 계집들은 우리 가르시아 정예들의 공격을 받아 살이 찢어지고 뼈가 부러졌을 것이다. 으하하하! 조금만 기다려라. 우리 가르시아의 용감한 정예병들이 네 약혼녀들을 인질로 붙잡아 이곳에 끌고 올 테니까! 으하하하! 어디 그뿐인 줄 아느냐? 네놈의 친구들도 내 아이들에게 붙잡혀 모진 고초를 겪을 것이다. 계집들은 네 약혼녀와 함께 가르시아 정예병들의 배 밑에 깔릴 것이고, 사내놈들은 생식기가 잘리고, 두 팔과 두 다리가 잘리고, 눈알이 뽑혀 평생 불구로 살 것이다.

으하하하! 이제 와서 후회해도 소용없다. 여기 이곳이 네놈에겐 지옥이 될 것이니라! 으하하하!"

세르히오가 저주를 퍼붓는 동안 잠시 벼락이 멈췄다. 세르히오 옆에서 지니가 숨을 몰아쉬는 모습이 보였다. 지니는 잠시 휴식을 취하면서 다시 마력을 모으는 중이었다.

스톤 골렘은 여전히 내게 육탄 돌격해 나를 용암 쪽으로 밀어붙였다.

이어서 물대포가 날아왔다. 기절했던 가르멜이 깨어나 힘을 보탠 것이다.

나는 날개를 휘저어 물대포를 튕겨 내고, 나뭇가지를 무섭게 회전시켜 스톤 골렘을 가루로 갈아 버렸다.

다시 벼락이 떨어졌다.

쿨럭쿨럭!

지니가 거칠게 기침을 했다. 기침과 함께 피가 섞여 나왔다. 벼락 떨어지는 횟수가 현저하게 줄어들었다.

테닛은 더 이상 움직이지 못했다. 하얀 나뭇가지가 테닛의 몸속에 완전히 뿌리를 내린 탓이었다.

테닛이 전투불능이 되자 내 발밑을 장악하고 있던 늪의 범위가 점점 축소되었다.

"놈이 풀려나면 안 돼! 버서커여, 일어나라!"

세르히오가 악을 썼다.

분화구 입구에 파묻어 놓았던 유리관들이 일제히 공중으

로 떠올랐다. 유리관의 개수는 39개나 되었다. 둥근 원통형의 유리관 안에는 푸른 액체가 찰랑였고, 그 액체 속에 회색 피부의 사내들이 눈을 감고 잠겨 있었다.

그러다 세르히오의 명령이 기폭제가 되어 유리관이 팍 터졌다. 수면 중이던 버서커 39명이 동시에 깨어났다.

나는 빠르게 유리관의 숫자를 세었다.

'세르히오가 44개의 유리관을 하와이로 옮겨왔지? 그런데 지금 등장한 건 39개뿐이야. 나머지 5개는 어디 있지? 와이콜로아 해변의 별장으로 보냈나?'

내가 잠시 딴생각을 하는 사이에 버서커들의 공격이 시작되었다.

버서커들은 모두 벌거벗은 상태였다. 사내놈들이 내 앞에 알몸으로 등장한 것도 기분이 나쁜데, 한술 더 떠서 그들의 눈빛이 내 신경을 자극했다.

39명의 버서커의 눈에선 시퍼런 광채가 줄기줄기 뿜어져 나왔다. 눈에서 발현되는 푸른 안광이 버서커들의 회색빛 피부와 대비되어 강렬한 인상을 심어 주었다.

"덤벼."

나는 버서커들을 향해 손가락을 까딱였다.

버서커들이 곧장 움직였다.

번쩍!

놀랍게도 버서커들은 공간이동을 했다.

세상에서 오직 한 명, 세르히오만 사용할 수 있는 공간이동을 한낱 실험체에 불과한 버서커들이 구현한 것이다.

공간을 뛰어넘어 내 앞에 불쑥 나타난 버서커가 무려 28명!

나머지 11명의 버서커들은 스톤 골렘에게 달라붙어 주먹을 휘둘렀다.

그 어이없는 행동에 세르히오가 분통을 터뜨렸다.

"이런 멍청한 것들!"

버서커는 아군과 적군을 가리지 못하고 눈에 보이는 상대는 무조건 공격한다는 말이 사실이었다.

"와하하하!"

나는 반사적으로 웃음을 터뜨렸다.

Chapter 3

"와하하하!"

버서커의 멍청한 행동에 절로 웃음이 나왔다.

사실 내가 이렇게 한가하게 웃을 때는 아니었다. 골렘과 싸우는 버서커는 11명이지만, 내 주변으로 공간이동한 버서커는 그 두 배가 넘었다.

28명의 버서커가 나를 향해 동시에 주먹을 내뻗었다. 총

56개의 주먹이 나를 공격했다. 그 주먹 하나하나에서 시퍼런 낙뢰가 발생했다. 낙뢰는 전방으로 튀어나와 내 주변을 휩쓸었다.

나는 몸 주변에 날개를 둘렀다.

퍼어엉!

날개가 가볍게 펄럭이며 낙뢰를 튕겨 내었다. 방어와 동시에 공격도 퍼부었다. 나는 나뭇가지 스물여덟 가닥을 뽑아내 버서커들을 노렸다.

버서커들이 번쩍 공간이동했다.

공격을 피한 버서커들이 다시 한 번 나를 에워쌌다. 그들은 아이돌 댄스 그룹이 군무를 추듯 동작을 맞춰 한꺼번에 주먹을 내뻗었다. 눈이 멀 정도로 강렬하게 스파크가 튀었다. 뒤이어 콰릉! 콰르릉! 우레 소리가 울렸다.

나는 날개로 방어를 하는 한편, 발밑에서 나뭇가지를 뽑아내 버서커의 배후를 노렸다.

버서커들은 직감이 뛰어났다. 땅속에서 진행된 내 공격을 귀신같이 알아차리고는 또다시 공간이동을 했다.

그 사이 지니가 공격에 개입했다.

빠카카카캉! 빠카캉!

잠시 뜸했던 벼락이 다시 기세를 올리며 내 머리를 내리찍었다. 주춤하던 플라즈마 구름이 다시 크게 일어났다.

스톤 골렘 다섯 마리가 어깨동무로 스크럼을 짜고 한꺼

번에 달려들었다. 내가 골렘의 머리 위로 훌쩍 뛰어오르려고 하는데 하늘에서 폭포수가 쏟아져 점프를 방해했다. 가르멜의 개입이었다.

버서커들이 내 주변에 공간이동으로 나타나 두 주먹을 뻗었다. 이번엔 28명이 아니라 39명이었다. 총 78개의 낙뢰가 나를 후려쳤다.

이럴 때 써먹기 좋은 방법이 있다.

바로 발키리(Valkyrie)의 원혼!

하얀 나뭇가지에 시체를 매달아 적에게 날려 보낸 다음, 타란툴라의 원혼으로 그 시체를 폭발시키면 이 정도 공격쯤은 단숨에 부숴 버릴 수 있다.

하지만 나는 발키리의 원혼을 써먹지 않았다.

우선 이 화산 지대에서 시체를 찾기가 힘들었다.

설령 찾는다고 해도, 발키리의 원혼을 사용하지 않을 것이다. 자칫해서 적들이 다 죽어 버리면 곤란했다. 나는 세르히오와 그의 동료들을 산 채로 붙잡을 생각이었다. 그 다음 그들의 능력을 모두 빼앗기를 원했다.

'저들이 발키리의 원혼에 휘말려 죽어 버리기라도 하면 곤란하지.'

나는 공격의 수위를 낮추기로 마음먹었다.

버서커들의 공격이 내 몸에 거의 닿을 즈음, 나는 허공으로 풀쩍 뛰어올랐다. 그 다음 공중부양 상태에서 수백 가닥의 나뭇가지를 뽑아내 사방으로 뿌렸다.

촘촘하게 늘어선 나뭇가지들이 천지사방을 와락 쓸었다.

"막앗!"

세르히오가 고함을 질렀다.

쿠왕!

코온이 대지의 통곡을 사용했다. 땅이 빙글빙글 돌았다. 코온은 땅의 벽도 다시 일으켰다. 공격과 방어를 동시에 한 셈이다.

하지만 땅의 벽 정도로는 나뭇가지의 관통력을 감당하기 어려웠다.

"워터 쉴드(Water Shield: 물의 방패)! 워터 아머(Water Armor: 물의 갑옷)!"

가르멜이 워터 쉴드와 워터 아머 7개를 동시에 소환해 동료들의 몸 앞에 둘러 주었다. 물론 자신도 방어했다.

세르히오는 공간 삭제 능력으로 나뭇가지들을 방어했다.

하지만 수백 가닥을 모두 막기엔 역부족이었다.

"크악!"

나뭇가지 네 가닥이 가르멜의 팔다리를 꿰뚫어 버렸다. 가르멜의 몸이 뒤로 날아가 암석에 콱 틀어박혔다. 그의 왼쪽 팔은 절단되어 펄떡펄떡 뛰었다. 그러다 서서히 액체로 변해 땅속으로 스며들었다.

"끄으응!"

팔을 잃은 가르멜은 외마디 신음과 함께 정신을 잃었다.

칸노도 무사하지 못했다. 칸노는 스톤 골렘에 이어 스톤 장벽까지 세워 방어를 했으나 역부족이었다. 방어막을 뚫고 들어온 네 가닥의 나뭇가지가 칸노의 거구를 그대로 관통해 버렸다.

"푸어!"

칸노가 바위 틈 사이에서 콧김을 크게 뿜었다.

칸노의 오른쪽 발바닥을 뚫고 들어간 나뭇가지가 왼쪽 어깨를 뚫고 튀어나왔다. 칸노의 가슴을 뚫고 들어간 나뭇가지는 등 뒤로 튀어나왔다. 왼쪽 허리를 찌른 가지가 둥글게 휘어 목 옆으로 삐져나왔고, 허벅지를 찌른 나뭇가지는 칸노의 몸속에서 나선형으로 돌며 배로 튀어나왔다.

나뭇가지에서 돋아난 뿌리들이 칸노의 몸속을 빠르게 잠식했다.

"푸어! 푸어어!"

온몸이 꿰뚫린 상태에서 칸노가 힘겹게 몸부림쳤다.

하지만 몸부림이 오래가지는 못했다. 칸노의 거대한 몸체가 마침내 쿠웅! 무릎을 꿇었다. 칸노의 얼굴이 대지에 처박혔다.

테닛에 이어 가르멜과 칸노가 전투불능이 되었다.

버서커들도 큰 피해를 입었다. 39명 가운데 19명이 나뭇가지에 찔렸다. 생명의 나무에서 비롯된 나뭇가지들은 버서커의 몸을 숙주 삼아 뿌리를 내리고 신경을 장악했다.

나무에 찔린 버서커들이 풀썩풀썩 주저앉았다. 그들의 눈에서 뿜어지는 푸른 안광이 스르륵 빛을 잃었다.

나머지 20명의 버서커들이 다시 주먹을 뻗었다.

콰릉! 낙뢰가 뻗었다. 그 전에 나뭇가지들이 곡선을 그리며 날아가 버서커들의 두개골을 위에서 내리찍었다.

퍼억!

수박 깨지는 소리가 들렸다. 두개골이 박살 난 버서커 7명이 무너지듯 주저앉았다.

공간이동으로 몸을 피한 8명의 버서커들도 바로 뒤이어 땅속에서 솟구친 나뭇가지에 몸이 관통당했다.

이제 남은 버서커는 5명!

"모두 피해! 개죽음당하지 말고 물러나란 말이다!"

세르히오가 버서커들을 향해 악을 썼다.

버서커들은 세르히오의 말을 듣지 못했다. 그들은 맹목적으로 불을 향해 달려드는 나방과 같았다. 물러서지 않고 공간이동으로 내 주변에 접근하더니 다시 주먹을 내뻗었다.

공격 패턴이 일정해서 지루할 정도였다.

"그만 가라."

나는 하늘에 미리 띄워 놓았던 나뭇가지 다섯 가닥을 그대로 내리찍었다. 전갈의 꼬리가 하늘에서 휙 내려오면서 적에게 독침을 쏘는 것처럼 파삭!

다섯 가닥의 나뭇가지는 버서커 5명의 두개골을 그대로 꿰뚫었다.

세르히오가 준비한 버서커들이 그렇게 전멸했다.

코온도 무사하지 못했다. 그는 오른쪽 팔을 잃었다.

나뭇가지가 사방으로 쏘아지는 순간 코온은 앞뒤 가리지 않고 땅속 깊숙한 곳으로 숨었다. 하지만 내가 쏘아 낸 나뭇가지는 코온의 흔적을 악착같이 추격해 땅속으로 쫓아 들어가더니 그의 오른쪽 팔뚝에 콱 틀어박혔다.

후두둑!

나뭇가지에서 뻗은 뿌리가 눈 깜짝할 사이에 코온의 오른팔을 잠식했다.

"흐으윽! 빌어먹을."

코온은 이를 악물고 자신의 오른팔을 내리쳤다.

몸에서 분리된 팔뚝이 바닥에 떨어져 펄쩍펄쩍 뛰었다. 팔뚝 안에는 하얀 잔뿌리가 무섭게 증식하는 중이었다.

"으윽!"

그 흉측한 모습을 보면서 코온이 진저리를 쳤다.

동료들이 하나둘 쓰러지는 와중에도 지니는 무사했다. 세르히오가 공간 삭제와 공간이동을 반복하며 지니를 최우선으로 구했기 때문이다.

"죽어랏! 이 괴물아!"

지니가 마지막 한 방울의 힘까지 쥐어짰다. 시퍼런 벼락 수십 가닥, 수백 가닥이 내 머리 위에 한꺼번에 내리꽂혔다.

세르히오가 악을 썼다.

"링! 그 아래서 대체 뭘 하는 거요? 이러다 우리가 다 죽게 생겼소!"

세르히오는 애타게 링을 찾았다.

불의 지배자 링!

세르히오가 이곳 킬라우에아 화산을 결전지로 잡은 이유는 바로 링 때문이었다. 링이 화산의 힘을 끌어내어 나를 끝장내 주기를 바란 것.

한데 링의 등장이 너무 늦었다. 이러다 빛의 사원에서 소환해 온 동료들이 다 죽게 생겼다. 세르히오의 얼굴에 애타는 심정이 절절히 드러났다.

"링! 불의 링!"

세르히오가 다시 한 번 목청을 돋웠다.

"죽엇!"

지니는 광기에 물들어 마지막 벼락 한 방을 내 머리에 내리꽂았다. 그 다음 "커헉!" 피를 토하며 뒤로 넘어갔다. 입과 코, 귀에서 동시에 피를 쏟아 내는 것을 보니 지니도 이제 더 이상 전투에 참여하기 불가능해 보였다.

그렇다면 남은 이는 세르히오, 코온, 그리고 링!

그때 화산 저 밑바닥에서 한 줄기 외침이 들렸다.

"코온 님, 이제 다 되었소. 지축을 한 번 끊어 주시오."

용암 속에 직접 들어가서 작업 중이던 링의 목소리였다.

오른팔이 잘린 채 땅속에 숨어 있던 코온이 즉각 행동에 나섰다. 코온은 왼손 어깨까지 땅속에 박아 넣었다. 그 다음 대지와 한 몸이 되어 지각을 움직였다.

태평양 바다 밑의 지각이 크게 흔들렸다.

멀쩡하던 바다가 수 킬로미터에 걸쳐서 쩌저적 갈라졌다. 그 아래 맨틀이 우르르 용틀임을 했다.

그 균열을 뚫고 지구 깊숙한 곳에 머무르던 용암이 크게 솟구쳤다.

링은 지금까지 분출하려는 화산을 억지로 틀어막고 있었다. 꽉 막고 있다가 한 번에 터뜨려야 위력이 크기 때문이다.

지구 저 깊은 곳에서 솟구친 용암은 무서운 기세로 치고 올라와 킬라우에아 화산으로 몰려들었다.

"조금만 더! 조금만 더!"

링은 진땀을 흘리며 용암 입구를 틀어막았다.

압력이 수만 배로 증폭했다.

그 높은 압력을 꽉 틀어막자 용암이 분노했다. 하와이 지하 수십 킬로미터에 걸쳐서 꿈틀꿈틀 용틀임을 하던 용암은 화룡이 승천하는 것처럼 한순간에 화악 솟구쳐 오르며

링을 밀쳐 냈다.

"이 때다!"

링은 그 기회를 놓치지 않고 입구를 확 터 주었다. 그 다음 치솟는 용암에 올라타 영성을 불어넣었다.

링과 용암은 그렇게 한 몸이 되었다.

용암이 몸체 역할을 했다.

링은 그 몸체에 깃든 영혼이 되었다.

불의 스피릿(Spirit: 정신, 령)이 용암에게 생명력을 부여했다. 태평양 지각 저 밑바닥에서부터 솟구친 수십 킬로미터 규모의 용암이 거대한 하나의 생명체로 탈바꿈한 것이다.

이 생명체는 동양의 전설에 등장하는 화룡을 닮아 있었다.

아니, 이건 화룡을 훌쩍 뛰어넘었다.

전설에 등장하는 화룡은 고작해야 길이가 수십 미터에 불과할 뿐. 하지만 링이 만들어 낸 용암의 강은 그 길이만 따져도 수십 킬로미터였다.

꾸어어어—

어마어마한 포효와 함께 킬라우에아 화산을 뚫고 화룡이 솟구쳤다. 밤하늘이 시뻘겋게 타들어 갔다.

"드디어 성공했구나!"

세르히오가 만세를 불렀다.

Chapter 4

꾸어어어어—

킬라우에아 화산을 뚫고 단숨에 100미터 높이로 솟구친 화룡이 크게 포효했다. 화룡의 몸에서 후두둑 떨어져 내리는 용암 덩어리들이 지상의 암반을 녹이며 지글지글 연기를 뿜었다.

100미터면 까마득한 높이었다.

하지만 화룡의 총 길이에 비하면 아무것도 아니었다. 화룡의 몸뚱어리가 꿈틀 움직이자 화산 속에 박혀 있던 몸체가 더 많이 빠져나왔다.

200미터, 300미터, 400미터, 500미터……!

화룡은 끝없이 하늘로 솟구쳤다. 이대로 저 하늘 끝에 닿아 별들을 불태워 버리려는 듯 한없이, 한없이 하늘로 올랐다.

그렇게 1,000미터, 1,500미터, 2,000미터, 3,000미터까지 올라가자 이제 화룡의 머리 부위는 보이지도 않았다. 화룡의 굵기도 점점 더 굵어져서 얼추 짐작되는 직경만 2,000미터가 넘었다. 좁은 구멍에 굵은 몽둥이를 억지로 집어넣은 것처럼 킬라우에아 분화구가 쩌저적 사방으로 찢어졌다.

그렇게 저 높은 하늘 꼭대기까지 머리를 치켜든 화룡이 지상을 굽어보았다. 화룡의 머리 부근에 자리를 잡은 링이 까마득한 아래에 서 있는 나를 굽어보았다.

쿠어—!

화룡의 머리가 지상을 향해 무섭게 낙하했다.

마우나케아보다 훨씬 더 높은 고도까지 치솟았던 화룡이 벼락처럼 내리꽂히는 모습은 실로 장관이었다.

사람의 눈으로는 그 거대한 자연현상을 다 파악할 수 없었다. 그저 직경 2,000미터가 넘는 소행성이 지구를 향해 무섭게 충돌해 오는 느낌이었다.

그뿐만이 아니었다.

화룡이 발톱을 뻗었다. 머리는 하늘에서 지상으로 내리꽂으며 위에서 아래로 나를 공격했고, 땅속에 감춰 두었던 발톱은 아래에서 위로 뻗어 나를 찔렀다. 나는 위아래로 샌드위치 공격을 당했다.

화르륵! 화륵!

현무암을 뚫고 여기저기서 화룡의 발톱이 튀어나왔다. 화룡의 발은 크게 네 갈래로 갈라진 갈고리 형태였는데, 그 발가락 하나하나마다 수십 미터가 넘는 원추형의 발톱이 돋아 있었다. 발톱 하나하나가 수십 미터 길이의 화염의 창을 보는 듯 뾰족했다.

현무암 바닥을 뚫고 솟구친 화룡의 발이 모두 6개!

발 하나에 매달린 화염의 발톱이 4개!

6 곱하기 4는 24다. 총 24개의 발톱이 나를 노리고 사방에서 짓쳐들어왔다.

화르륵! 화륵!

발톱이 스쳐 지나갈 때마다 현무암 바닥이 붉게 달아올랐다. 그렇게 몇 차례 공격을 당하자 내 주변 땅은 온통 용암 천지가 되었다.

24개의 발톱으로 내 시선을 잡아끄는 사이, 하늘에서는 거대한 머리통이 그대로 낙하했다.

직경 2,000미터!

한데 화룡이 아가리를 쩍 벌리자 그 네 배에 달하는 직경 8,000미터 지역이 공격 범위 안에 들어왔다.

공격 한 방의 크기가 직경 8,000미터다. 반경으로 계산하면 4,000미터에 달한다. 이 정도면 시속 100킬로미터의 자동차로 2.4분을 내리 달려야 겨우 공격 범위를 벗어날 수 있다.

24개의 발톱을 이리저리 피하던 와중, 내 머리 위로 화룡의 거대한 머리통이 떨어져 내렸다. 아가리를 쩍 벌린 화룡은 그대로 지상에 머리를 틀어박으며 한입 크게 베어 물었다.

소리는 들리지 않았다. 눈앞이 새하얗게 백열되었다가

까맣게 죽었다.

킬라우에아 화산 정상 부근이 직경 8,000미터 규모로 움푹 사라졌다. 그렇게 뜯겨 나간 지반 아래서 부글부글 거품이 일었다. 거품과 함께 용암이 지반을 뚫고 스며 올라왔다.

"되었다. 제아무리 괴물이라고 해도 저건 피하지 못한다."

세르히오가 쾌재를 불렀다.

킬라우에아 화산을 뚫고 화룡이 솟구치기 직전, 세르히오는 지니를 안고 전장 밖으로 몸을 피했다.

그렇다고 아주 멀리 도망친 것은 아니었다. 여우 같은 세르히오는 화룡의 공격 범위 바로 밖에 자리를 잡고는 나와 화룡의 전투 장면을 지켜보았다.

화룡이 땅속에서 발톱을 뻗어 내 시선을 잡아끌었다. 그러곤 동시에 위에서 아래로 덮치며 아가리를 쩍 벌렸다.

"잘한다!"

세르히오는 그 모습에 크게 환호했다.

한 눈으로 다 볼 수 없는 거대한 아가리가 나를 그대로 덮쳤다. 아무리 빠른 인간도 이 정도의 광역 공격을 피할 수는 없었다.

킬라우에아 화산이 직경 8,000미터 규모로 움푹 뜯겨 나가는 장면을 보면서 세르히오는 내 죽음을 확신했다.

하지만 나는 죽지 않았다.

꾸어어어어—

하늘로 머리를 치켜들었다가 거꾸로 내리꽂았던 화룡이 땅속에서 다시 하늘로 솟구쳐 올라왔다. 화룡의 몸에서 후두둑 떨어져나간 용암 덩어리가 주변 현무암을 지글지글 녹였다. 화룡이 콧김을 내뿜자 유황 연기가 높이 솟구쳤다. 그 연기 속에서 화룡이 고개를 돌려 내 흔적을 찾았다.

나는 화룡의 머리 바로 아래에 멀쩡한 모습으로 서 있었다.

꾸어어어—

분노한 화룡이 다시 발톱을 내저었다.

이번엔 15개의 발에서 총 60개의 발톱이 나를 공격했다. 그 발톱 하나하나가 통나무보다 더 굵고 날카로웠다. 게다가 뾰족한 발톱 전체가 화염에 휩싸여 있어 마치 머리가 60개인 히드라를 보는 듯했다.

60개의 원추형 발톱이 나를 난자했다.

그 사이 화룡은 머리를 높이 치켜들었다가 아가리를 쩍 벌리고 지상으로 낙하했다.

발톱과 머리에 이어 화룡의 몸통도 나를 공격했다. 링과 한 몸이 된 화룡은 킬라우에아 분화구를 반쯤 빠져나온 상태였다. 무려 20킬로미터에 달하는 거대한 용암의 강이 내 주변을 뱀처럼 칭칭 휘감았다.

뜨거운 용암의 강이 나를 중심으로 토네이도처럼 빙글빙글 회전했다.

사방이 온통 불바다였다.

화룡은 몸통으로 나를 포위하고 발톱으로 나를 난자했으며, 아가리를 쩍 벌려 나를 집어삼키려 들었다.

세상 그 어느 곳을 둘러봐도 피할 곳이 없었다.

아가리를 쩍 벌린 거대한 화룡이 내 머리 위로 떨어져 내렸다. 우주가 그대로 나를 향해 함몰하는 듯했다.

주변이 하얗게 백열되었다. 온 세상이 하얗게 물들어 아무것도 보이지 않았다. 내 의복은 활활 타 버려 한 줌의 재로 변했다. 내가 머물던 공간 전체가 상상을 초월하는 고온으로 뒤덮였다.

그 초고온 속에서 화룡의 아가리가 나를 삼키고 지나갔다.

이대로 열기에 휩싸여 흔적도 없이 사라지는 것이 정상!

커다란 암석도, 단단한 다이아몬드도 이 정도 고열에 휩싸이면 견딜 수 없다.

하지만 나는 예외였다.

화룡의 아가리가 나를 집어삼킨 다음 땅을 뚫고 지하로 푹 파묻힌 사이, 나는 아무렇지도 않게 뛰어올라 주변을 둘러보았다.

저 멀리 5킬로미터 거리에 세르히오가 숨어 있는 모습이 보였다. 나는 세르히오를 향해 검지를 뻗었다.

내 손끝에서 출발한 나뭇가지가 화룡의 몸통, 즉 용암의 강을 뚫고 세르히오에게 날아갔다.

평소의 세르히오라면 공간이동으로 내 공격을 피할 수 있을 것이다. 하지만 지금은 세르히오의 시야가 차단되었다. 현재 세르히오의 눈에 보이는 광경은 온 세상을 휘어감은 거대한 용암의 강뿐!

그 용암을 뚫고 갑자기 나뭇가지가 튀어나오니 도저히 반응할 수가 없었다.

퍽!

"크악!"

새하얀 나뭇가지가 세르히오의 배를 뚫고 등 뒤로 삐져나왔다. 나뭇가지에서 돋아난 잔뿌리가 세르히오의 몸 구석구석에 박히기 시작했다.

순간적으로 세르히오의 눈이 핑그르 돌았다.

하지만 세르히오는 역시 만만치 않았다.

정신을 잃기 직전, 세르히오는 이빨을 쩍 벌렸다가 자신의 혀끝을 꽉 깨물었다. 피가 팍 터지면서 세르히오의 입술을 비집고 핏물이 흘렀다.

피를 내서 정신을 차린 다음, 세르히오는 전력을 다해 공간이동을 했다.

조금 전 받은 타격이 너무 커서 멀리 이동하지는 못했다.

세르히오가 다시 등장한 곳은 조금 전 위치에서 불과 20미터 떨어진 지역이었다.

허공엔 내가 쏘아 낸 두 번째 나뭇가지가 둥둥 떠 있었다. 나뭇가지는 허공에서 잠시 대기하다가 세르히오가 나타난 장소를 향해 벼락처럼 내리꽂혔다.

"크앗!"

세르히오는 연거푸 두 번 더 공간이동했다. 내가 쏘아 보낸 세 번째 나뭇가지와 네 번째 나뭇가지가 세르히오를 뒤쫓았다.

"크억! 크악!"

매번 이동을 할 때마다 세르히오는 비명을 질렀다. 입에서 피도 토했다.

검붉은 피였다. 내장 조각이 역류하는 피와 함께 섞여 나왔다.

어찌나 다급했던지 세르히오는 지니를 내팽개쳤다.

"우선 쉬운 놈부터 먼저 잡고."

내가 쏘아 낸 다섯 번째 나뭇가지가 지니의 가슴에 정통으로 틀어박혔다.

"컥!"

지니가 울컥 피를 토했다.

지니의 가슴에 박힌 나뭇가지가 지니의 몸속에 단단히 뿌리를 내렸다. 지니가 고통에 몸부림쳤다. 그러다 결국 눈에서 빛이 스르륵 꺼졌다.

죽진 않았다.

하지만 산 것도 아니다. 지니는 이제 손가락 하나 까딱하지 못하는 신세가 되었다. 그저 뇌만 살아 있을 뿐이다.

나는 의도적으로 지니의 뇌를 보호했다.

"머리에 담긴 지식을 빼내고 능력을 빼앗아야 하잖아? 그러자면 뇌가 다치면 곤란하지."

꾸어어어—

화룡이 다시 대가리를 치켜들었다. 화룡에게 깃든 정신, 즉 링이 크게 분노했다. 이제 화룡의 몸뚱어리 전체가 지상으로 빠져나왔다. 킬라우에아 화산 전체가 화룡의 몸으로 뒤덮였다. 수십 킬로미터가 넘는 거대한 몸체가 칭칭 휘감자 산 전체가 거대한 용암으로 변했다.

흐물흐물 녹아서 흐르는 용암이 하와이 남쪽 바다로 뚝뚝 떨어졌다.

바닷물이 놀라서 비명을 질렀다.

치이익!

수증기가 피어올라 인근 해역을 가득 메웠다. 미처 피하지 못한 물고기들이 배를 까뒤집고 둥둥 떠올랐다.

바다 저 멀리 수십 킬로미터 밖에는 구조 헬기들이 대기 중이었다. 내 귀에 헬기의 무전 통신 소리가 잡혔다.

"비상! 비상!"

"킬라우에아 화산이 폭발했다."

"주민들을 모두 대피시켜라! 이건 최악의 상황이다. 비상! 비상!"

"1팀, 대답하라! 화산 폭발의 징후가 있었나?"

"아니, 징후는 없었다. 갑작스런 폭발이다."

"지진계는?"

"지진계에 맨틀의 이동이 감지되었다. 태평양 지각이 움직이면서 화산을 자극한 것으로 보인다. 비상! 비상!"

수십 대의 헬기 여기저기서 사람들 떠드는 목소리가 분주했다. 하지만 화산 가까이 접근하는 헬기는 한 대도 없었다.

킬라우에아 화산 상공은 온통 시커먼 연기로 가득했다. 유황 성분이 가득한 연기가 펑펑 폭발을 일으켰다. 인근 해역엔 바닷물이 증발하면서 만들어 낸 수증기가 가득했다. 그 연기와 수증기를 뚫고 시뻘건 용암이 언뜻언뜻 내비쳤다. 용암은 때때로 수 킬로미터 상공까지 치솟았다가 다시 꺼지곤 했다.

"으헉!"

"어, 엄청나다!"

헬기에 탄 기자들이 이 어마어마한 자연재해 장면을 카메라에 담기 위해 연신 셔터를 눌렀다.

화끈한 열기가 기자들의 손을 벌겋게 달궈 놓았다.

Chapter 5

꾸어어어—

화룡이 다시 포효했다. 대가리를 바짝 치켜든 화룡은 나를 향해 정확히 내리꽂혔다.

이번엔 아가리를 벌리지 않았다. 나를 대충 집어삼키려다가 자꾸 실패를 하자 작전을 바꾼 모양이었다.

"대충 삼키는 것보다 정확하게 저격하는 것이 낫다. 이런 생각이겠지?"

나는 이렇게 뇌까렸다.

화룡의 거대한 대가리가 코앞까지 달려들었다. 빳빳하게 일어선 화룡의 수염이 그보다 먼저 날아왔다.

화룡의 수염은 강철 침처럼 뾰족하고 날카로웠다. 직경은 대략 1미터에 육박했다. 그런 침 하나하나가 엄청난 열기를 품고 나를 저격했다.

그 모습이 마치 하늘에서 1미터 굵기의 불의 기둥이 푹푹 떨어지는 듯했다.

나는 현란하게 스텝을 밟았다. 그렇게 수염 한 가닥 한 가닥의 공격을 모두 피하고 있는데 화룡의 대가리가 바짝 다가들었다.

나는 화룡의 머리 위로 풀쩍 뛰어올랐다. 이글거리는 용암을 밟고 서서 화룡의 뿔을 꽉 움켜잡았다.

링이 기겁을 했다.

인간이 용암 위를 걸을 수는 없다. 손으로 용암을 붙잡을 수도 없다.

한데 나는 그걸 해냈다.

꾸어! 꾸어어!

화룡이 좌우로 대가리를 흔들었다.

나를 털어내려는 의도였다.

나는 떨어지지 않았다. 화룡의 머리에 올라타서 주변을 휙 둘러보았다.

바다 저 멀리 911 깃발을 매단 선박 다섯 척이 포진해 있는 모습이 보였다. 선박 위로 헬기들이 선회 비행 중인 장면도 목격되었다.

고개를 돌려 지상을 바라보았다.

바위틈에 벌렁 누운 지니가 보였다.

비틀비틀 도망치다가 털썩 주저앉는 세르히오의 모습도 눈에 띄었다. 세르히오는 엉금엉금 기어서 계속 도망치는 중이었다.

"이제 공간이동을 할 힘도 없나 보구나."

나는 검지로 세르히오를 가리켰다.

퓨퓻!

내 손끝에서 발출된 나뭇가지들이 차례로 세르히오를 저격했다.

그중 첫 번째 가닥은 세르히오의 아킬레스건을 그대로 꿰뚫었다.

"끄악!"

세르히오가 악을 썼다.

아킬레스건에서 출발한 나무뿌리가 세르히오의 오른쪽 다리를 단숨에 장악한 다음 피부 밖으로 튀어나왔다. 그렇게 튀어나온 뿌리들이 주변 현무암에 콱 틀어박혔다.

나무의 잔뿌리들이 세르히오의 신경 다발 하나하나에 연결된 상태라 공간이동으로 떨쳐 낼 수도 없었다.

이 강력한 속박에서 벗어날 길은 하나뿐. 세르히오 스스로 자신의 오른쪽 다리를 잘라 버리는 것만이 유일한 탈출 수단이었다.

"이이익!"

세르히오는 독했다. 실제로 자신의 오른 다리를 잘라 버리려고 손을 번쩍 치켜들었다.

그때 두 번째 나뭇가지가 날아가 세르히오의 오른손 팔뚝에 푹 박혔다.

"크악!"

세르히오가 비명을 질렀다.

다음 패턴은 동일했다. 나뭇가지는 세르히오의 오른팔에

뿌리를 내려 빠르게 장악했다. 팔뚝을 뚫고 나온 뿌리들이 현무암에 콱 박혀 세르히오를 꼼짝 못 하게 만들었다.

세르히오가 피눈물을 흘리며 왼손을 들었다. 그는 왼손으로 우선 오른쪽 팔부터 잘라 낼 생각인 듯했다.

세 번째 나뭇가지가 세르히오의 왼쪽 어깨를 찔렀다. 뿌리가 추라락 자라나 세르히오의 왼쪽 어깨와 팔, 그리고 겨드랑이를 타고 상반신을 장악했다.

"끄아악! 우아아악!"

세르히오가 온몸을 비틀며 울부짖었다.

잔뿌리가 세르히오의 폐와 간, 심장을 차례로 잠식했다.

세르히오는 이제 더 이상 꼬리를 자르고 도망칠 수 없었다. 팔다리는 없어도 살 수 있지만, 간과 심장을 버리고 도망치는 것은 불가능했다.

푹!

네 번째 나뭇가지가 세르히오의 골반에 틀어박혔다.

"크헙!"

뼈가 뚫리는 고통에 세르히오가 두 눈을 부릅떴다.

네 번째 나뭇가지는 세르히오의 뼈와 골수를 타고 뿌리를 튼튼하게 내렸다. 이제 세르히오가 도망을 치려면 온몸의 뼈를 버리고 가야 할 것이다.

푸욱!

다섯 번째 나뭇가지가 세르히오의 왼쪽 무릎을 관통했

다. 무릎 연골에서 시작된 뿌리는 세르히오의 왼쪽 다리 전체를 숙주로 삼아 자라나더니 사타구니와 생식기 주변 부위를 모두 장악했다.

푹푸푹!

여섯 번째 나뭇가지가 세르히오의 두피를 살짝 집고 지나갔다. 제사상에 올리는 생선포를 뜨듯이 살짝, 살짝!

여섯 번째 나뭇가지에서 뻗어 나간 뿌리들이 세르히오의 얼굴을 잠식했다. 뇌는 건드리지 않았다. 세르히오의 두개골을 따라 뿌리가 쫙 퍼지면서 두 눈을 꿰뚫었다. 세르히오의 눈알이 퍽 터지면서 그 안에서 핏물을 머금은 나무뿌리가 꿈틀거리는 모습이 보였다. 뿌리는 세르히오의 뺨을 지나 입도 장악했다.

세르히오의 혀에 하얀 뿌리가 가득 박혀 딱딱하게 굳었다. 달팽이관이 찢기고 고막이 터지고, 그 안에서 피투성이 뿌리가 튀어나와 세르히오의 귓바퀴를 휘감았다. 식도에서도 뿌리가 마구 돋아났다.

세르히오의 코도 잔뿌리로 뒤덮여 암석처럼 고체화되었다. 심지어 세르히오의 이빨마저 하얀 나무뿌리에 장악 당했다.

이제 세르히오의 몸 전체가 나무로 변했다.

오직 뇌만 살아서 펄떡펄떡 뛰었다.

나는 화룡의 머리 위에 서서 그 모습을 굽어보았다.

"나도 이렇게까지 하고 싶지는 않았어. 하지만 세르히오, 네 공간이동 능력 때문에 어쩔 수가 없었지."

꾸어어—

나직하게 중얼거리는 내 목소리에 링이 부르르 경련했다. 화룡의 움직임을 통해 링의 감정을 느낄 수 있었다.

이것은 공포!

도저히 숨길 수 없는 절망!

거대한 화룡이 내 앞에서 부르르 떨었다. 화룡에 깃든 링의 정신이 덜덜덜 경련했다.

나는 피식 웃었다.

"내 앞에서 불을 사용하다니, 번데기 앞에서 주름 잡는 것도 아니고 말이야."

나는 오른손을 화룡의 머리에 얹었다.

화룡이 고개를 숙여 땅바닥에 납죽 엎드렸다.

내 오른손이 화룡의 피부에 밀착되었다.

내 안 저 깊숙한 심연!

그 심연 속 깊은 밑바닥에 잠겨 있던 문이 삐이꺽 소리를 내면서 열렸다. 이 세계에서는 단 한 번도 열린 적이 없는 문이었다. 샤피로의 세상에서도 몇 차례 열리지 않았던 금단의 문이었다.

문틈을 통해 보이는 광경은 압도적이었다.

문 안에 갇힌 것은 우주, 그 자체였다.

한계를 가늠할 수 없는 우주 안에서 두 개의 태양이 이글이글 타올랐다.

10,000킬로미터 높이로 시뻘건 홍염을 확확 일으키는 불타오르는 태양 하나!

시커멓게 타올라서 사람의 눈으로는 볼 수 없는 검은 태양 하나!

이 두 개의 태양이 휘리리릭 회전했다.

회전이 흡입력을 만들어 내었다. 거대한 두 개의 태양이 강한 중력을 발휘했다.

그 흡입력과 중력이 화룡을 빨아들였다. 화룡의 몸체를 구성하고 있는 용암이 후라라락! 무섭게 열기를 빼앗겼다. 온 세상을 불태워 버릴 듯한 엄청난 양의 열기가 내 오른손을 통해 몸속으로 흡입되었다.

꾸어엉! 꾸어어어—!

화룡이 거칠게 몸부림쳤다. 수십 킬로미터 길이의 용암이 주변에 콰콰 부딪쳐 산을 부수고 바닷물을 날렸다.

"피햇!"

"화산이 미쳤다!"

저 멀리 헬기에서 비명이 들렸다.

하지만 비명은 오래가지 않았다. 거세게 사방으로 튀던 용암들이 빠르게 식어 갔기 때문이었다.

처음에 내 손바닥을 통해서만 유입되던 열기는 이윽고

내 온몸의 모공을 통해 빨려들어 왔다. 주변 수십 킬로미터 반경 안의 모든 용암이 내게 열기를 빼앗겼다.

발갛게 달아오른 용암이 열기를 빼앗기자 거무튀튀한 현무암으로 변했다. 킬라우에아 지역을 칭칭 휘감았던 화룡은 그 모습 그대로 거대한 현무암 산으로 변해 갔다.

"아, 아, 안 돼!"

링이 경악했다.

사람이 열기를 흡수하다니!

사람이 불을 흡수하다니!

링은 이런 끔찍한 이야기를 들어 본 적이 없었다.

화룡이 소멸해 가면서 링의 정신은 화룡으로부터 분리되었다. 허옇게 연기를 뿜어내는 현무암 위, 링이 처참한 모습을 드러내었다.

"너도 이리 들어와라."

내가 의지를 일으켰다.

링의 몸을 구성하고 있던 열기가 쭈우욱 빨려 들어왔다.

이건 도저히 항거할 수 없는 흡입력이었다.

"으아아!"

링의 얼굴이 하얗게 질렸다.

평생 연마해 온 기운을 통째로 빼앗기는 느낌이 얼마나 무서운 것인지 링은 비로소 깨달았다. 링의 감정이 그의 얼굴에 그대로 드러났다.

내 마음 깊은 곳의 심연!

그 안에 자리한 두꺼운 문!

문틈으로 엿보이는 두 개의 태양!

빠르게 회전하는 태양이 가공할 속도로 열기를 흡수한다.

링이 그 무시무시한 광경을 목격했다. 불의 마법사들에게 이보다 더 끔찍한 광경은 없을 것이다.

링의 정신은 이제 완전히 붕괴했다.

"우히히!"

링의 입가에 웃음이 걸렸다. 링이 미쳤다.

이제는 마무리를 지을 시간.

쪼르륵!

빨대로 물 빨아들이는 소리가 났다. 마지막 한 방울의 화기까지 모두 빼앗긴 링이 한 줌의 재로 흩어졌다. 거대한 용암의 강은 그대로 딱딱하게 굳어 현무암이 되었다.

열기가 차단되자 바닷물의 증발도 멈췄다. 수증기가 끊겨 주변 시야가 약간 확보되었다. 하지만 유황 연기는 여전해서 헬기에서는 아무것도 볼 수가 없었다.

킬라우에아 지역은 처참한 폐허가 되었다.

지형이 완전히 바뀌고, 식물들은 모두 전멸했다.

나는 나뭇가지를 뻗어 6명의 포로들을 휘감았다.

가장 먼저 쓰러진 테닛, 덩치가 산만 한 칸노, 축 늘어진 가르멜, 팔을 잃은 코온, 피투성이 지니, 그리고 가장 처참한 모습의 세르히오!

작전에 동원된 일곱 신인들 가운데 링은 완전히 소멸했다. 나머지 여섯은 내 포로가 되었다.

"루루룰루~"

나는 콧노래를 불렀다. 그러면서 포로들을 하나둘 붙잡아 나뭇가지에 매달았다. 거미가 거미줄로 먹이를 칭칭 감아 놓는 것처럼, 빛의 사원에서 소환된 신인들은 나의 등에서 뻗어 나간 여섯 가닥의 나뭇가지에 매달려 허공에 떠올랐다.

유황 연기는 그리 오래가지 못할 것이다. 킬라우에아 화산이 열기를 완전히 잃었으니 더 이상 가스 분출도 없다.

"그럼 사람들이 몰려오겠지? 그 전에 자리를 비켜 줘야지. 루룰루~"

나는 노래를 흥얼거리며 자리를 떴다.

내 등 뒤.

여섯 가닥의 나뭇가지가 하늘로 뻗었고, 그 가지 하나하나에 포로들이 대롱대롱 매달렸다.

제4회
블러드 문 III

Chapter 1

조금 전, 한창 드잡이질을 벌이던 중에 세르히오가 내게 악담을 퍼부었다.

"으하하하! 놀랐느냐? 이 괴물아, 지금쯤 네 계집들은 우리 가르시아 정예들의 공격을 받아 살이 찢어지고 뼈가 부러졌을 것이다. 으하하하! 조금만 기다려라. 우리 가르시아의 용감한 정예병들이 네 약혼녀들을 인질로 붙잡아 이곳에 끌고 올 테니까! 으하하하! 어디 그뿐인 줄 아느냐? 네놈의 친구들도 내 아이들에게 붙잡혀 모진 고초를 겪을 것이다. 계집들은 네 약혼녀와 함께 가르시아 정예병들의 배 밑에 깔릴 것이고, 사내놈들은 생식기가 잘리고, 두 팔과 두 다리가 잘리고, 눈알이 뽑혀 평생 불구로 살 것이다. 으하하하! 이제 와서 후회해도 소용없다. 여기 이곳이 네놈에겐 지옥이 될 것이니라! 으하하하!"

나는 세르히오의 저주를 듣고도 눈 하나 깜짝하지 않았다.

나는 곤충과 감각을 공유한다. 별장 주변의 곤충들을 통해 지금 그곳에서 벌어지고 있는 일들을 훤히 지켜볼 수 있다는 뜻이다.

게다가 나는 샤피로와 시야를 공유한다. 샤피로의 시선으로 바라보면 이 시각 지구 곳곳에서 벌어지고 있는 각종 사고와 사건들을 손금 보듯이 들여다볼 수 있다. 그것도 전지적 시점으로 생생하게!

내가 세르히오와 싸우고 있을 즈음, 별장에서도 전투가 시작되었다. 나는 곤충의 감각과 샤피로의 시각을 통해 별장 전투를 실시간으로 지켜보았다. 그러니 세르히오의 심리전이 먹힐 리 없었다.

샤피로의 시선이 지켜보는 가운데 가디언 케이(K)의 기사들이 와이콜로아 해변의 별장으로 접근했다.

살금살금.

기사들의 행동은 조심스러웠다.

숫자는 36명!

기사들 대부분은 손에 검을 들고 몸에는 황금빛 갑옷을 둘렀다.

특이한 것은 후방의 4명이었다. 그들은 검을 허리에 차고 개인용 바주카포를 어깨에 멨다. 공항 검색대를 통과할 때는 분명 이런 무장을 하지 않았는데 용케도 무기를 조달한 모양이었다. 나는 속으로 '재주도 좋지.' 라고 생각했다.

별장 앞에서 기사들이 자세를 낮추었다.

선두의 기사가 명령을 내렸다.

"먼저 바주카포로 한 방 때리고 시작하자."

나는 명령을 내린 지휘자를 좀 더 자세히 살펴보고 싶었다. 그러자 샤피로의 시각이 하늘에서부터 지상으로 줌인(Zoom In)하며 가까이 들어갔다.

선두 지휘자의 얼굴이 눈에 익었다. 바로 가디언 케이(K)의 기사단장인 에르쿨 가르시아였다. 에르쿨은 세르히오의 맏아들이자 장차 가르시아 가문을 물려받을 후계자였다.

'어디 보자.'

나는 샤피로의 시야를 통해 에르쿨의 손가락을 살폈다.

'손가락이 5개네? 아프리카에서 만났던 사자가면은 손가락이 6개였지. 그리고 그자는 메노르카 섬에서 포로로 붙잡혔어. 그렇다면 이자가 진짜 에르쿨이구나!'

세르히오는 쌍둥이 아들을 두었다.

그 가운데 지금 하와이에 등장한 에르쿨이 진짜 후계자

였다. 그는 가디언 케이(K)를 이끄는 기사단장으로, 가르시아 가문에서 세르히오와 미리엄 다음으로 실력이 뛰어났다. 각성률은 대략 75퍼센트 수준.

반면 메노르카 섬에서 포로로 붙잡힌 에르쿨은 가짜였다. 그의 진짜 이름은 에몰 가르시아! 에르쿨의 쌍둥이 동생으로 평소 에르쿨의 대역을 맡곤 했다. 마사의 생물학적 부친도 바로 이 에몰 가르시아였다.

나는 포로인 에몰의 정신을 유린해서 이런 정보들을 캐냈다.

에르쿨의 명령에 후방의 기사 4명이 앞으로 튀어나왔다. 그들은 별장이 보이는 숲 어귀에 무릎을 꿇고 앉아서 바주카포를 조립했다. 그 다음 포신을 어깨에 메고 별장을 겨냥했다.

퓨웅— 퓽— 퓽— 퓽—

네 대의 화기가 거의 동시에 불을 뿜었다. 푸른 불꽃을 매달고 날아간 유도탄이 별장을 반 바퀴 빙 돌아 침실을 그대로 가격했다. 귀청을 찢는 폭음과 함께 별장에서 불길이 치솟았다.

에르쿨이 손짓을 했다.

“가자! 저 안에 있는 년놈들을 반드시 포로로 붙잡는다.”

“넵!”

가디언 케이(K)의 기사들이 잰걸음으로 달렸다. 에르쿨이 선두에 섰다. 마음이 급한 에르쿨은 부하들보다 10미터는 더 앞서 달렸다.

그때 별장 아래 지하 창고에서 고함이 터졌다.

“적의 습격이닷!”

찰스의 목소리였다.

찰스는 지하 창고로 들어가는 문을 박차고 해변으로 튀어나왔다. 루트비히가 뒤쫓아 나오며 손을 둥글게 말았다. 루트비히의 손아귀에는 어느새 검이 쥐어져 있었다. 하늘하늘 흔들리는 부드러운 연검이었다.

루트비히의 옆에는 루이가 함께했다.

또 다른 지하 창고에서는 마사가 뛰쳐나왔다. 알렉산드라와 줄리아가 마사의 뒤를 따랐고, 엘리자베스, 니코가 후미에 섰다.

바주카포가 저격한 곳은 별장 건물의 침실들.

그런데 찰스 일행이 뛰쳐나온 곳은 지하 창고였다. 가르시아의 습격을 미리 알고 대비 중이었다는 의미였다.

이건 루트비히의 예지력 덕분이었다.

루트비히의 속성은 마녀.

세르히오와 비교할 수는 없지만, 루트비히는 상당히 뛰어난 예지력을 지녔다. 그런 루트비히의 꿈에 예지몽이 나타났다. 가르시아의 정예병들이 별장을 급습하는 꿈이었다. 악몽에서 깨어난 루트비히는 부랴부랴 찰스를 깨웠다.

찰스가 다시 마사와 알렉산드라, 루이에게 이 사실을 알렸다.

"한스 오빠, 한스 오빠는 어디 있죠?"

줄리아가 울먹였다.

알렉산드라가 줄리아를 꼭 껴안았다.

"줄리아, 어쩌면 이미 가르시아 놈들의 습격이 시작되었는지도 몰라. 그렇지 않다면 한스 이사님이 말도 없이 사라질 리 없어."

"그래. 그럴지도 몰라."

마사가 고개를 끄덕였다.

그 뒤부터는 마사가 지휘를 맡았다. 마사는 적의 습격에 대비해서 침실을 비우자고 제안했다. 그 다음 무기를 챙겨서 지하 창고에 숨었다.

그리고 불과 10분 뒤, 가르시아의 공격이 시작되었다.

바주카포 공격을 받은 직후, 찰스와 마사 등이 창고에서 뛰쳐나왔다. 그들은 탁 트인 해변 백사장에 모여 둥근 원진을 만들었다.

찰스가 별장 뒤 골프장 방향을 향해 으르렁거렸다.

"이제 그만 모습을 드러내시지? 가르시아의 개자식들아!"

찰스의 말이 끝나기 무섭게 에르쿨이 등장했다.

에르쿨이 이죽거렸다.

"이런! 우리의 습격을 예상했나 보네? 잠옷 차림으로 후다닥 뛰쳐나올 줄 알았는데, 이거 제법이야."

"아악! 에르쿨 가르시아!"

마사가 에르쿨의 얼굴을 알아보았다.

알렉산드라는 눈을 동그랗게 떴다.

"어떻게 당신이 여기에? 분명 반 데어 뤄슨의 감옥에 호송되었을 텐데?"

에르쿨이 기분 나쁘게 웃었다.

"으흐흐! 우리의 습격을 어찌 알았는지는 모르겠지만, 그래도 결과엔 변함이 없다. 오늘 이 자리에서 너희들은 모두 포로로 붙잡힌다. 그 다음 너희 년놈들은 뉴욕에 인질로 붙잡혀 있는 내 동생 에몰과 교환될 것이다."

"동생 에몰이라고?"

찰스가 고개를 갸웃했다.

"그래! 불쌍한 내 동생 에몰!"

에르쿨의 눈이 강렬한 광채를 내뿜었다. 그와 동시에 에르쿨의 몸이 엿가락처럼 쭉 늘어났다.

실제로 에르쿨의 몸이 늘어난 것은 아니었다. 그의 가속력이 너무 뛰어나 잔상이 길게 늘어져 보였을 뿐이다.

Chapter 2

"크왁!"

"커컥!"

"켁!"

찰스와 루트비히, 루이가 동시에 비명을 질렀다.

루트비히는 미래를 예지하는 마녀! 그는 에르쿨이 정면에서 공격할 것을 미리 예측했다. 찰스와 루이에게도 이 사실을 미리 일러두었다. 셋은 에르쿨의 공격을 미리 알고 단단히 마음을 먹었다. 그래서 에르쿨의 공격이 시작되기도 전에 반응했다.

찰스가 검을 뽑아 풍차처럼 돌렸다.

루이는 찰스의 검을 단단한 티타늄 합금으로 변형시켜 놓았다. 루트비히가 찰스의 방어막 사이로 연검을 찔러 넣었다.

이렇게 미리 대비한 상태에서 에르쿨의 공격을 받았다.

그런데도 힘에서 밀렸다. 에르쿨의 검은 찰스의 티타늄 합금 검을 그대로 부수며 파고들었다. 루트비히가 중간에 연검의 방향을 돌려 에르쿨의 검날을 쳐 냈다. 덕분에 찰스가 죽지 않았다. 에르쿨은 찰스의 심장을 찌르던 검을 빙글 돌려 루트비히의 연검부터 떨쳐 내었다. 그 다음 힘을 꽉 쥐어서 세 애송이를 확 밀쳐 버렸다.

덩치 큰 찰스와 균형 감각이 뛰어난 루트비히가 함께 날아가 모래바닥에 나자빠졌다. 민첩한 루이도 뒤뚱거리다가 나뒹굴었다.

"에르쿨, 이 악마!"

마사가 와락 달려들었다. 마사는 양손 엄지와 검지를 모아 직사각형을 만들었다. 그 직사각형 안에서 강한 중력 왜곡이 발생했다.

순간적으로 에르쿨의 몸이 휘청했다. 뿌드득 소리와 함께 에르쿨의 척추가 휘었다.

마사는 중력을 다루는 뛰어난 마법사!

그것도 각성률이 65퍼센트에 달하는 강자였다.

에르쿨이 어금니를 꽉 물었다.

"이 사생아 년이 감힛!"

에르쿨은 마사의 태생을 잘 알았다. 그래서 사생아라고 말한 것이다.

마사의 얼굴이 비참하게 일그러졌다.

"죽엇! 이 악마야!"

마사는 젖 먹던 힘까지 쥐어짜서 중력 왜곡을 걸었다.

하지만 에르쿨의 마력이 한 수 위였다. 에르쿨은 뿌드득 뿌드득 뼈가 뒤틀리는 와중에도 한 발 한 발 마사를 향해 다가왔다. 그 다음 마사를 향해 검을 치켜들었다.

"에르쿨, 여기도 있다."

알렉산드라가 마사를 도왔다. 알렉산드라의 손에서 뿜어진 화염이 채찍처럼 뻗어 에르쿨의 다리를 휘감았다.

그리 빠른 공격은 아니었다.

하지만 에르쿨은 마사의 중력 왜곡에 붙잡혀 있어 알렉산드라의 화염을 피하지 못했다. 에르쿨의 두 다리가 화르륵 화염에 휩싸였다.

"크읏! 이 잡년들이!"

에르쿨이 악귀처럼 얼굴을 일그러뜨렸다.

줄리아가 에르쿨의 목을 향해 손가락을 뻗었다. 가냘픈 손가락에서 쏘아진 하얀 빛이 에르쿨의 갑옷 사이로 드러난 살갗을 찔렀다.

"큽!"

에르쿨의 목에서 피가 튀었다.

그 와중에도 에르쿨은 마사를 향해 한 발 한 발 진격했다.

마사가 진땀을 흘리며 직사각형을 유지했다.

"빨리 저 악마를 공격해!"

마사가 동료들을 재촉했다.

이번엔 엘리자베스가 나섰다. 엘리자베스는 머리띠에 자갈을 감아 휭휭 돌리다가 뿌렸다. 다윗이 골리앗을 해치울 때 사용했다는 바로 그 슬링 공격이었다.

에르쿨이 고개를 젖혀 돌멩이를 피했다.

그 사이 알렉산드라의 불 채찍이 한 번 더 날아와 에르쿨의 다리를 태웠다. 마법이 걸린 황금 갑옷이 불길의 대부분을 해소시켜 주었지만, 그래도 에르쿨은 다리가 타들어 가는 듯한 고통을 느꼈다.

"이런 잡년들!"

에르쿨은 진짜로 화가 났다. 그래서 다리에 붙은 불길도 무시하고 성큼성큼 걸었다. 우선 마사부터 해치우려는 생각이었다.

한편으로 에르쿨은 가디언 케이(K)의 부하들 때문에 짜증이 났다.

"이놈들은 대체 뭐하는 게야? 왜 공격하지 않아?"

가디언 케이(K)의 기사들이 우르르 달려 나오기만 하면 이 애송이들을 붙잡는 것은 일도 아니었다. 한데 부하들의 반응이 없었다.

'무언가 이상한데?'

에르쿨은 불길한 예감이 들었다.

하지만 지금 다른 곳에 신경을 쓸 만큼 한가하지 않았다. 마사에게 다가가는 와중에 에르쿨의 뒤통수를 향해 검이 날아왔다. 벌렁 넘어졌던 찰스가 다시 일어나 검을 휘두른 것이다. 에르쿨은 마사에게 겨눴던 검의 방향을 틀어 방어부터 했다.

까강!

두 자루의 검이 맞부딪치면서 불똥이 튀었다.

"뭐야?"

에르쿨이 눈을 동그랗게 떴다. 조금 전 부서뜨렸던 찰스의 검이 다시 멀쩡해졌기 때문이다. 루이의 변형술 덕분이었다.

물론 이번에도 찰스가 밀렸다.

"크윽!"

찰스는 뒤로 다섯 걸음이나 밀려나면서 또 넘어질 뻔했다. 검의 손잡이를 움켜쥔 찰스의 두 손바닥은 피투성이로 변했다.

하지만 에르쿨도 피해를 입었다. 찰스의 검을 막는 사이 뒤에서 돌멩이가 날아와 에르쿨의 목덜미에 틀어박혔다. 갑옷이 없는 부위를 정확하게 가격한 돌팔매질은 찰스의 친척 엘리자베스의 솜씨였다.

엘리자베스의 각성률은 이제 겨우 18퍼센트. 이 정도 수준이면 에르쿨의 몸에 상처 하나 낼 수 없어야 정상이었다.

하지만 지금 에르쿨은 마사의 중력 마법에 걸려 행동이 느려졌다. 그 와중에 찰스와 맞부딪치느라 정신도 분산되었다.

에르쿨이 비틀거렸다. 돌멩이에 맞은 부위가 생각보다 얼얼했다.

"이런 씨발!"

마침내 에르쿨의 입에서 욕이 나왔다.

"크아아아!"

화가 난 에르쿨은 양팔을 크게 벌려 고함을 터뜨렸다. 그동안 자제해 왔던 잠력을 한 번에 격발하자 사나운 기파가 사방으로 줄기줄기 뻗었다. 그 기파의 상당 부분은 마사에게 집중되었다.

"악!"

마사가 피를 토했다.

"마사! 정신 차려!"

"언니!"

알렉산드라와 줄리아가 마사를 부축했다.

어린 니코도 충격을 받아 뒤로 벌렁 나자빠졌다. 엘리자베스가 니코를 끌어안았다.

"이놈! 레이디들을 괴롭히지 마라."

찰스가 용감하게 돌진했다.

루트비히가 그 뒤를 바람처럼 따라붙으며 연검을 휘둘렀다.

"흥!"

에르쿨은 코웃음을 쳤다.

떼거리로 덤벼 봤자 애송이들이었다. 저들이 힘을 합쳐 덤벼도 에르쿨의 상대가 될 수는 없었다. 이 자리에 마사만 없었더라면 이렇게 시간을 끌지도 않았을 것이다.

"여기까지다, 이 애송이들아!"

에르쿨이 상대를 비릿하게 조롱했다.

Chapter 3

"여기까지라고 했다. 이 젖내 나는 애송이들아!"

에르쿨의 검이 찬란한 황금빛을 내뿜었다. 광휘를 머금은 에르쿨의 검은 찰스의 티타늄 검을 자르고 이어서 찰스의 가슴을 깊게 베었다. 그 다음 루트비히의 연검을 박살내고 파고들어 루트비히의 배에 긴 상처를 입혔다.

이 모든 것이 단 한 동작으로 이루어졌다.

"크왁!"

"컥!"

찰스와 루트비히가 동시에 피를 뿌리며 쓰러졌다.

숨이 멎지는 않았다. 에르쿨은 이 자리에 있는 모두를 포로로 붙잡을 생각이었다. 그래서 죽이지 않고 적당한 상처만 입혔다.

찰스와 루트비히를 쓰러트린 다음, 에르쿨은 허공에서 검을 빙글 돌려 그대로 뒤를 찔렀다.

이번에 노리는 대상은 마사!

'우선 이년부터 해치워야지.'

에르쿨의 입장에선 마사가 가장 껄끄러운 상대였다.

변칙적으로 방향을 튼 에르쿨의 검이 마사의 가슴으로 파고들려는 순간, 한 줄기 바람이 불었다.

처음엔 산들산들 가벼운 봄바람이었는데 에르쿨의 몸 주변에 도착해서는 송곳보다 더 날카롭게 변모했다. 저 바람에 난자당하면 그대로 목줄이 끊길 것 같았다.

"우웃? 이건 또 뭐야?"

에르쿨은 황급히 검을 회수했다. 그 다음 황금빛 검을 풍차처럼 돌려 방어했다. 그 모습이 마치 에르쿨의 몸 앞에 황금 방패가 둘러진 듯했다.

한데 놀랍게도 바람은 그 방패를 그대로 뚫었다.

문풍지 사이로 샛바람이 스며들 듯이 스르륵!

"큽!"

에르쿨은 옆구리가 뜨끔해지는 것을 느꼈다. 아래를 내려다보니 양쪽 옆구리가 길게 찢어져 있었다. 상처의 틈새로 시뻘건 선혈이 철철 흘러내렸다. 황금빛 갑옷도 함께 찢겨 나갔다.

"뭐야? 이게 대체 뭐냐고?"

에르쿨이 당황했다.

바람이 다시 움직였다.

에르쿨이 황금빛 검을 빠르게 휘둘렀다.

하지만 아무리 애를 써도 검으로 바람을 벨 수 없었다.

바람은 에르쿨의 방어막을 유유히 뚫고 들어와 그의 허벅지를 베고 지나갔다. 서걱! 소리와 함께 에르쿨의 양쪽 허벅지에서 핏물이 튀었다. 허벅지를 보호하던 갑옷은 이미 넝마가 된 지 오래였다.

후우웅!

또다시 바람이 불었다.

"우아아악!"

에르쿨은 악을 썼다.

이번 바람은 에르쿨의 등 뒤로 돌아가 아킬레스건을 잘랐다. 갑옷이 없는 부위라 상처가 더 깊었다. 에르쿨이 휘청거렸다.

이 지경이 되도록 에르쿨의 부하들은 반응이 없었다.

"이런 미친 것들!"

에르쿨이 불같이 화를 내었다. 에르쿨은 주머니에서 빨간 버튼을 꺼내 꽉 눌렀다.

세르히오는 에르쿨에게 이 버튼을 주면서 당부했다. 아주 위급한 상황에서만 사용하라고.

에르쿨의 판단에 따르면 지금이 바로 그 위기 상황이었다. 그래서 일단 버튼부터 눌렀다.

기아아앙—

하늘에서 프로펠러 소리가 들렸다. 가르시아 가문의 마크가 박힌 수송기 한 대가 별장 상공으로 하강하더니 밀창 뚜껑을 활짝 열었다.

수송기 안에서 유리관 5개가 후두둑 떨어졌다.

낙하산이 달린 유리관이었다. 유리관 안에는 나체의 사내들이 잠들어 있었다.

"저건 또 뭐야?"

다들 멍하게 그 모습을 바라보았다.

그 와중에 바람이 스르륵 움직였다.

찰스와 루트비히는 이미 혼절한 상태.

바람은 우선 루이의 목덜미를 살짝 눌러 기절시켰다. 이어서 마사와 엘리자베스, 니코도 잠재웠다.

"으윽! 왜 이래?"

마사만이 유일하게 저항했다. 하지만 바람을 막을 수는 없었다.

마사에 이어 알렉산드라와 줄리아도 차례로 잠이 들었다. 바람은 알렉산드라와 줄리아를 잠재울 때 유독 조심스러웠다.

그렇게 백사장에 쓰러진 알렉산드라 일행은 바람에 휘말려 안전한 곳으로 이동했다. 해변 저편, 모래를 뚫고 튀어나온 늑대인간 여덟 마리가 알렉산드라 일행을 호위했다.

그 사이 낙하산에 매달린 유리관이 해변 여기저기에 안착했다. 갑자기 유리관이 쩌저적 터지면서 푸른 액체가 사방으로 비산했다. 액체 속에 잠긴 회색 피부의 사내들이 두 눈을 번쩍 떴다.

쩌저적! 쩌적!

사내들의 두 눈에서 푸른 스파크가 튀었다.

바람이 사내들을 향해 후우웅 밀려갔다.

회색 피부의 사내들이 바람을 향해 두 주먹을 쭉 내밀었다. 그 주먹에서 낙뢰가 형성되어 전방을 그대로 지졌다.

강한 전기가 바람의 움직임을 방해했다.

바람이 크게 일렁거렸다. 바람 속에서 사람의 형체가 얼핏 드러났다.

바람의 정체는 바로 솜노!

빛의 사원을 다스리는 솜노가 등장했다. 굴레에 엮여 내 노예가 된 솜노가 다시 움직였다.

휘류류류류—

백사장에 날카로운 토네이도가 일어나 회색 사내들을 휩쓸었다.

회색 사내들의 정체는 버서커였다. 5명의 버서커들이 토네이도를 피해 번쩍 공간이동을 했다. 버서커들은 눈 깜짝할 사이에 솜노 주변을 에워싸며 사방에서 낙뢰를 터뜨렸다.

솜노가 움찔했다.

이대로 낙뢰를 맞으면 고통스러울 터, 솜노는 낙뢰를 피해 버서커들의 가랑이 사이로 빠져나왔다.

"어딜 도망치려고?"

그렇게 자리를 피한 솜노를 향해 에르쿨이 달려들었다. 에르쿨은 점프를 해서 20미터나 도약하더니, 황금빛 광채를 뿜는 검을 높이 들었다가 솜노를 향해 내리찍었다.

솜노의 형체가 푸스스 흩어졌다가 해변 저편에서 다시 뭉쳤다.

버서커들이 퓨퓨퓻! 공간이동을 해서 솜노를 에워쌌다. 버서커들의 주먹이 솜노를 향해 쭉 뻗었다. 낙뢰가 우르릉 일어나 솜노를 태웠다. 솜노는 다시 버서커들의 가랑이 사이로 기어 나와 몸을 피했다.

바람이 점점 크게 일었다. 솜노가 분노했다는 의미였다.

솜노는 바람의 지배자였다. 빛의 사원을 다스리는 신인이었다. 그런 솜노가 한낱 실험체에게 밀려 이렇게 가랑이 사이로 도망 다닌다는 사실이 어이가 없었다.

분노한 솜노가 해변 전체를 휘감았다. 해변의 모래 알갱이 하나하나가 흉기가 되어 사방을 난도질했다.

버서커들이 어디로 피해도 모래바람의 공격을 벗어날 순 없었다. 버서커들의 몸에 상처가 생기기 시작했다.

에르쿨도 상처를 입기는 마찬가지였다. 거센 모래바람에 휘말려 피부가 찢기고 눈이 따가웠다.

"어서 이 바람을 막앗!"

에르쿨이 버서커들에게 명령을 내렸다.

말도 안 되는 행동이었다. 버서커들은 적군과 아군을 구별하지 못했다. 그저 사방에서 모래바람이 불어와 신경질이 나던 참이었는데 에르쿨이 고함을 질렀다.

"크우!"

5명의 버서커들이 일제히 에르쿨을 바라보았다. 버서커의 눈에서 흉포한 안광이 푸르스름하게 빛났다.

"뭐, 뭐야?"

에르쿨이 당황했다.

다섯 버서커가 에르쿨 주변으로 동시에 공간이동했다. 그 다음 에르쿨을 낙뢰로 지졌다.

"크악!"

에르쿨의 얼굴이 시커멓게 탔다. 머리카락은 반쯤 타 버려 곱슬곱슬하게 굽었다. 갑옷도 절반 이상 타들어 가면서 에르쿨의 알몸이 흉하게 드러났다.

"이런 미친 것들! 사냥개 주제에 주인을 물어?"

성난 에르쿨이 버서커를 향해 검을 휘둘렀다. 그의 검에서 솟구친 황금빛이 버서커 한 명의 목을 잘랐다.

나머지 버서커들이 공간이동으로 위치를 바꿨다. 그 다음 에르쿨의 등짝에 낙뢰를 터뜨렸다.

"크왁! 이런 개 같은!"

에르쿨이 뿌드득 이를 갈았다.

그때 다시 바람이 불었다. 에르쿨의 가슴에 불로 지지는 듯한 고통이 뒤따랐다. 쩍 벌어진 에르쿨의 가슴 사이로 허연 갈비뼈가 드러났다.

"으윽! 이러다 내가 죽겠구나!"

에르쿨의 안색이 흙색으로 변했다. 에르쿨은 검을 X 자로 크게 휘둘러 솜노를 떨어뜨린 다음 별장 뒤쪽으로 도주했다.

바람의 솜노가 그 뒤를 쫓았다.

하지만 버서커들이 솜노 주변에 나타나 방해를 했다. 시퍼런 낙뢰가 터지고, 바람이 다시 거세게 일었다.

솜노도 더는 가랑이 사이로 도망치지 않았다. 낙뢰에 몸이 타들어 가건 말건 상관하지 않고 달려들더니 바람의 손으로 버서커 한 명을 붙잡아 그대로 머리통을 잘라내었다.

남은 버서커들이 또다시 공간이동을 했다. 그들은 솜노를 품자 형태로 둘러싼 다음 낙뢰를 때렸다.

솜노는 이번 공격도 그냥 몸으로 받았다. 대신 버서커 또 한 명의 머리카락을 움켜쥐고 목을 잘랐다.

이제 남은 버서커는 둘!

버서커들은 두려움을 몰랐다. 다섯 가운데 셋이 죽어도 물러서지 않고 달려들었다. 솜노의 손이 버서커의 옆머리를 움켜쥐었다. 이어서 다른 손이 곡선을 그리며 날아와 버서커의 머리를 가로로 잘랐다.

홀로 남은 버서커가 솜노의 등판에 낙뢰를 터뜨렸다. 솜노의 등이 쩌저적 타들어 갔다. 고통이 이루 말할 수 없이 컸다.

하지만 고통보다는 두려움이 더 지대했다.

"솜노! 내 약혼녀와 친구들을 지켜라!"

이는 내가 솜노에게 내린 명령이었다.

솜노는 감히 내 명령을 어길 수가 없었다. 솜노가 몸을 홱 돌렸다. 하늘로 치켜 올라간 솜노의 손이 무수히 많은 칼날이 되었다. 그 칼날이 채찍처럼 휘어지면서 떨어져 버서커의 머리통을 수백 조각으로 쪼개 놓았다.

드디어 버서커 5명이 모두 쓰러졌다.

피비린내 나는 해변.

솜노는 두 손으로 무릎을 짚고 헉헉 숨을 몰아쉬었다.

Chapter 4

"어억! 이게 뭐야?"

별장 뒤로 도망친 에르쿨이 두 눈을 부릅떴다. 에르쿨은 눈앞에 펼쳐진 상황이 도저히 믿기지 않았다.

눈을 비비고 다시 보았지만 결과는 마찬가지였다.

지금 가디언 케이(K)의 기사 35명은 늑대인간과 미노타우르스의 포위 공격을 받아 처참한 혈투를 벌이는 중이었다.

우오오오오—

키가 2미터가 넘는 늑대인간이 가슴을 쫙 펴고 하늘을 향해 포효했다. 그 포효가 신호라도 되는 듯 동료 늑대인간들이 나무를 타 넘고 뛰어와 가디언 케이(K)의 기사들을 덮쳤다.

기사들의 움직임은 절도가 있었다. 4인1조로 진형을 짜서 늑대인간들의 공격을 막았다. 선두의 2명이 풍차처럼 검을 돌리며 늑대인간을 베면, 후방의 2명이 뛰어올라 늑대인간의 목덜미에 검을 꽂아 넣는 식이었다.

늑대인간의 움직임이 벼락처럼 빠르다고는 하지만, 잘 훈련된 기사들의 진형을 쉽게 뚫지는 못했다.

그때 미노타우르스들이 등장했다.

꾸어어엉!

골프장 잔디 아래에서 괴성을 지르며 뛰쳐나온 미노타우르스 18마리는 기사들을 향해 거대한 해머를 휘둘렀다.

"막앗!"

기사 2명이 황금빛 검을 십자로 교차해서 해머에 맞섰다. 금속 불똥이 튀고, 뒤이어 엄청난 충격이 강타했다.

"크왁!"

선두의 기사 2명은 미노타우르스의 괴력을 이기지 못하고 뒤로 날아갔다.

후방의 기사 2명이 어깨로 동료들을 지탱했다.

그 사이 미노타우르스가 해머를 빙글 돌려 하늘로 번쩍 치켜들더니, 그대로 아래로 내리찍었다.

"이번엔 위다!"

"안 돼! 막앗!"

기사 4명이 일제히 검을 위로 들어 방어했다.

그 위로 묵직한 해머가 내리찍혔다. 금속 터지는 소리와 함께 기사들이 풀썩 주저앉았다. 기사들의 입과 코에서 핏물이 흘러나왔다.

그 와중에 기사 한 명이 단검을 빼 들어 미노타우르스의 발등을 찍었다.

꾸어어엉!

미노타우르스가 머리를 가로저으며 고통을 호소했다.

승기를 잡은 기사들이 일제히 검을 휘둘러 미노타우르스의 질긴 가죽을 베었다.

그때 후방에서 늑대인간들이 달려들었다.

미노타우르스의 강력한 해머질에 이미 진형이 허물어진 상태.

늑대인간들은 그 틈을 놓치지 않고 난입해 기사들의 사이로 파고들었다. 늑대인간의 억센 팔뚝이 기사의 어깨를 잡았다.

"이거 놔!"

기사가 검으로 늑대인간의 배를 쑤셨다. 그 사이 늑대인간은 기사의 갑옷 사이로 드러난 목덜미를 물어뜯었다.

뾰족한 늑대의 주둥이가 연한 살갗을 파고들었다. 허연 이빨이 살을 뚫고 우두둑 들어왔다. 늑대의 주둥이가 핏물에 물들었다.

크왕! 크와앙!

늑대인간은 기사의 목을 물고 거칠게 고개를 흔들었다. 그 억센 힘에 이끌려 기사의 몸뚱어리가 허공에서 대롱대롱 흔들렸다.

"안 돼!"

동료 기사가 늑대인간의 등을 검으로 찔렀다. 그 다음 힘을 꽉 줘서 그대로 갈라 버리려고 했다.

일반 늑대인간이라면 이미 두 동강이 났을 터, 하지만 내 기운에 오염된 늑대인간들은 일반 실험체와 비교할 수 없었다.

크왕!

등을 찔린 늑대인간이 팔꿈치를 휘둘러 기사의 머리통을 찍었다. 황금 투구가 움푹 찌그러지면서 기사가 땅에 주저앉았다. 팔꿈치로 관자놀이를 세차게 얻어맞자 세상이 핑그르르 돌았다. 기사는 땅을 짚고 엎드려 "웩! 웩!" 토악질을 했다.

또 다른 늑대인간이 그 기사를 덮쳤다. 등에 올라타서 기사의 목덜미를 잡아 땅바닥에 누르고는 주먹을 번쩍 들어 기사의 뒤통수를 내리찍었다.

쾅! 쾅! 쾅!

늑대인간이 주먹질을 할 때마다 황금 투구가 움푹 파였다. 투구 안의 머리통은 피투성이가 되었다.

"안 되겠다. 피라미드 진형을 짜라!"

기사들 가운데 누군가가 소리쳤다.

4인1조 진형이 흩어져 11인 1조를 이루었다. 예전에 메노르카 섬에서 구현되었던 바로 그 진형이었다.

11명의 기사들은 미노타우르스 18마리를 둥글게 에워싼 다음, 조직적인 공격을 시작했다.

우선 기사 2명이 미노타우르스 무리의 남쪽에 자리를 잡았다. 또 다른 2명은 북쪽을 차지했다. 서쪽과 동쪽에도 각각 2명씩의 기사들이 배치되었다.

이렇게 기사 8명이 동서남북을 에워쌌다.

이어서 기사 2명이 동료의 어깨를 밟고 높이 점프해서 미노타우르스 무리의 머리 위 허공을 점했다.

이제 남은 기사는 한 명!

그 한 명이 미노타우르스 무리에게 직접 뛰어들었다.

성난 미노타우르스들이 콧김을 씩씩 뿜으며 마주 달려나왔다.

그때였다. 동서남북과 허공을 장악한 10명의 기사들이

검을 쭉 뻗었다. 기사들의 검에서 방출된 화려한 황금빛이 레이저처럼 일직선으로 날아가 하나의 도형을 그렸다. 우선 동서남북, 4개의 꼭짓점이 땅바닥에 정사각형을 그렸다. 동쪽과 허공의 꼭짓점, 서쪽과 허공의 꼭짓점, 남쪽과 허공의 꼭짓점, 북쪽과 허공의 꼭짓점이 각각 빛으로 연결되어 커다란 삼각형 4개를 만들었다.

피라미드 구현!

피라미드의 5개 꼭짓점에서 놀랄 만큼 밝은 황금빛 광채가 발현되었다. 그 빛이 피라미드의 내부 중심점으로 모여들었다.

피라미드 도형이 기사들의 에너지를 크게 증폭해 주었다. 그렇게 극대화된 에너지가 11번째 기사에게 집중되었다. 미노타우르스를 향해 달려들던 기사의 온몸이 황금빛 광휘에 휩싸였다.

꾸어엉!

뭔가 이상한 조짐을 느꼈는지 미노타우르스들이 한층 더 빠르게 달려들었다.

"죽어랏! 이 마물들아!"

광휘에 휘감긴 11번째 기사가 미노타우르스 무리를 향해 검을 쭉 뻗었다. 피라미드에 의해 증폭된 기사들의 에너지가 이 한 방에 뭉쳐서 날아갔다.

무려 지름이 1미터나 되는 빛의 다발이 미노타우르스 무리를 강타했다.

충돌의 여파는 엄청났다.

황금빛 다발에 정면으로 노출된 미노타우르스 세 마리가 화르륵 소멸되었다. 주변의 미노타우르스들도 빛의 다발에 휘말려 팔을 잃고 다리를 잃었다. 가디언 케이(K)의 피라미드 진형은 가공할 정도로 막강했다.

하지만 미노타우르스도 만만치 않았다.

세 마리가 죽고 여섯 마리가 부상을 입는 사이, 나머지 아홉 마리가 가디언 케이(K) 기사들을 덮쳤다.

미노타우르스가 휘두른 해머가 11번째 기사의 머리통을 후려쳤다.

기사가 전력을 다해 옆으로 피했다. 하지만 바로 뒤이어 날아온 또 다른 해머가 기사의 하반신을 후려쳤다.

끔찍한 소리가 울렸다. 기사의 하반신이 피떡이 되었다.

"끄아악!"

기사가 찢어져라 비명을 질렀다.

미노타우르스가 그 기사의 머리통을 손으로 붙잡아 번쩍 들었다. 가공할 악력에 투구가 와락 일그러지고 기사의 머리통이 넛 크래커에 걸린 호두껍데기처럼 으깨졌다.

동서남북을 장악하고 있던 8명의 기사들도 무사하지 못했다. 네 마리의 미노타우르스가 4개 방위로 돌격해 해머를 휘둘렀다.

"피햇!"

기사들이 뒤로 나뒹굴어 겨우 해머를 피했다. 하지만 그때를 노려 늑대인간들이 뒤에서 덮쳤다. 열여섯 마리의 늑대인간들은 둘이 기사 한 명씩을 맡아 올라타고는 연약한 목덜미에 뾰족한 주둥이를 박아 넣었다.

게걸스레 살점 뜯는 소리가 울렸다. 늑대의 헉헉거리는 숨소리도 들렸다. 살려 달라고 울부짖는 소리가 뒤를 이었다.

피라미드의 꼭대기를 맡았던 기사 2명의 운명은 더 비참했다. 피라미드 중심에 에너지를 집중해서 미노타우르스 아홉 마리에게 치명타를 날린 것은 좋았으나, 공격이 끝난 뒤가 문제였다.

허공에 떠올랐던 기사 2명이 땅에 착지하자마자 기다렸다는 듯이 미노타우르스들이 달려들었다. 기사들의 팔다리가 네 마리 미노타우르스에게 붙잡혔다.

"아, 안 돼!"

"하지 마!"

기사들은 자신의 비참한 운명을 예감했다.

이윽고 세상에서 가장 끔찍한 비명과 함께 기사들의 사지가 사방으로 뜯겨 나갔다. 후두둑 땅에 떨어지는 내장을 늑대인간들이 주워 먹었다.

이제 더는 견딜 수가 없었다. 가디언 케이(K)의 기사들은 이 끔찍한 지옥에서 벗어나고 싶었다.

"이대로는 안 된다. 에르쿨 단장님과 합류해야 해."

마침내 기사들이 후퇴를 결심했다.

"맞아. 여기서 불필요한 희생을 늘려서는 안 돼."

기사들은 둥글게 뭉쳐서 늑대인간들의 공격을 방어하는 한편, 진형을 유지하면서 별장 앞쪽으로 이동했다.

황금 갑옷과 황금빛 검으로 무장한 기사들이 우르르 뭉치자 늑대인간들도 쉽게 공략하지 못했다.

그때였다.

슬금슬금 후퇴하기 시작한 기사들의 머리 위에 블리자드(Blizzard: 눈보라)가 작렬했다. 온화하던 대기가 순식간에 영하 90도까지 급강하했다. 살을 에는 추위와 함께 송곳 같은 얼음조각들이 퍼부어졌다.

"으아악!"

기사들은 몸을 웅크려 얼음조각을 피했다.

그러느라 진형이 잠시 흐트러졌다.

늑대인간들은 그 짧은 틈을 놓치지 않았다. 우선 미노타우르스 두 마리가 육탄 돌격해서 진형을 깼다. 기사들이 와르르 흩어지자 늑대인간들이 그 틈새를 노려 공격했다.

"그만! 제발 그만!"

"살려 줘!"

늑대인간들에게 발목이 붙잡힌 기사들이 적진으로 질질

끌려갔다. 아무리 발버둥 쳐도 늑대인간의 완력을 벗어나지는 못했다. 그렇게 강제로 끌려간 기사들의 몸 위로 늑대인간들이 우르르 달려들었다.

"으으으!"

눈앞에서 동료의 몸이 해체되고 내장이 뜯어 먹히는 광경에 기사들이 치를 떨었다.

"이럴 때가 아니야. 어서 에르쿨 단장님과 합류해야 해!"

누군가 다시 소리쳤다.

기사들이 스크럼을 짜고 후퇴를 거듭했다.

이번에도 블리자드가 작렬해 기사들의 후퇴를 막았다. 기사들의 머리카락과 콧수염에 고드름이 열렸다. 살갗이 터져 피가 흘렀다.

"아으으, 추워."

블리자드 때문에 기사들의 행동이 눈에 띄게 굼떠졌다.

미노타우르스 세 마리가 어깨를 나란히 하고 달려들어 해머를 내리찍었다.

미처 피하지 못한 기사의 머리통이 수박처럼 쩍 깨졌다. 블리자드 때문에 반응 속도가 느려져 피하지 못한 것이다.

기사들은 그제야 마법사의 등장을 눈치챘다.

"모두 조심해라. 주변에 아이스 계열의 마법사가 매복해 있다."

"어디야? 마법사가 어디 있어?"

기사들이 두리번두리번 주위를 살폈다.

별장 지붕 위, 우뚝 서 있는 마법사가 보였다. 긴 머리카락을 휘날리며 하늘을 향해 두 팔을 치켜든 여마법사였다.

기사들이 기겁했다.

"어억! 저건!"

"미리엄 님! 가디언 아이(I)의 미리엄 님이시다."

"저분이 왜 우리를 공격해?"

놀란 기사들의 머리 위에 다시 한 번 얼음 폭풍이 휘몰아쳤다.

이번엔 다른 마법도 함께 날아왔다. 기사들의 우측면에서 공기가 팍 터지면서 기사들이 낙엽처럼 나뒹굴었다. 에어(Air: 공기) 마법에 특화된 후안 가르시아의 솜씨였다. 기사들은 도저히 정신을 차릴 수 없었다.

"가디언 에이(A)의 후안 님이다."

"미리엄 님과 후안 님이 우리를 공격한다. 저들이 가르시아를 배신했다."

"이런 개 같은 년놈들!"

흥분한 기사들이 미리엄과 후안을 향해 입에 담을 수 없는 욕을 퍼부었다.

하지만 그 전에 늑대인간들이 달려들었다. 미리엄의 블리자드 마법에 이어 후안의 에어 쿠션 공격을 받자 기사들의 진형이 완전 허물어졌다. 미노타우르스와 늑대인간들이 그 틈을 치고 들어왔다.

이제 기사들이 진형을 다시 구축하는 것은 불가능했다. 곧바로 백병전이 시작되었다.

"우악! 죽어랏!"

"크아악! 이 악마들!"

뿔뿔이 흩어진 기사들은 동료의 도움 없이 각자 힘으로 이 지옥을 뚫어내야만 했다. 하지만 그게 말처럼 쉽지는 않았다.

기사 한 명이 늑대인간의 눈을 검으로 찌르고, 이어서 미노타우르스의 해머를 덤블링으로 피한 다음, 겨우 전장에서 벗어났다.

바로 그 순간 등 뒤에서 후안의 에어 쿠션이 날아와 기사를 다시 지옥의 전장 속으로 밀어 넣었다.

크르르.

늑대인간 세 마리가 다시 전장으로 돌아온 먹이를 둥글게 포위했다.

"이런 빌어먹을, 크으윽! 어머니!"

기사의 눈에서 피눈물이 났다. 고향에 두고 온 어머니의 얼굴이 떠올랐다. 그러느라 잠시 신경이 분산되었다.

늑대인간 한 마리가 뒤에서 미끄러지듯 파고들며 기사의 다리를 잡아챘다.

기사가 땅에 넘어졌다. 그 위에 늑대인간 두 마리가 덮쳤다. 기사는 허리춤의 비상 단검을 뽑아 늑대인간의 목에 찔러 넣었다.

늑대인간이 고통에 몸부림쳤다.

그 사이 두 번째 늑대인간이 기사의 투구를 벗기고 아가리를 쩍 벌려 얼굴을 통째로 씹었다.

'으윽! 고기 썩는 역한 냄새.'

이것이 기사가 세상에서 마지막으로 떠올린 생각이었다.

와득!

이것은 기사가 세상에서 마지막으로 들은 소리였다.

Chapter 5

사람이 늑대인간과 미노타우르스에게 산 채로 뜯어 먹히는 생지옥!

이 끔찍한 현장에 에르쿨 가르시아가 나타났다.

"이럴 수가!"

에르쿨 가르시아는 잠시 동안 '혹시 내가 지금 꿈을 꾸나?' 라는 생각을 했다.

늑대인간 한 마리가 그런 한가한 생각을 깨뜨려 주었다. 늑대인간은 별장 지붕에서 뚝 떨어지면서 에르쿨의 뒷덜미를 노렸다.

에르쿨이 기민하게 반응했다. 그의 황금 검이 아래에서 위로 곡선을 그리며 날아가 늑대인간의 다리를 베었다.

원래 에르쿨이 노린 곳은 상대의 허리였다. 한데 늑대인간이 허공에서 몸을 틀어 공격을 피했다.

크르르!

다리를 베인 늑대인간이 절룩절룩 후퇴했다.

"이런 미물이 감히 누구를 공격해?"

에르쿨은 검을 곧추세우고 달려들었다.

절룩거리던 늑대인간이 풀쩍 뛰어올라 3미터 뒤로 피했다. 에르쿨이 그 뒤를 바짝 쫓았다.

그때 옆에서 미노타우르스가 달려들었다. 갑작스런 차지(Charge) 공격에 에르쿨이 우당탕 나뒹굴었다. 미노타우르스와 살짝 부딪쳤을 뿐인데 온몸의 뼈가 으스러지는 듯했다.

에르쿨이 벌떡 일어났다.

그 전에 늑대인간 다섯 마리가 한꺼번에 달려들었다.

에르쿨은 무릎을 세우면서 한 마리의 목을 베었고, 이어서 허리를 펴면서 두 마리를 추가로 베었다. 에르쿨의 검술은 유려하면서도 힘이 넘쳤다.

늑대인간들이 풀쩍풀쩍 뛰어 뒤로 물러났다.

크르르르, 낮은 울림이 사방에서 울렸다. 어느새 에르쿨의 주변엔 스무 마리가 넘는 늑대인간들이 모여들어 그를 포위했다.

"이런 짐승들이 감히 누굴 노려? 모두 덤벼라! 다 지옥으로 보내 주마!"

에르쿨이 검을 가슴 높이로 들었다.

그때 등 뒤에서 강한 바람이 밀려들었다.

에르쿨의 심장이 덜컥 내려앉았다. 해변에서 공격을 하던 그 신비한 괴인이 도착했나 싶었다.

다행히 솜노의 공격은 아니었다. 에르쿨의 배후를 친 것은 후안이었다.

검을 휘둘러 공기의 벽을 깨뜨린 다음, 에르쿨이 허공에서 180도 뒤로 돌았다. 그 다음 외마디 비명을 질렀다.

"후안 숙부님!"

에르쿨의 뒤를 공격한 것은 후안 가르시아! 에르쿨이 평소 숙부라고 부르던 바로 그 후안이었다.

"숙부님께서 왜 저를…… 컥!"

에르쿨의 말은 끝까지 이어지지 않았다. 옆구리에 파고든 얼음송곳 때문이었다.

상대방 몸 주변의 수증기를 얼려서 얼음송곳을 만들고, 그 얼음송곳으로 푹 찌르는 것은 미리엄의 주특기였다.

"미리엄 가르시아! 너마저!"

피가 철철 흐르는 옆구리를 붙잡고 에르쿨이 짐승 우는 소리를 냈다. 별장 지붕 위에서 냉혹하게 전장을 내려다보고 있는 미리엄의 모습이 보였다.

에르쿨은 머리가 혼란스러웠다.

그 틈을 노려 늑대인간들이 우르르 달려들었다.

실은 우르르 달려드는 시늉만 하고 바로 뒤로 빠졌다. 에르쿨이 그 페인트 모션에 속아 검을 세차게 휘둘렀다.

늑대인간들이 또다시 우르르 진격했다.

"이놈들!"

에르쿨은 또다시 검을 크게 휘둘렀다.

이번에도 페인트 모션이었다. 늑대인간들은 에르쿨을 약올리듯이 놀리며 차근차근 힘을 빼놓았다.

늑대인간들이 또 우르르 덤볐다.

에르쿨은 손을 축 늘어뜨리고 상대를 끝까지 보았다. 이번에도 페인트 모션인 줄 알았는데, 늑대인간 다섯 마리가 실제로 달려들었다.

"이익!"

에르쿨은 황급히 검을 아래서 위로 휘둘렀다.

선두에서 달려들던 늑대인간의 턱이 세로로 쪼개졌다. 핏물이 확 튀었다.

에르쿨은 두 번째 늑대인간을 향해 곧바로 검을 내리그었다. 늑대인간의 머리가 두 조각났다.

하지만 그 사이 세 번째와 네 번째 늑대인간이 에르쿨의 허리를 발톱으로 긁고 등을 붙잡았다. 그리고 마지막 다섯 번째 늑대인간이 슬라이딩하듯이 미끄러져 들어와 에르쿨의 허벅지를 발톱으로 찢었다.

"크악!"

에르쿨이 비명을 질렀다.

그 상태에서도 에르쿨은 검을 연신 휘둘러 세 마리 늑대인간을 모두 베었다.

한데 늑대인간들이 죽지 않았다. 분명 에르쿨이 머리를 쪼개고 목을 베었건만, 그 늑대인간들이 꾸물꾸물 다시 일어섰다.

이곳 빅 아일랜드는 내 영역이기 때문이다. 나는 어둠의 지배자! 내가 머무는 곳에서 모든 어둠의 족속들은 영생을 누린다.

"이럴 수가! 세상에 이럴 수는 없어!"

에르쿨이 악을 썼다.

미리엄의 얼음송곳이 에르쿨의 배에 콱 박혔다.

"쿨럭!"

에르쿨은 한 손으로 배를 붙잡고 비틀 물러섰다.

후안의 공격이 에르쿨의 등을 강타했다. 에르쿨이 땅바닥에 나뒹굴었다.

늑대인간들이 우르르 달려들어 에르쿨의 몸에 올라탔다.

"아니야! 이건 아니야!"

에르쿨은 젖 먹던 힘까지 쥐어짰다.

번쩍!

에르쿨의 모습이 사라졌다.

공간이동!

오직 세르히오만 가능하다던 그 신비의 마법이 에르쿨에 의해 재현되었다.

"안 돼!"

안타깝게도 에르쿨의 공간이동은 완벽하지 않았다.

"커헉!"

100미터 밖으로 공간이동하려던 에르쿨이 엉뚱하게도 미노타우르스 무리 사이로 이동해 버렸다.

꾸어엉!

이게 웬 떡이냐 싶었을 것이다. 미노타우르스들이 에르쿨을 향해 일제히 해머를 휘둘렀다.

"안 돼! 크아악!"

에르쿨이 자존심을 버리고 땅바닥을 굴렀다. 그렇게 데굴데굴 구르면서 해머 세 방까지 가까스로 피했는데, 네 번째 해머가 에르쿨의 등판에 작렬했다. 에르쿨의 눈앞에서 별이 튀고 몸속 내장이 파열했다.

쿨럭!

에르쿨이 피를 한 사발이나 토했다. 내장이 섞여 나오는 검붉은 피였다.

늑대인간 한 마리가 달려들어 에르쿨의 뽀글뽀글한 머리

카락을 꽉 움켜쥐었다.

콰앙!

늑대인간의 주먹이 에르쿨의 얼굴에 작렬했다. 황금빛 투구가 멀리 날아갔다. 에르쿨의 코뼈가 부러지고 이빨이 나갔다.

"우와악!"

에르쿨은 그래도 끝까지 포기하지 않았다. 검을 아래서 위로 휘둘러 늑대인간의 손목을 베고는, 다시 옆으로 나뒹굴어 미노타우르스의 해머를 피했다.

그때 얼음송곳이 날아와 에르쿨의 척추를 찔렀다.

"커헉!"

온몸이 전기에 감전된 듯 에르쿨이 바르르 떨었다. 그의 무릎이 털썩 접히면서 땅바닥에 코를 처박았다.

미노타우르스가 쿵쿵 달려와 발을 높이 들었다.

이대로 상대의 머리통을 밟아 터뜨리려는 듯이 콰앙!

에르쿨이 기적적으로 몸을 굴려 상대의 공격을 피했다. 그 다음 허리에 숨겨둔 비상 단검으로 미노타우르스의 발등을 찍었다.

꾸어엉!

미노타우르스가 거칠게 울었다.

늑대인간들이 떼거리로 달려들었다.

에르쿨에겐 더 이상 도망칠 기운이 없었다. 그래도 독기는 남아 있었다.

"다 들어와! 다 들어오라고, 이 잡것들아!"

에르쿨은 몸을 획 뒤집고는 맨 앞에 달려드는 늑대인간의 눈을 손가락으로 찔렀다. 번들거리는 늑대인간의 눈알이 에르쿨의 손가락에 걸려 뽑혀 나왔다. 눈알과 함께 실핏줄이 딸려왔다.

커허헝!

늑대인간이 찢어져라 비명을 질렀다.

뒤이어 달려든 늑대인간이 에르쿨의 팔을 물었다. 에르쿨은 팔뚝이 끊어지는 고통에 몸부림쳤다. 늑대인간의 억센 이빨은 에르쿨의 팔 근육을 찢고 뼈를 분쇄했다. 그러다 결국 에르쿨의 팔이 뚝 부러졌다. 늑대인간이 거칠게 머리를 좌우로 흔들었다. 에르쿨의 팔은 넝마처럼 이리저리 흔들렸다.

또 다른 늑대인간이 에르쿨의 다리를 물었다. 그 다음 엄청난 턱 힘으로 와락 잡아 뜯었다. 허벅지 근육이 크게 뜯겨나갔다. 에르쿨의 다리뼈가 흉측하게 드러났다.

"으허헝!"

에르쿨이 울음소리를 냈다.

에르쿨의 팔다리에 늑대인간들이 두 마리씩 달라붙어 근육을 찢고 뼈를 씹었다.

"으아아악! 아버님! 살려 주세요!"

에르쿨의 입에서 드디어 살려 달라는 소리가 나왔다. 에르쿨은 애타게 세르히오를 불렀다.

세르히오는 답이 없었다.

대신 미리엄이 가까이 다가왔다.

"미리엄! 미리엄! 나 좀 살려 줘."

에르쿨이 미리엄을 불렀다.

미리엄은 에르쿨의 여자였다. 세르히오는 가장 아끼는 제자 미리엄을 에르쿨의 짝으로 점찍어 놓았다.

하지만 미리엄은 에르쿨을 좋아하지 않았다. 원래 미리엄이 짝사랑하던 남자는 따로 있었다.

어느 날 그 남자가 죽었다. 비참하게 팔다리가 찢기고 혀가 뽑히고 눈알이 뽑힌 채 시체가 되어 미리엄 앞에 나타났다.

미리엄은 누가 범인인지 짐작했다.

이런 잔혹한 일을 벌일 사람은 뻔했다. 에르쿨이었다.

하지만 에르쿨에게 따질 수는 없었다. 미리엄은 세르히오가 얼마나 무서운 인물인지 잘 알았다. 그러니 그의 아들 에르쿨에게 대항하는 것은 불가능했다.

그 날 에르쿨이 미리엄을 안았다.

미리엄은 사랑하던 남자를 잃은 날 강제로 에르쿨의 여자가 되었다.

미리엄은 운명론자였다. 이것도 자신의 운명일 것이라

생각했다. 그렇게 사랑하던 이를 잊고 에르쿨의 여자로 살아간 것이 벌써 20년.

이비자 섬의 지하 감옥에서 미리엄은 내 노예가 되었다. 뇌 속에 '굴레'가 심어져 있는 한 미리엄이 내 속박을 벗어나는 것은 불가능했다.

하지만 그렇다고 기억까지 잃어버리는 것은 아니었다.

미리엄의 뇌리에 그 날의 끔찍했던 기억이 되살아났다.

목숨보다 더 사랑하던 사람이 팔다리가 모두 뜯기고 혀가 뽑히고 두 눈을 잃은 채 주검이 되어 있던 그 날!

그 시체 앞에서 오열을 하면서 에르쿨에게 안기던 자신의 모습이 미리엄의 뇌리를 장악했다. 얼음마법사 미리엄의 두 눈이 차갑게 불타올랐다.

미리엄은 늑대인간들 사이로 들어가 에르쿨의 머리를 꽉 붙잡았다. 그 다음 손을 들었다. 그녀가 손을 둥글게 말자 주변 수증기가 응결되어 얼음단검이 되었다. 미리엄은 얼음단검을 높이 들었다.

에르쿨이 기를 쓰며 소리쳤다.

"미리엄! 사랑해! 난 오직 너만 사랑해! 안 돼! 이러지 마!"

얼음단검이 에르쿨의 왼쪽 눈알을 향해 서서히 접근했다.

푸삭!

눈알 도려내는 소리는 경쾌했다.

"우아악! 이 씨발 년!"

에르쿨이 쉰 목소리로 욕을 했다.

미리엄이 무표정하게 다시 단검을 들었다. 피가 뚝뚝 떨어지는 얼음단검이 에르쿨의 오른쪽 눈으로 접근했다.

에르쿨이 미친 듯이 고개를 가로저었다.

"아, 안 돼! 이 미친년아! 아버님께서 너를 가만두실 줄 아느냐? 아버님은 보지 않고서도 세상 모든 일을 아시는 분이시다. 그분께서 너를 갈가리 찢어 버리고 네년의 눈알을 도려 낼 것이다. 으아아악! 안 돼애애!"

푸삭!

에르쿨의 오른쪽 눈알도 허공으로 튀어나왔다.

미리엄 옆에서 대기 중이던 늑대인간이 눈알 두 개를 날름날름 집어삼켰다.

에르쿨의 팔다리는 늑대인간들이 모두 뜯어먹었다.

눈알은 미리엄이 직접 뽑아냈다.

이제 남은 것은 혀!

미리엄은 20년 전 사랑하는 사람이 당했던 것 그대로를 에르쿨에게 되돌려 줄 생각이었다.

미리엄이 턱짓을 했다.

영특한 늑대인간들이 장님이 된 에르쿨의 턱을 강제로 붙잡아 벌렸다.

"아으, 바브바브바!"

장님이 된 에르쿨이 알아들을 수 없는 짐승의 소리를 냈다.

미리엄이 에르쿨의 혀를 손가락으로 꽉 붙잡았다. 에르쿨의 혀가 딱딱하게 얼어붙었다.

미리엄이 손을 떼었다. 힘을 쓰는 것은 그녀에게 적합하지 않았다. 늑대인간들이 에르쿨의 얼어붙은 혀를 붙잡아 통째로 잡아 뽑았다.

"크에에엑!"

에르쿨의 비명이 거칠게 울렸다.

미리엄이 일어나서 등을 돌렸다.

이제 복수는 끝났다. 미리엄의 뺨을 타고 한 줄기 눈물이 흘렀다.

등 뒤에서 우적우적 소리가 들렸다. 늑대인간들이 뒤처리를 하는 소리였다.

에르쿨 가르시아!

세르히오의 맏아들이자 가르시아 가문의 후계자는 그렇게 세상에서 사라졌다.

Chapter 6

새벽 5시 30분.

어둠이 물러가고 희미하게 동이 터 왔다.

하늘은 뿌옇게 흐려 있었다. 공기 중에 흩날리는 화산재 때문이었다.

간밤의 치열했던 전투는 처참한 흔적을 남겼다. 별장 4개 건물이 바주카포 공격을 받아 전소되었고, 골프장은 폐허로 변했다.

하지만 시체는 남지 않았다. 전투가 완료된 뒤 늑대인간과 미노타우르스가 모두 먹어 치운 덕분이다.

경찰도 출동하지 않았다.

간밤에 후안 가르시아가 공기의 벽, 즉 에어 월(Air Wall)로 소음을 차단했기에 아무도 전투 사실을 알지 못했다.

설령 에어 월이 없었더라도 경찰이 오지는 않았을 것이다. 지난 밤 킬라우에아 화산 폭발로 인해 하와이의 모든 소방서와 경찰은 비상이 걸렸다. 인근의 힐튼 호텔 투숙객들도 밤중에 비상 대피를 하느라 혼이 쏙 빠졌다.

이런저런 이유로 인해 별장 주변은 한산했다.

늑대인간들도 자취를 감추었다. 피 한 방울도 남기지 않고 말끔하게 정리를 한 뒤, 늑대인간과 미노타우르스 무리는 바다 속으로 다시 돌아갔다.

솜노와 미리엄, 후안이 알렉산드라 일행을 별장 안으로 옮겨 놓았다.

5개의 별장 건물 가운데 부서지지 않은 것은 단 한 채뿐이었다. 솜노와 후안은 찰스와 루트비히, 루이, 엘리자베스, 니코를 건물 1층 카펫 위에 대충 널어놓았다. 미리엄은 알렉산드라와 줄리아, 마사를 안아 2층 침대에 곤히 눕혀주었다.

처음에 솜노는 마사를 1층 카펫에 대충 내려놓았다. 그러다 마사에게서 풍기는 내 향기를 맡고는 미리엄을 불렀다.

약혼식장에서 마사와 키스를 나눈 뒤, 마사에게는 내 체취가 남아 있었다. 사람들은 감지하지 못하는 그 흔적을 솜노는 알아보았다.

미리엄이 마사를 조심스레 안아서 2층 침대로 옮겼다.

솜노와 미리엄의 입장에서 보면 알렉산드라와 줄리아, 마사는 존귀한 주인마님이었고, 나머지들은 그냥 그런 떨거지였다.

나는 동이 트기 전에 별장에 복귀했다.

"푸하하!"

별장 1층 카펫에 일렬로 널브러져 있는 군상들을 보자 절로 웃음이 나왔다. 나는 2층으로 올라가 옷가방부터 찾았다.

"이런! 없잖아."

이거 곤란하게 되었다. 지난밤에 화룡과 싸우다가 내 의복이 다 타 버렸다. 그래서 어쩔 수 없이 알몸으로 이곳 별장까지 달려왔다. 한데 여기도 옷이 없었다. 내 옷가방이 바주카포에 날아간 모양이었다.

그렇다고 다른 사람의 옷을 빌려 입을 수도 없었다. 전투가 급박하다 보니 찰스나 루트비히도 옷가방을 챙기지 못했다. 그들도 지금 입고 있는 옷이 전부였다.

"솜노!"

나는 손가락을 딱 튕겼다.

바람의 솜노가 후우웅 다가왔다.

"내 사이즈에 맞는 옷 좀 구해 와."

솜노가 창문 틈으로 나갔다.

나는 '솜노가 참 편리하네. 뇌에 굴레를 심어 노예로 만들기 잘 했어.'라고 생각했다.

솜노가 옷을 구해 오는 동안 나는 별장 2층 소파에 앉아 바다를 감상했다.

"꺄악!"

마사가 침실 밖으로 나오다 알몸인 나를 발견하고는 비명을 질렀다. 아니, 비명을 지르다 말고 두 손으로 입을 꽉 막았다.

"쉿!"

나는 마사를 향해 고개를 가로저었다.

마사는 목덜미까지 붉게 물들이며 나를 힐끗거리더니 수건을 휙 던져 주었다.

"이것으로라도 좀 가리세요."

나는 하체에 수건을 둘렀다.

부끄럽다는 생각은 들지 않았다. 나는 원래 뻔뻔했다.

마사가 물었다.

"이게 어떻게 된 일이에요? 지난밤에 에르쿨, 그 악마와 혈투가 벌어졌는데…… 결과가 어떻게 되었죠? 그리고 한스 이사님은 지난밤에 어디 계셨나요?"

마사는 질문을 하면서 내 상체를 힐끗힐끗 곁눈질했다. 근육이 오밀조밀하게 발달한 내 상반신은 지금까지 마사가 보아온 그 어떤 모델들보다 더 뛰어났다.

"지난밤? 가르시아 놈들과 한바탕 싸움이 붙었지."

"역시 한스 이사님이 먼저 습격을 받으셨군요. 그래도 너무하셨어요. 한스 이사님이 그렇게 적에게 유인을 당하시면 어떻게 해요? 남은 사람들이 위험하잖아요."

마사가 슬쩍 핀잔을 주었다.

나는 어깨를 으쓱했다.

"이게 뭔 소리야? 대부분의 적 병력을 내가 유인해 갔으니까 별장에 있는 사람들이 이렇게 무사한 거지. 게다가 내가 미리 경고도 해 주었잖아."

"경고요?"

"가르시아 놈들을 유인하면서 루트비히에게 암시를 걸었는데. 빨리 사람들을 깨워서 대비하라고 말이야."

"아! 그럼 루트비히의 예지몽이 바로 한스 이사님 덕분이었나요?"

"그렇지."

내 말은 사실이었다. 루트비히가 생생한 예지몽을 꾼 것은 순수한 그의 능력이 아니라 내 암시 덕분이었다.

물론 적들을 유인하면서 루트비히에게 암시를 걸은 것은 아니었다. 나는 킬라우에아 화산에서 세르히오 일당과 드잡이질을 벌이는 와중에 능력을 발휘했다. 그리고 그 능력 덕분에 루트비히가 예지몽을 꾸었다.

"그럼 에르쿨은 어찌 되었어요?"

역시 마사는 에르쿨에게 민감하게 반응했다.

나는 가볍게 한숨을 쉬었다.

"휴우! 그자는 놓쳤어. 가르시아의 침입자 대부분은 해치웠는데, 안타깝게도 그자는 도망치고 말았지."

나는 마사에게 거짓말을 했다. 그녀에게 에르쿨의 죽음을 알렸다가는 "당장 에르쿨의 시체를 보여 주세요."라고 조를 테니 어쩔 수 없었다.

'늑대인간들이 먹어 치웠는데 어떻게 보여 주겠어.'

나는 속으로 이렇게 중얼거렸다.

마사가 나를 칭찬했다.

"그래도 참 대단하네요. 그 강한 에르쿨을 도망치게 만들다니! 그것도 에르쿨의 부하들과 맞서 싸우면서 말이에요."

"그렇지? 내가 좀 대단하긴 하지?"

나는 히죽 웃었다.

마사와 한창 이야기를 나누고 있는데 알렉산드라와 줄리아가 깨어났다.

"당신!"

"오빠! 그 차림이 뭐예요?"

알렉산드라와 줄리아는 내 목소리가 들리자 반가워 한달음에 달려 나왔다가 뾰족하게 소리를 질렀다.

사랑하는 남자가 다른 여자와 알몸으로 대화를 나누는 장면을 목격한다면 그 누구라도 눈에서 불똥이 튈 것이다.

하지만 나는 태연했다.

"깼어? 이리 와서 앉아."

내가 눈 하나 깜짝 않자 알렉산드라와 줄리아가 오히려 당황했다.

알렉산드라가 성큼 걸어와 나와 마사 사이에 앉았다. 그 다음 마사에게 보란 듯이 내 오른팔에 팔짱을 꼈다.

줄리아도 쪼르르 달려와 내 왼쪽을 차지했다.

나는 둘의 머리를 슥슥 쓰다듬었다.

"간밤에 다치지 않고 잘 싸웠더라. 잘했어. 알렉산드라,

줄리아."

"헤에!"

내 칭찬에 줄리아가 헤벌쭉 웃었다.

알렉산드라도 슬며시 웃음을 지었다.

Chapter 7

줄리아가 물었다.

"그나저나 어떻게 된 일이에요? 오빠는 지난밤에 어디 갔었어요? 그리고 누가 우리를 침대에 옮겨 놓았죠?"

"그야 내가 옮겨 놓았지."

나는 태연하게 거짓말을 했다. 이어서 마사에게 해 주었던 이야기를 되풀이했다.

알렉산드라와 줄리아는 때로는 박수를 치고, 때로는 두 주먹을 불끈 쥐면서 내 이야기를 경청했다.

그때 솜노가 돌아왔다.

솜노는 직접 나타나지 못했다. 알렉산드라와 줄리아를 놀라게 만들지 말라는 내 명령 때문이었다.

후안이 대신 옷을 들고 2층으로 올라왔다.

"엇? 이분은 누구예요?"

낯선 사람이 갑자기 등장하자 여자들이 경계했다.

나는 휘휘 손을 저었다.

"안심해. 내가 부리는 집사야."

"집사요?"

"응."

후안은 나와 알렉산드라, 줄리아를 향해 90도로 허리를 굽히더니 옷을 전달했다.

"주인님, 여기 옷을 가져왔습니다."

나는 옷을 받아 욕실로 향했다. 물론 알렉산드라를 향해 부연 설명을 덧붙이는 것을 잊지 않았다.

"옷이 없어서 곤란했지 뭐야. 지난밤의 불청객들 가운데 불을 다루는 마법사가 있었거든. 그자 때문에 내 옷이 홀랑 타 버렸어. 그래도 어찌어찌 녀석들을 해치우고 별장으로 돌아왔는데, 이거 웬걸! 내 옷가방이 흔적도 없이 박살 났더라고. 그래서 집사에게 옷 좀 구해 오라고 연락한 거야."

"아! 그렇군요."

알렉산드라가 고개를 주억거렸다. 알렉산드라는 내가 옷을 벗고 있는 이유가 마사 때문이 아니라 안심하는 눈치였다.

줄리아도 "그럼 그렇지."라며 작게 중얼거렸다.

두 사람의 반응에 마사의 안색이 어두워졌다.

'하아!'

마사는 욕실로 들어가는 내 등을 보면서 속으로 한숨을

삼켰다.

나는 샤피로의 시각을 통해 마사의 표정 변화를 고스란히 읽었다.

화산재가 휘날려 코나 공항이 폐쇄되었다. 화산과 거리가 가까운 힐로 공항도 당연히 운행 정지 상태였다.

TV도 끊겼고, 기지국이 문을 닫으면서 휴대전화도 터지지 않았다. 킬라우에아 화산 폭발의 여파는 생각보다 컸다.

관광객들은 불안에 떨었다. 원주민들도 화산이 언제 또 폭발할지 몰라서 조바심을 냈다. 다들 라디오의 재난 비상 대책 방송에 귀를 기울였다.

미국 정부는 아직 뚜렷한 조사 결과를 내놓지 못하고 있었다. 화산 폭발이 너무나 강렬했기에 조사단이 아직 킬라우에아 근처에 접근하지 못했다. 그렇게 강한 화산 폭발은 기록에도 없었다.

한데 화산에서 더 이상 열기가 감지되지 않아 이상했다. 이 정도 대규모 폭발이라면 지속적으로 용암이 분출되어야 정상인데, 킬라우에아 화산은 갑자기 사화산이 된 것처럼 활동을 멈췄다.

유황 가스도 눈에 띄게 감소했다.

점심 무렵에 톰슨이 우리를 찾아왔다. 톰슨은 뤄슨 은행의 코나 지부장이었다.

"한스 이사님, 여기 무전기 좀 받아 보시지요."

톰슨은 내게 무전기를 내밀었다. 은행의 청원 경찰들이 사용하는 비상용 무전기였다.

무전기를 켜자 보어 경의 목소리가 흘러나왔다.

"한스야, 애비다. 무사하냐?"

킬라우에아 화산 폭발 소식을 들은 보어 경이 급하게 연락을 취했다.

"네, 저희는 괜찮아요. 저와 알렉산드라, 줄리아는 물론이고, 다른 친구들도 모두 건강하니 걱정하지 마세요. 버플리 가문과 리엔조, 해링턴, 바이어, 그리고 발데마르 가문에도 걱정하지 마시라고 전해 주세요."

"그러마. 그나저나 한스야, 그곳에 계속 머물 이유는 없잖니? 내 그곳으로 헬기를 보내마. 일단 그걸 타고 호놀룰루로 가거라."

"호놀룰루요?"

"그래. 하와이 호놀룰루 국제공항은 아직 폐쇄되지 않았으니 그곳에서 전용기로 갈아타면 되지."

"네, 그럴게요. 그나저나 지난밤에 가르시아의 습격이 있었어요. 에르쿨 가르시아도 나타났었고요."

나는 가르시아의 습격 사실을 보어 경에게 전했다.

"뭣? 가르시아의 습격!"

보어 경이 화들짝 놀랐다.

"다들 무사한 게냐? 가르시아 놈들은 물리쳤고?"

되묻는 보어 경의 목소리가 가늘게 떨렸다.

나는 보어 경을 진정시켰다.

"아버님, 안심하세요. 조금 전에 다들 무사하다고 말씀드렸잖아요. 가르시아 놈들은 모두 도망쳤어요."

"에르쿨은? 그놈도 도망쳤냐?"

에르쿨은 가르시아의 후계자로, 타 가문의 가주에 버금가는 강자였다. 보어 경이 걱정하는 것이 당연했다.

"네, 에르쿨도 저와 한창 싸우다가 도망쳤어요. 그자가 우리를 습격한 이유가 에몰 때문인 것 같아요. 우리를 포로로 잡아서 에몰과 교환하겠노라고 말했어요."

보어 경도 에르쿨과 에몰이 쌍둥이라는 사실을 알고 있었다.

"으음! 그렇구나. 너희를 포로로 잡아서 동생과 맞교환을 하려고 했구나. 그렇다면 더 서둘러야지. 언제 그놈들이 너희를 또 습격할지 몰라. 당장 헬기를 띄울 테니 호놀룰루를 거쳐서 곧바로 뉴욕으로 돌아오너라. 다른 아이들도 모두 함께 돌아와야 해. 다른 가문에서도 다들 걱정하실 게다."

"그렇게 할게요."

나는 보어 경의 뜻을 거스르지 않았다.

사실 이곳에 더 남아 있어도 위험이 될 만한 요소는 없었다. 에르쿨은 죽었고 세르히오는 포로로 붙잡았다.

하지만 보어 경에게 걱정을 끼치긴 싫었다.

헬기를 기다리는 동안 우리는 남은 음식 재료로 샌드위치를 해 먹었다. 이번엔 내가 솜씨를 발휘했다. 아주 맛있지는 않았지만 다들 잘 먹었다. 지난밤의 전투로 인해서 모두들 배가 고팠던 모양이었다.

식후엔 약혼녀들의 손을 잡고 해변을 걸었다.

알렉산드라가 혀를 내둘렀다.

"이 전쟁 통에 샌드위치를 해 먹자고 하고, 산책을 하자고 하고. 당신은 참 특이해요."

나는 알렉산드라와 줄리아의 허리에 팔을 둘러 바싹 끌어안았다.

"특이하긴. 그래도 명색이 허니문이잖아. 허니문의 필수 코스인 해변 산책은 한 번 해야지."

"호호호! 그건 그러네요."

알렉산드라가 맞장구를 쳤다.

"역시 오빤 대단해요. 오빠 말이 맞아요. 비록 훼방꾼들 때문에 허니문을 망치긴 했지만, 그래도 필수 코스는 해 줘야겠죠? 깔깔깔!"

줄리아가 배꼽을 잡고 웃었다.

파도가 밀려와 백사장을 부드럽게 쓰다듬고 지나갔다.

제5화
백화문의 분열

Chapter 1

미국의 주요 뉴스들은 연일 킬라우에아 화산 폭발을 보도했다. 사상 최대 규모의 화산 폭발과 급작스런 활동 정지가 주요 이슈였다.

미국의 화산 전문가와 지진 전문가들이 패널로 초빙되어 원인 분석에 나섰다. 하지만 전문가들 가운데 명확하게 전후 사정을 설명하는 사람은 없었다. 대부분의 전문가들은 이번 폭발을 두고 이해할 수 없다는 반응을 보였다.

일반인들의 관심이 킬라우에아 화산에 맞춰져 있는 동안, 템플 기사단의 신인류들은 가르시아 군단의 하와이 습격에 초점을 맞췄다.

메노르카 연합에 속한 가문들이 가르시아에 정식으로 항의를 했다. 빠른 시일 내에 적절한 해명과 사죄가 없으면 물리적인 행동에 나설 것이라는 항의였다.

일루미나티의 발데마르 가문도 항의 행렬에 동참했다. 가문의 후계자인 루이가 납치를 당할 뻔했으니 발데마르 가문이 분노하는 것이 당연했다.

발데마르는 미국 정계에 큰 영향력을 발휘하는 명문가였다. 그 힘이 곧 발휘되었다. 스페인을 돕기 위한 미국의 자금 지원 계획이 갑자기 중단되었고, 스페인 대사가 미국 외교부로 소환되어 강한 경고를 먹었다.

가뜩이나 경제 사정이 좋지 않은 스페인은 미국의 이 급작스러운 태도 변화가 무엇 때문인지 몰라 당황했다.

사실 스페인 정부보다 더 당황한 곳이 있었다.

바로 가르시아 가문.

스페인 유수의 명문가 가르시아는 지금 엄청난 혼란에 빠졌다. 가주 세르히오의 실종이 그 원인이었다.

템플 기사단의 여러 가문들이 앞다투어 항의를 하는 중인데 가주가 사라졌으니 대책을 세울 수가 없었다.

가르시아의 장로 12명은 급한 대로 에르쿨을 찾았다.

한데 에르쿨도 자취를 감추었다. 에르쿨의 수석 비서는 "에르쿨 님께선 며칠 전 가디언 케이(K)의 기사들을 이끌고 가문을 나서셨습니다."라고 고했다.

장로들이 에르쿨의 목적지를 따져 물었다.

수석 비서는 제대로 답하지 못했다. 그저 자신 없는 말투로 "에르쿨 님께서 하와이에 볼일이 있다고 하셨습니다." 라는 말을 덧붙였다.

장로들이 충격을 받았다.

"하와이 군도에 볼일이 있으시다고? 게다가 가디언 케이(K) 기사들을 모두 이끌고 나서셨단 말이지?"

"그렇다면 이거 항의 서신에 적힌 글들이 사실이 아닌가?"

"정말 에르쿨 님이 다른 가문의 후계자들을 납치하려고 시도했던 것 아니야?"

장로들 사이에 웅성거림이 커졌다. 누군가 대책 회의를 가져야 한다고 주장했다. 장로들의 주도로 곧 대책 회의가 열렸다.

유진 가르시아가 실종된 에르쿨을 대신해서 대책 회의에 참석했다. 그 자리에서 12명의 장로들은 이번 사건을 원만하게 해결할 방도를 물었다.

유진은 그저 원론적인 답변을 할 수밖에 없었다.

"장로님들께서 걱정하시지 않도록 잘 해결하겠습니다."

유진의 태도는 정중했으나, 답변의 내용은 성의가 없었다.

장로들의 표정이 그리 좋지 않았다. 그러나 장로들은 유진을 강하게 압박하지 못했다.

"끄으응! 알겠소."

"우리 늙은이들은 유진 님께서 잘 해결하리라 믿겠소."

"모두 돌아갑시다. 끄응!"

장로들은 이 말만 남기고 회의장을 떠났다.

사실 장로들이 할 수 있는 일은 별로 없었다. 유진은 에르쿨의 친딸이자 세르히오 가주의 친손녀였다. 가주의 권위가 절대적인 가르시아에서 장로들의 힘은 미약했고 유진의 권력이 더 강했다.

유진은 유진대로 큰 충격을 받았다.

회의장에 홀로 남은 유진은 입술을 꽉 깨물었다.

지금 유진은 치욕을 억지로 참는 중이었다. 세르히오가 가주가 된 이래 장로들의 주도로 회의가 개최된 적은 단 한 번도 없었다. 항상 가주나 소가주가 회의를 소집하고 장로들이 그 회의에 참석하는 구조였다.

한데 이번엔 장로들 주도로 회의가 열렸다. 그 다음 유진에게 에르쿨을 대신해서 회의에 참석하라는 통보가 왔다.

이것은 큰 변화였다.

유진은 강한 위기감을 느꼈다.

한데 이 위기를 어떻게 헤쳐 나가야 좋을지 방도가 보이지 않았다. 얼마 전 메노르카 섬에서 벌어진 전투의 여파로 에몰 숙부가 포로로 끌려갔고, 이어서 부친인 에르쿨이 실종되었다. 세르히오 가주도 모습을 감추었다.

병력 손실도 엄청나게 컸다.

라이트닝 마법에 특화된 가디언 엘(L)!

공기를 자유롭게 다루는 가디언 에이(A)!

얼음 마법으로 중무장한 가디언 아이(I)!

가르시아 최고의 정예 기사들을 모아서 육성한 가디언 케이(K)!

이상 3개의 마법 부대와 한 개의 기사단은 가르시아 가문 전력의 60퍼센트를 책임지는 최강의 무력 부대였다.

그런데 지금은 이 무력을 모두 상실한 상태였다. 이 무력 부대들이 와해되었는지, 아니면 단순히 실종 상태인지 유진은 파악하지 못했다.

나머지 40퍼센트의 병력 가운데 유진이 부릴 수 있는 것은 고작 28퍼센트 남짓!

장로들이 소유한 12퍼센트의 병력은 유진의 마음대로 지휘할 수가 없었다. 그리고 28퍼센트도 온전하지 않았다. 메노르카 섬 전투에서 부상을 입거나 사망한 자들이 있어 병력의 재점검이 필요했다.

유진은 일단 가문의 잔여 병력들을 한자리에 모으고 비상사태를 선포했다.

그 와중에도 다른 가문들의 항의가 빗발쳤다. 스페인 정부도 "미국의 태도가 냉각된 이유가 혹시 가르시아 가문 때문이 아니냐?"는 추궁의 말을 던져 왔다. 발데마르 가문이 넌지시 흘린 내용이 그 근거가 되었다.

유진은 일단 아니라고 답변했다.

하지만 스페인 정부의 의심은 해소되지 않았다.

가르시아 가문의 주요 수입원도 타격을 받았다. 미국이 대놓고 가르시아의 사업을 압박했다. EU의 핵심 국가인 독일이 가르시아의 사업 전체를 방해했다. 영국이 등을 돌렸다. 설상가상으로 스페인의 국가 부채가 사상 최대치를 기록했다.

갑작스러운 가주의 실종!

이어진 소가주의 실종!

가문의 핵심 무력 부대의 상실!

경제적인 압박!

장로들의 반발!

이 모든 일들이 한꺼번에 유진에게 밀려들었다. 유진은 정신이 하나도 없었다.

"이러다 큰일이 터지겠어. 뭔가 돌파구를 찾아야 해."

유진은 두 가지 방법을 떠올렸다.

첫 번째 방법. 템플 기사단의 가문들에게 적극적인 해명을 해서 누명을 벗는다.

유진은 지금 벌어지고 있는 모든 일들이 누명이라고 생각했다.

"우리 가르시아 가문이 흑마법사들과 손을 잡고 사악한 일을 꾸몄다니, 이건 말도 안 되는 음해야."

유진은 이렇게 확신했다. 그녀는 이번 누명을 벗기만 하면 모든 오해가 풀릴 것이라고 믿었다.

두 번째 방법. 도저히 말이 통하지 않을 때를 대비해서 외부에 아군을 확보해 놓는다.

지금 가르시아 가문은 외톨이었다. 템플 기사단의 다른 가문들은 메노르카 연합을 결성해서 가르시아를 따돌렸다. 가르시아 가문은 일루미나티와도 사이가 좋지 않았다. 하와이 사건이 터지면서 그 관계가 더욱 악화되었다.

"이럴 때일수록 아군이 필요해."

유진은 외부에 지원군을 만들어야 한다고 판단했다.

문제는 마땅히 손잡을 곳이 없다는 점.

러시아의 드네르프는 신뢰할 수가 없었다. 일본의 삼각위원회와는 지난번 요꼬하마 회의 이후로 사이가 틀어졌다.

"그렇다면 결국 백화문뿐인가?"

유진은 백화문이 그리 탐탁지 않았다. 하지만 막다른 골목에 몰린 그녀가 선택할 수 있는 선택지는 백화문밖에 없었다.

유진이 중국 상하이로 국제전화를 걸었다.

"안녕하세요, 송 선생님?"

유진의 전화를 받은 사람은 백화문의 총관인 송 제였다.

"오! 이게 누구신가? 유진 양이 아닌가!"

수화기 저편에서 송 제의 굵은 목소리가 들렸다.

나는 멀리 떨어진 뉴욕에서 유진의 행동을 모두 관찰했다.

내가 손가락을 까딱이자 줄리아를 닮은 여자가 사뿐사뿐 다가와 내 앞에 무릎을 꿇었다.

"주인님, 부르셨습니까?"

여자의 정체는 모리나!

그녀는 수백 년 전 반 데어 뤄슨 가문을 유럽에서 미국으로 이주시킨 장본인이자 러시아의 신인류 집단 드네르프를 움직이는 배후 인물이었다. 최근에는 가짜 리나가 되어 내게 접근했고, 내 각성을 도왔다.

샤피로 세상에서 모리나는 샤늘루루라는 악명으로 불렸다. 암흑교단을 지배하는 4명의 총수 가운데 한 명! 남부의 마녀 샤늘루루!

내가 모리나를 부른 이유는 그녀가 지닌 방대한 정보 때문이었다.

모리나는 러시아의 드네르프 조직을 통해 신인류 집단의 정보를 모아 왔다. 언젠가 내게 도움이 될 것 같아서 정보를 모으기 시작한 것인데, 시시콜콜한 내용들이 쌓여서 지금은 방대한 데이터베이스를 구축했다.

"송 제에 대해서 정보를 뽑아 봐."

"네, 주인님."

모리나는 노트북을 열고 키보드를 탁탁 두드리더니 종이 한 장을 프린트해 왔다. 송 제에 대한 주요 정보가 요약된 종이였다.

— 이름: 송 제

— 학력: 북경대 학석사. 영국 옥스퍼드 박사

— 직책: 백화문 총관, 바이두 그룹 회장, 중국 경제인연합회 회장, 중국 주석 직속 자문 위원

— 서열: 백화문 서열 9위

— 속성: 무사, 조련사

— 각성률: 70퍼센트 미만(정확하지는 않지만 약 67에서 69퍼센트 사이로 추정됨)

— 조련 동물: 흑표범

— 인맥: 백화문주 송 옌의 친아들이자 후계자, 주작당주 왕 옥의 남편, 백화문의 문상이자 서열 2위인 왕 쑤이의 사위

— 가르시아 가문과의 관계: 에몰 가르시아와 옥스퍼드 유학 시절 친분이 있음. 그 후 가족끼리 일 년에 한 번씩 왕래를 하면서 유진 가르시아와 안면을 텄음

나는 종이를 쓱 훑어보고는 고개를 끄덕였다.

주작당주 왕 옥과는 나도 안면이 있었다. 나는 온건파인 왕 옥을 부추겨서 백화문 내부의 분열을 유도하는 중이었다. 게다가 송 제의 장인인 왕 쑤이(샤피로 세상에서는 바흐다나)는 내 손에 죽었다.

"한데 이번엔 왕 쑤이의 사위이자 왕 옥의 남편이 엮였단 말이지."

운명이라는 놈은 참 묘했다.

왕 쑤이는 나와 악연이었다. 이 세상에서 악연을 맺은 것이 아니라 샤피로 세상에서 악연으로 엮였는데, 결국 그 운명 때문에 왕 쑤이가 내 손에 절단 났다.

주작당주 왕 옥과는 아직까지 사이가 괜찮았다. 나는 백화문을 쓸어버릴 때 왕 옥을 포함한 온건파들은 살려 줄 생각이었다. 왕 쑤이의 목을 꺾은 손으로 그 딸인 왕 옥까지 죽이고 싶지는 않았다.

그렇다면 왕 옥의 남편인 송 제와의 관계는?

"그야 이제부터 네놈이 하기에 달렸지. 내 뜻대로 움직여 주면 살 것이오, 아니면 죽어야지."

나는 으스스하게 중얼거렸다.

Chapter 2

약혼 후에도 별로 달라진 것은 없었다.

나는 맨해튼 고층 아파트의 펜트하우스에 주로 머물렀다. 가끔씩 롱아일랜드의 본가에 들어가 보어 경과 식사를 하곤 했지만, 대부분의 시간은 맨해튼에서 보냈다.

요새 나는 뤄슨 그룹의 업무를 조금씩 늘려 가는 중이었다. 카이스트 재학 시절 나는 물리와 기계공학을 복수전공했고, 수학에도 관심이 많았다. 금융은 기본적으로 수학에 바탕을 둔 분야였다. 내 수학적 기초가 금융에 대한 이해를 도왔다. 나는 복잡한 파생 상품의 손익분기점을 불과 몇 초 안에 암산해 내었고, 그때마다 뤄슨 그룹의 임원진들은 깜짝깜짝 놀라곤 했다.

몇몇 경로를 통해 이 이야기를 들은 보어 경은 뛸 듯이 좋아했다.

내가 뤄슨 그룹의 업무를 늘린 이유도 바로 보어 경 때문이었다. 나는 보어 경이 기뻐하는 모습이 좋았다.

한스의 누나 미센이 내 업무를 도왔다. 사실 미센은 문지기 가운데 한 명이었다. 샤피로의 세상에서 그녀는 바이올렛이라는 이름으로 활동했다. 그곳에서 바이올렛이라는 이름은 공포라는 단어와 동의어로 사용되었다.

보어 경은 나와 미센이 뤄슨 그룹의 업무를 순조롭게 인

계받자 무척 흐뭇해했다.

저녁이 되면 나는 줄리아와 맨해튼 거리를 걸으며 데이트를 했다. 브로드웨이 공연 관람과 미술관 방문은 내가 선호하는 데이트 코스였다.

약혼식 이후 줄리아는 내 펜트하우스로 숙소를 옮겼다.

줄리아의 친구 루이가 가끔 숙소에 놀러왔다. 우리 셋은 와인 바에서 술을 마시고 노닥거리는 것을 즐겼다.

주말이면 텍사스에서 알렉산드라가 날아왔다. 뉴욕과 텍사스는 제법 거리가 멀었는데, 알렉산드라는 단 한 주도 빼놓지 않고 맨해튼을 방문했다.

버플리 에너지의 신입 임원 한 명이 알렉산드라에게 "왜 그렇게 맨해튼에 드나드십니까? 가끔은 주말에도 회사에 나와서 업무를 보셔야지요. 그렇게도 약혼남이 매력적입니까?" 라고 농담을 던졌다가 사표를 쓸 뻔했다는 이야기는 그냥 나온 소리가 아니었다. 그 후 그 임원은 알래스카 유전으로 발령이 났다. 알렉산드라에게는 회사보다 내가 더 중요했다.

마사는 일주일의 절반을 밀라노에서 보내고 나머지 절반은 뉴욕에 머물렀다. 밀라노의 패션 브랜치(Branch: 분점)를 뉴욕에 론칭하기 위해서였다.

나와 마사는 가끔 만나서 식사를 함께했다. 줄리아가 마사에게 경계심을 보였지만 특별히 바가지를 긁지는 않았다.

알렉산드라는 오히려 내게 "마사를 잘 대해 주세요. 불쌍한 친구예요."라고 말했다. 아무래도 마사에게 무슨 고백을 들은 모양이었다.

일상생활을 즐기는 짬짬이 나는 세르히오를 방문했다.

유진 가르시아는 사람을 풀어서 세르히오의 행방을 수소문 중이었다. 하지만 세르히오가 스페인으로 복귀하는 것은 불가능했다. 그는 지금 내 비밀 감옥에 갇혀 있는 상태였다. 그것도 정상 상태가 아니었다. 세르히오의 몸뚱어리는 이미 해체되었고 오직 뇌만 살았다.

세르히오를 제외한 나머지 신인들, 즉 늪의 테닛, 우레의 지니, 물의 가르멜, 산의 칸노, 땅의 코온은 모두 내 속박에 사로잡혔다. 나는 그들의 뇌에 굴레를 심어 영원한 노예로 만들었다. 그들은 샤피로의 세상으로 되돌아가는 것도 불가능했다. 내가 허락하지 않기 때문이었다.

이상 5명의 신인에 바람의 솜노, 미리엄, 후안을 더하면 모두 8명이었다. 나는 이 8명의 노예를 하나로 묶어 '속박된 빛'이라는 명칭을 붙여 주었다.

아쉽게도 세르히오는 속박된 빛에 속하지 못했다. 세르히오의 의지는 굴레 식물을 극복할 정도로 강력했다. 나는 세르히오를 노예로 만드는 것을 포기했다. 대신 그의 뇌만 살려서 내가 필요한 능력들을 하나씩 뽑아내었다.

속박된 빛이 만들어진 이후 내 세력은 완벽한 짜임새를 갖추었다.

내 세력들 가운데 가장 막강한 단체는 역시 모리나(샤늘루루)와 미센(바이올렛)이 구축한 '숭배자들' 이었다. 러시아의 드네르프도 이 숭배자들에 포함되었다. 드네르프를 제외하더라도, 개인적으로 신인류들 가운데 모리나와 미센을 감당할 만한 자는 없었다. 그녀들은 세르히오보다도 더 강했다.

내 휘하에서 두 번째로 강한 단체는 '속박된 빛' 이었다. 땅의 신인 코온의 무력은 세르히오가 두려워할 정도였고, 고순도 포지리움을 손에 넣은 우레의 신인 지니는 거의 코온에 버금갔다.

바람의 솜노와 물의 가르멜은 여러모로 쓸모가 많았다. 나는 그 둘을 주로 심부름꾼으로 부렸다.

늪의 테닛과 산의 칸노도 나름 제 몫을 했다.

얼음마법사인 미리엄 가르시아와 공기를 다루는 후안 가르시아도 그럭저럭 밥버러지 수준은 면했다.

모리나와 미센이 내 오른팔이라면 속박된 빛은 내 왼팔이었다.

든든한 양손에 이어 나를 둘러싼 배경들도 만만치 않았다.

세계 금융계를 뒤흔드는 반 데어 뤄슨!

그리고 석유 카르텔의 핵심 멤버인 버플리 가문!

이 두 가문의 정예병들이 나와 알렉산드라에게 절대 충성을 맹세했다.

이 두 가문은 무력뿐 아니라 사회적인 영향력도 막강했다. 원래 금융과 에너지는 파급효과가 큰 분야였다. 반 데어 뤄슨과 버플리의 후원을 받는 정치인들을 동원하면 미국에서 통하지 않는 일은 거의 없었다.

친구들도 내게 힘이 되어 주었다.

루이를 통해서 발데마르 가문을 움직이면 미 정계를 조정하는 것이 가능했다. 실제로 내가 그렇게 권력을 동원한 적은 한 번도 없었지만, 어느새 나는 미 정계의 배후 실력자가 되어 있었다.

이탈리아도 내 손에 들어왔다.

마사는 이탈리아의 패션 사업뿐 아니라 정치도 주무르는 여걸이었다. 그런 마사가 내 말이라면 껌뻑 죽었다.

영국의 해링턴 가문.

독일의 바이어 가문.

나는 이 두 곳의 은인이었다. 두 가문의 후계자인 찰스 해링턴과 루트비히 바이어도 내 절친들이었다.

요새 찰스는 내게 전화를 걸어 엉뚱한 소리를 해 댔다.

"한스 이사, 엘리자베스 어때? 지난번 한스 이사의 허니문에 쫓아갔던 내 육촌 동생 엘리자베스 말이야. 걔가 요새 한스 이사에게 관심을 보이더라고."

찰스의 이야기는 뜬금없었다.

"아, 뭐래?"

"농담이 아니니까 한 번 진지하게 생각해 봐. 물론 엘리자베스도 한스 이사에게 약혼녀가 있다는 사실을 잘 알지. 하지만 걔가 한스 이사와 결혼을 하자는 건 아니거든. 걔는 원래 독신주의자야. 다만 싱글로 살더라도 아이는 갖고 싶은데, 한스 이사가 아이 아빠가 되면 어떻겠냐는 거지. 사실 마사 디 리엔조도 요새 노골적으로 한스 이사에게 접근하고 있잖아? 내가 그 소식을 다 들었어. 으흐흐!"

"아, 뭐래. 찰스 형, 미쳤어?"

"뭐 어때. 내가 비밀은 지켜 줄 테니까 한 번 잘 생각해 봐. 내 친척이라서가 아니라, 엘리자베스는 정말 괜찮은 여자야. 몸매도 정말 끝내준다고."

"아, 뭐 이딴 형이 다 있어. 이런 실없는 이야기를 하려면 끊어."

"한스 이사! 한스 이사!"

나는 찰스의 전화를 뚝 끊어 버렸다.

찰스는 마사의 핑계를 대면서 엘리자베스를 내게 붙여주려고 했다. 하지만 마사와 엘리자베스는 경우가 달랐다. 알렉산드라와 줄리아, 마사는 내게 사랑을 느껴서 다가온 것이고, 엘리자베스는 다분히 정략적인 접근이었다.

사실 찰스가 내게 전화를 건 것도 엘리자베스의 의지와는 무관했다. 가주인 파드리그 해링턴이 쓰러진 이후 해링턴 가문은 많이 위축되었다.

"찰스야, 어떻게든 한스 반 데어 뤼슨과 깊숙하게 엮여라. 그에게 넝쿨처럼 칭칭 달라붙어야 우리 해링턴 가문에 도움이 된단다."

"요새 우리 가문이 예전 같지 않다는 것은 찰스 너도 잘 알 게다. 그럼 네가 어찌 행동해야 하는지 답이 나올 게야. 험험험!"

해링턴 가문의 수뇌부들은 찰스에게 이렇게 주문했다. 찰스는 그 압력을 이기지 못하고 내게 엉뚱한 수작을 걸었다.

나는 샤피로와 시각을 공유하는 바, 이러한 전후 사정을 훤히 꿰뚫고 있었다. 이런 상황에서 엘리자베스 해링턴이 내 여자가 될 가능성은 제로였다.

맨해튼에서 일상생활을 즐기는 와중에도 나는 가르시아 잔당들에 대한 감시를 늦추지 않았다. 더불어서 중국 쪽에도 깊은 관심을 두었다.

서양의 신인류들과 동양의 신인류들은 생각보다 교류가 별로 없었다. 자연히 상대방에 대한 정보도 부족했다. 물론 겉으로 드러나는 얄팍한 정보들이야 수집하고 있지만, 상대 진영 내부의 고급 정보에 대해서는 무지했다.

러시아의 드네르프는 조금 달랐다. 드네르프는 서양과 중국에 골고루 뿌리를 뻗고 있었다. 그들은 백화문과 삼각위원회의 내부 고급 정보를 잘도 빼내었다. 그 정보가 내게 실시간으로 보고되었다.

거기에 더해서 왕 옥에게 딸려 보낸 곤충들이 백화문의 내부 정보를 물어와 내게 전달해 주었다.

또 한 가지! 샤피로의 시각으로 백화문 내부를 자세히 들여다보는 것은 가장 중요한 정보 소스였다.

샤피로의 전지적 시각!

곤충이 물어온 정보!

드네르프를 통한 정보 수집!

이상 세 가지가 모이자 백화문의 내부 사정이 손금 들여다보듯이 훤히 읽혔다.

"아마도 백화문의 문주보다 내가 백화문에 대해서 더 자세히 알 거야. 큭큭큭!"

나는 백화문을 정리하기 위한 작전을 수립했다.

때마침 유진 가르시아가 백화문의 총관 송 제와 연합했다. 유진은 조만간 중국을 방문해서 백화문과 형제의 협약을 맺을 예정이었다.

이것은 내게 좋은 기회였다.

지금 백화문은 크게 셋으로 나뉘어 있었다.

첫째, 문상 왕 쑤이와 주작당주 왕 옥 부녀가 백화문의 온건파를 이끌었다.

둘째, 무상 쟈오 팡저우가 이끄는 세력은 백화문의 호전파를 이루었다. 나를 죽인 원수(?)인 쟈오 가오린도 이 그룹에 속했다.

셋째, 백화문주 송 옌을 비롯한 송씨 가문이 중도파를 형성해서 백화문의 균형을 맞춰 왔다. 장로원의 저우씨 가문도 여기에 포함되었다.

최소한 왕 옥은 이렇게 알고 있었다.

한데 아니었다. 문주인 송 옌과 그 아들 송 제는 사실 호전파의 배후 세력이었다. 그들이 쟈오씨 가문을 부추겨서 호전파를 만들었고, 뒤에서 은밀하게 온건파 와해 작업을 벌여 왔다. 이번에 가르시아 가문과 형제의 협약을 맺은 것도 송씨 가문이 주도해서 벌이는 일이었다.

"가르시아를 발판 삼아 우리 백화문이 서구로 진출하자!"

백화문의 후계자 송 제는 이렇게 주장했다.

송 제는 유진 가르시아를 형제로 대우해 줄 마음이 눈곱만큼도 없었다. 그저 가르시아를 서구 진출의 발판으로 이용할 셈이었다. 또한 이번 기회에 서양 진출을 빌미 삼아 내부의 온건파들을 와해시킬 요량이었다.

송 제가 이렇게 본색을 드러내는 데는 왕 쑤이의 실종이 큰 역할을 했다. 송제는 장인인 왕 쑤이를 마음속 깊숙이 두려워했다. 백화문주 송 옌도 사돈인 왕 쑤이를 경계했다. 사실 왕 쑤이, 즉 바흐다나는 송 옌을 능가하는 고수였다.

한데 왕 쑤이가 실종된 지 한참이 지났다.

송 제는 부인인 왕 옥 몰래 점쟁이들을 불러들였다.

점괘는 항상 동일하게 나왔다. "왕 쑤이는 이미 죽었다."는 것이 점쟁이들의 공통된 결론이었다.

송 제가 속으로 환호성을 질렀다.

송 옌도 "앓던 이가 빠진 것 같구나!"라고 감정을 표현했다.

송 옌, 송 제 부자는 결국 숨겨 왔던 송곳니를 드러냈다. 부인인 주작당주 왕 옥을 치고 왕씨 가문을 몰아낸 다음, 백화문을 오롯이 차지하겠다는 것이 그들 부자의 속셈이었다.

나는 스페인의 메노르카 섬에서 보어 경이 한 말을 떠올렸다.

"가르시아와 백화문의 검은 세력들이 손을 맞잡고 흑마법사들을 양성해 왔소. 우리는 이 사악한 무리와 맞서 싸워야 하오."

이것은 메노르카 연합이 결성될 당시 보어 경이 주장했던 내용이었다. 나는 먹이를 눈앞에 둔 포식자처럼 입맛을 다셨다.

"으흐흐! 이거 유진과 송 제 덕분에 보어 경의 주장이 딱 들어맞는 상황이 저절로 형성되었잖아? 억지로라도 이런 상황을 만들려고 했는데, 저들이 스스로 알아서 무덤을 팠어."

이건 둘도 없는 기회였다. 나는 어리석은 송 제를 향해 박수를 쳐 주었다.

한 번 본색을 드러낸 송 제는 브레이크가 고장 난 트럭과 같았다. 이제 송 제는 거칠 것이 없었다. 그는 훤한 대낮에도 흑마법사들과 접촉했고, 노골적으로 호전파의 편을 들었다. 왕 옥과의 사이는 돌이킬 수 없는 파탄을 맞았다. 왕 옥을 포함한 온건파들은 송씨 가문이 문상 왕 쑤이를 제거한 것 아니냐는 의심을 품기 시작했다.

내가 바라는 바였다.

사실 왕 쑤이를 해치운 것은 나였지만, 나는 그 사실을 철저하게 숨겼다.

한편으로 나는 드네르프 조직을 이용해서 차근차근 증거를 수집했다. 송 제가 흑마법사들과 깊은 관련이 있다는 증거들이었다.

지금 송 옌, 송 제 부자는 네크로맨서와 흑마법사들과 손을 잡고 엄청난 일을 준비 중이었다. 그들의 이런 거침없는 행동 덕분에 증거 수집은 너무나 용이했다.

"그래, 잘한다. 이번 기회에 가르시아의 잔당들을 처리하고 너희들 백화문까지 함께 정리해 주마. 아하하하!"

어두운 밤, 화려하게 빛나는 맨해튼의 야경을 내려다보면서 나는 웃었다.

"한스 이사님."

마사가 등 뒤에서 나를 끌어안았다.

마사의 손은 뼈가 없는 것처럼 매끄러웠다. 마사가 내게 몸을 밀착했다. 등에서 뭉클한 감촉이 느껴졌다. 지금 마사는 속옷 차림이었다. 유리창에 비친 그녀의 머리카락과 눈빛이 촉촉이 젖어 있었다.

펜트하우스 유리창에 또 다른 여인의 모습이 얼비쳤다.

내 약혼녀 알렉산드라였다.

마사의 등 뒤로 접근한 알렉산드라는 늘씬한 팔을 뻗어 마사와 나를 동시에 껴안았다. 알렉산드라의 입술이 마사의 목덜미에 닿았다.

침실이 후끈 달아올랐다.

Chapter 3

몬순 제국의 황궁!

샤피로가 붙인 불씨가 마침내 황궁에 옮겨 붙었다.

샤피로는 헬 하운드 마법사로 위장해 태양교의 사제들을

죽이고 미하일 주교를 포로로 붙잡았다. 그 다음 미하일로 위장해 헬 하운드 조직의 사장로와 오장로의 머리를 베었다. 고위 장로들의 머리통이 몬순 제국 수도 북문에 대롱대롱 매달렸다. 자존심 강한 헬 하운드의 마법사들이 이런 치욕을 인내할 리 없었다.

헬 하운드에선 이장로와 삼장로, 육장로, 구장로, 십장로가 모두 움직였다. 사장로와 오장로, 칠장로와 팔장로가 샤피로의 손에 죽었다는 점을 감안하면, 수석장로를 제외한 헬 하운드의 수뇌부가 총출동한 셈이었다.

헬 하운드의 장로들은 몬순 제국 황궁에 입성한 다음, 삼황자의 진영에 거처를 잡았다. 장로들이 뿜어내는 강력한 기세에 눌려 삼황자의 측근인 웨일스기사단은 숙소를 양보해야만 했다.

특히 몸 전체에 살이 없이 허연 뼈만 남았고, 눈알이 있어야 할 자리에 이글거리는 화염 덩어리를 품은 삼장로는 보는 것만으로도 오금이 저릴 정도였다.

이장로도 독특했다. 헬 하운드의 이장로는 붉은 머리카락을 길게 기른 청년의 모습이었다. 하지만 외모와 달리 이장로의 나이는 144세나 되었다.

헬 하운드 장로들 사이의 격차는 컸다. 구장로와 십장로는 물론이고, 중간 서열인 육장로도 이장로와 삼장로 앞에선 숨도 제대로 쉬지 못했다.

황궁 동쪽 궁전에 헬 하운드가 똬리를 트는 동안 태양교도 본격적으로 움직였다.

교황 라자로의 엄명을 받은 주교단이 몬순 황국 북쪽의 첨탑에 모여들었다.

태양교는 원래 12명의 대주교와 108명의 주교를 둔 체제였다. 한데 6년 전 7월 15일 태양교의 성지에 샤피로가 난입하면서 끔찍한 악몽이 시작되었다.

악몽의 그 날, 12명의 대주교 가운데 9명이 증발했다. 세상에 두려울 것이 없다는 대주교들이 샤피로 단 한 명을 당해 내지 못했다. 대주교들은 샤피로에게 불의 힘을 갈취당한 채 한 줌의 재로 흩어졌다.

주교들의 상황도 다를 바 없었다.

그 악몽의 날 이후 주교의 숫자는 32명으로 줄어들었다. 무려 76명의 주교가 샤피로의 마수에 희생당했다.

전력의 3분의 2가 전멸!

거기에 더해서 성물인 '태양구' 마저 잃어버렸다.

교황 라자로는 머리카락을 쥐어뜯으며 본인의 선택을 후회했다. 남몰래 이클립스의 제사장과 손을 잡고 샤피로를 붙잡을 함정을 만든 것이 그렇게 후회될 수 없었다. 전력의 3분의 2가 유실되었으니 이제 태양교의 전력은 이클립스의 절반 수준으로 약화되었다. 세상 최강이라는 태양교가 이클립스의 눈치를 보게 생긴 것이다.

교황은 이클립스의 공격에 대비해 태양교의 전력을 뒤로 물렸다.

하지만 우려했던 일은 벌어지지 않았다. 이클립스는 태양교를 공격하지 못했다. 공격은커녕 오히려 이클립스가 망해 버렸다.

당시 이클립스의 급작스러운 멸망은 큰 논란거리였다. 사람들은 이클립스가 왜 갑자기 멸망했는지 추측하느라 바빴다.

교황 라자로는 그 이유를 짐작했다.

'샤피로! 그 괴물이 죽지 않았어. 우리 태양교의 성지에서 죽지 않고 살아남은 게야. 그러곤 자신을 배신한 이클립스에게 복수를 한 것이 틀림없어. 으으으!'

홀로 태양교 전력의 3분의 2를 궤멸시키는 괴물!

단신으로 이클립스의 마법사 천여 명을 박살 내 버리는 악마!

교황 라자로는 샤피로가 두려워 꽁꽁 숨었다. 지난 6년간 태양교가 활동을 자제했던 것은 샤피로에 대한 두려움 때문이었다.

한데 6년의 시간이 흐르도록 샤피로의 움직임이 잡히지 않았다. 교황 라자로는 몸을 웅크린 채 세상 곳곳을 더듬어 보았다.

그 어디에서도 샤피로의 흔적은 잡히지 않았다.

'혹시 이클립스를 전멸시키는 와중에 그 괴물도 소멸되었나?'

가능성은 충분했다.

샤피로가 태양교의 성지에서 끔찍한 만행을 저지른 것이 7월이었다.

이클립스가 멸망한 것은 그로부터 3개월 뒤인 10월이었다.

'이 3개월이란 공백이 왜 생겼을까? 혹시 샤피로가 우리 태양교의 성지에서 큰 부상을 입은 것 아닐까? 그래서 치료를 하느라 3개월이 소요된 것 아닐까? 하지만 큰 부상이 3개월 만에 완쾌되지는 않았겠지. 그 상태에서 이클립스라는 거대한 적과 싸우느라 부상이 도졌을 수도 있어. 이클립스는 결코 만만한 상대가 아니거든. 그리고 그 최후의 전투에서 이클립스와 샤피로가 함께 소멸된 것이지.'

교황 라자로는 이렇게 생각했다.

태양교의 보물 가운데는 세상에 존재하는 모든 불의 기운을 감지할 수 있는 탐색기가 있었다. 한번 작동을 시키면 사방 100킬로미터 이내에 존재하는 모든 불의 마법사들을 찾아내는 엄청난 탐색기였다. 태양교에서는 이클립스와 전쟁을 할 때 이 탐색기를 유용하게 사용했다.

교황은 탐색기를 동원해 세상 곳곳을 훑었다.

샤피로 정도의 괴물이 웅크리고 있다면 반드시 탐색기에

잡히게 마련!

교황의 명령을 받은 태양교의 주교들은 지난 6년간 세상 전체를 세 차례에 걸쳐서 훑었다.

그 어디에서도 샤피로는 발견되지 않았다.

이제 교황은 확신했다.

'확실해. 그 괴물은 죽었다. 이클립스를 궤멸시키면서 스스로도 소멸한 게야. 클클클!'

샤피로가 죽었다고 생각하자 교황은 날아갈 것처럼 몸이 가벼웠다.

오랜 숙적 이클립스도 궤멸된 상태였다.

비록 그 와중에 태양교도 큰 피해를 입었지만, 지금 남은 전력만으로도 교황은 세상에 두려울 것이 없었다.

"이제 거인이 다시 기지개를 켤 때가 되었지. 암! 그렇고 말고."

교황 라자로는 태양교의 포교 활동을 본격적으로 재개하기로 마음먹었다. 그리고 그 출발지로 몬순 제국을 선택했다.

몬순은 세상에서 가장 번화한 제국이었다. 태양교의 부활을 선포하는 장소로 몬순보다 더 적당한 곳은 없었다. 교황은 이번 기회에 몬순을 통째로 집어삼키기로 결심했다. 그러자면 몬순의 황제를 태양교의 열성 신도로 만들어야 했다. 태양교가 몬순 제국의 국교가 되도록 유도해야 했다.

교황은 계획을 세웠다.

그 계획이 척척 진행되었다.

한데 생각지도 않은 훼방꾼이 등장했다.

바로 헬 하운드!

헬 하운드는 상당히 강한 조직이었다.

하지만 감히 태양교와 비교할 수는 없었다. 교황을 비롯한 태양교의 신도들은 헬 하운드를 적수로 인정하지 않았다.

"한낱 강아지 따위를 감히 태양에 견줘? 에이, 그건 말도 안 되는 소리지."

태양교에선 이렇게 생각했다.

그런데 그 하찮은 조직이 감히 태양교의 포교 활동을 방해했다. 겁도 없이 태양교를 공격하고 사제와 주교를 죽였다.

"이런 시건방진 것들! 죽고 싶어 환장을 했구나!"

교황 라자로가 분노했다.

"내 이번 기회에 우리 태양교의 힘을 단단히 보여 줄 것이야. 세상 그 누구도 감히 태양교 앞에 고개를 들지 못하도록 만들 것이야!"

교황이 헬 하운드를 상대로 전쟁을 선포했다.

교황 라자로는 어설프게 나서는 사람이 아니었다. 그는 철저한 사람이고, 완벽을 추구하는 성격이었다.

3명의 대주교 총출동!

미하일을 제외한 31명의 주교 총동원!

거기에 더해서 교황 본인도 직접 움직였다. 교황 친위대와 태양교의 무력 부대가 교황을 호위했다. 태양교의 모든 전력이 몬순 제국에 투입되는 순간이었다.

태양교의 교황이 움직이자 헬 하운드도 비상이 걸렸다.

무려 200세가 넘게 살아온 노괴물!

헬 하운드의 일인자!

그 막강한 수석장로가 늙은 몸을 일으켰다.

"이클립스가 그냥 멸망한 게 아냐. 그 독한 놈들은 궤멸되기 전에 태양교의 전력 3분의 2를 갉아먹었어. 덕분에 이클립스는 멸망했고, 태양교는 예전의 성세를 잃었지. 클클클! 그러니 이제 우리 헬 하운드가 세상 최강자 자리에 오를 때가 된 게야. 클클클클! 태양교의 교황 라자로도 참으로 어리석군, 고작 3분의 1만 남은 초라한 병력으로 우리 헬 하운드에게 싸움을 걸다니 말이야. 클클클클클!"

마침내 헬 하운드의 수석장로도 몬순 제국으로 발걸음을 옮겼다.

제국의 황궁은 세상 최상위 포식자들의 전쟁터로 돌변했다.

Chapter 4

태양교와 헬 하운드의 전력이 몬순 제국으로 속속 모여들었다. 태양교에선 교황 라자로가 직접 나섰다. 헬 하운드에서도 최강자가 움직였다.

몬순 제국이 크게 요동쳤다.

그 무렵, 샤피로는 다른 곳에 정신을 쏟았다.

태양교와 헬 하운드는 어차피 샤피로의 손바닥 안에서 놀아나는 중이었다. 맛있는 먹잇감에 불과한 세력들에게 특별히 신경을 쓸 이유는 없었다. 샤피로는 바이올렛에게 이들 두 세력의 움직임을 체크하라고 맡겨 놓았다.

바이올렛은 샤피로의 명령을 거부하지 못했다.

잠시 시간을 번 샤피로는 탈라히 세트를 찾는 데 주력했다.

오랜 옛날, 네크로맨서 사상 유일하게 레벨 15의 경지에 오른 탈라히는 후손들을 위해 4개의 유품을 남겼다.

3개의 보석이 박힌 신비의 반지, 리암!

탈라히 본인의 정강이뼈를 뽑아서 만든 칼, 어멘스!

100개의 해골을 꿰어서 만든 목걸이, 쥬퍼!

붉은 쇠로 만든 종, 키키로!

네크로맨서들은 이상의 유품들을 일컬어 '위대한 탈라히 세트(The Great Talahi Set)'라 칭송했다.

이 가운데 샤피로는 쥬퍼와 키키로를 소유했다. 하지만 리암과 어멘스는 여전히 종적을 알 수 없었다.

샤피로는 탐욕의 화신!

그런 샤피로가 단 2개의 유품만으로 만족할 리 없었다.

“위대한 탈라히 세트는 모두 내 손에 들어와야만 해. 그게 탈라히의 유품이 빛날 수 있는 유일한 길이야.”

샤피로는 이렇게 믿었다.

샤피로의 바람대로 4개의 유품을 모아서 위대한 탈라히 세트를 완성하려면 리암과 어멘스를 찾아야 했다.

다행히 샤피로에게는 잃어버린 유품들을 찾을 방도가 있었다. 탈라히의 유품들은 서로 가까이 접근하면 공명하곤 했다. 샤피로의 몸에 음차원의 마나가 많이 쌓일수록 반응 범위도 점점 더 확장되었다.

지금 샤피로는 네크로맨서 기준으로 레벨 12의 단계에 올라섰다. 레벨 12면 누보와 동일한 수준이었다.

누보는 세계 삼대 네크로맨서 가운데 하나!

다시 말해서 샤피로도 세계 최강의 네크로맨서 반열에 오른 셈이었다.

게다가 샤피로는 최근 쥬퍼의 해골을 81개까지 깨우는 데 성공했다. 쥬퍼에 매달린 해골의 개수는 총 100개였는데, 저 옛날 탈라히 이후로 쥬퍼의 해골을 이렇게 많이 활성화시킨 네크로맨서는 없었다.

네크로맨서 레벨이 올라가고 쥬퍼의 힘이 점점 개방되면서 탈라히 세트를 찾는 일도 좀 더 용이해졌다. 샤피로는 쥬퍼와 키키로를 이용해서 탈라히 세트를 모으는 데 주력했다.

요새 샤피로가 관심을 두는 곳은 황궁 뒤편의 묘역이었다. 역대 황제와 황후들의 미이라를 모신 묘역 근처에 접근하면 무언가 느낌이 왔다.

'어쩐지 이 묘역에 탈라히 세트가 잠들어 있는 것 같아.'

샤피로는 본인의 육감을 믿었다.

하지만 일을 서두를 수는 없었다. 역대 황제의 묘역은 경비가 삼엄했다. 비록 샤피로가 경비병들을 두려워하는 것은 아니지만, 그렇다고 막무가내로 달려들다가 일을 망치는 것은 싫었다.

고민 끝에 샤피로는 조그만 쥐들을 이용하기로 마음먹었다. 살아 있는 쥐가 아니라 뼈만 남은 본 마우스(Bone Mouse)들이었다.

샤피로의 명을 받은 본 마우스들은 역대 황제와 황후의 묘역을 하나씩 뒤지고 다녔다. 단지 묘역 안을 살피기만 한 것만이 아니라 황제의 관을 이빨로 갉고 안으로 파고들어 관 내부까지 탐색했다. 샤피로는 본 마우스들과 시야를 공유하며 묘역 안의 풍경을 자세히 살펴보았다.

그렇다 마침내 하나를 건졌다.

"찾았다!"

샤피로가 벌떡 일어났다.

장소는 19대 황제의 묘역!

본 마우스는 그 묘역 내부에 안치된 황후의 관 안에서 반지를 하나 발견했다. 미이라의 손가락 부근에 착용된 빛바랜 반지였다.

낡은 반지에는 각기 다른 색깔의 보석 3개가 품자 형태로 박혀 있었는데, 그 모습이 샤피로의 눈에 확 띄었다.

"리암이다! 리암을 찾았어."

흥분한 샤피로가 방을 박차고 나섰다.

샤피로의 명을 받은 본 마우스는 리암을 입에 덥석 물었다. 미이라의 손가락이 힘없이 바스러졌다. 본 마우스는 반지를 이빨 사이에 물고 땅굴을 판 다음 묘역 밖으로 쪼르르 기어 나왔다.

덜그럭덜그럭—

본 마우스가 가까이 다가오자 샤피로의 가슴에서 요란한 소리가 났다. 가슴에 문신처럼 새겨진 쥬퍼의 해골들이 흥분해서 이빨을 맞부딪치는 소리였다. 해골들의 눈에선 푸르스름한 빛이 강렬하게 터졌다.

샤피로의 품속에선 악마의 종 키키로가 뎅뎅 울어 댔다. 사람의 귀에는 들리지 않는 소리였지만, 키키로가 울 때마다 땅에 묻힌 시체들이 꾸물꾸물 몸을 떨고 묘역의 미이라들이 꺽꺽 숨을 토했다.

달은 음산한 푸른빛으로 물들었다.

"내가 리암이구나!"

마침내 탈라히의 반지 리암이 샤피로의 손에 들어왔다. 낡고 볼품없는 반지였지만 샤피로의 눈에는 다이아몬드 반지보다 더 빛나 보았다. 샤피로는 떨리는 심정으로 리암을 손가락에 끼웠다.

오랜 세월 무덤 속에 파묻혀 있던 리암이 비로소 그 진가를 발휘했다. 리암에 박힌 세 가지 색깔의 보석들, 즉 청록색과 주홍색, 노란색의 보석들이 샤피로의 손가락 위에서 화악! 발광을 시작했다.

세 가지 보석이 뿜어낸 화려한 광채는 물속을 헤집는 미꾸라지처럼 허공을 유영하며 샤피로의 몸 주변을 맴돌았다.

쥬퍼의 해골들이 딱딱딱! 이빨을 맞부딪쳤다. 해골의 눈에서 쏟아지는 푸른 안광들이 리암의 세 가지 빛깔과 섞여 화려하게 공명했다.

리암과 공명하면서 쥬퍼의 힘이 점점 더 증폭했다. 해골 11개가 추가로 눈을 떴다. 이제 샤피로가 활성화시킨 해골은 92개로 늘어났다. 아직까지 눈을 뜨지 않은 해골은 고작 8개뿐!

샤피로의 품속에선 키키로가 데엥데엥 울었다. 붉은 쇠

로 만든 이 악마의 종은 리암을 만난 순간 한층 더 깊고 강한 울림을 만들어 내었다.

몬순 황궁 전체가 그 들리지 않는 음역의 범위 안에 들어왔다. 파문처럼 번져 나간 악마의 종소리가 황궁 지하에 잠들어 있는 모든 어둠의 족속들을 깨웠다.

네거티브 필드 작렬!

어둠의 권역을 선포하는 끔찍한 마법이 발휘되었다. 몬순 황궁 전체가 물리 법칙을 무시한 채 오로지 음차원의 규율만 적용되는 어둠의 세계로 변했다.

음차원의 규율 하나!

권역 안에서 어둠의 족속들은 무한한 생명력을 갖는다.

음차원의 규율 둘!

권역 안에서 목숨이 다했던 어둠의 족속들은 끊임없이 되살아난다.

음차원의 규율 셋!

권역 안에서 모든 어둠의 족속들은 지배자에게 귀속된다.

어둠의 권역을 선포한 지배자는 바로 샤피로!

이제 몬순 황궁은 샤피로의 영토로 편입되었다.

제6화
흡혈전륜대법 I

Chapter 1

데에에엥!

끔찍한 종소리가 뉴욕 맨해튼 일대를 휘감았다. 사람의 귀로는 들을 수 없는 소리! 하지만 유령이나 망령들, 이미 죽어 버린 망자들의 귀에는 너무나 또렷하게 들리는 종소리!

뉴욕 맨해튼 전역이 네거티브 필드에 편입되었다. 오로지 음차원의 규율만 적용되는 어둠의 세계로 바뀌었다.

살아 있는 사람들은 원인 모를 오한을 느끼며 부르르 몸서리를 쳤다.

맨해튼 남부 월스트리트(금융가가 밀집된 지역)에 위치한 뤄슨 빌딩 81층.

나는 유리창 앞에 서서 네거티브 필드에 편입된 세상을 굽어보았다.

내 손 안에는 달걀 크기의 종이 쥐어져 있었다. 붉은 쇠로 만든 종 키키로였다.

나는 어둠의 지배자! 어둠의 주인!

키키로가 없어도 얼마든지 네거티브 필드를 펼칠 수 있는 능력자였다. 하지만 키키로를 손에 쥐고 네거티브 필드를 구현하면 그 범위가 네 배 가까이 확장되었다.

"성공했구나!"

나는 오른손에 쥔 키키로를 신기한 듯 바라보았다.

악마의 종 키키로는 이 세상의 물건이 아니었다. 오직 샤피로 세상에만 존재하는 귀물이었다.

한데 그 귀물이 이 세상으로 건너왔다. 세르히오로부터 빼앗은 물질전송 능력이 제대로 발휘된 까닭이다.

나는 목 주변을 스윽 쓰다듬었다.

가슴에 부글부글 기포가 발생하더니 해골 문신들 100개가 또렷이 떠올랐다.

해골 목걸이 쥬퍼 소환 완료!

이번엔 왼팔을 수평으로 뻗었다. 손은 둥글게 말았다.

길이 40센티미터.

칙칙한 회색의 칼이 허공에 스르륵 나타나 내 왼손 안에 들어왔다. 손잡이에 덧댄 가죽의 감촉이 아주 부드러웠다.

이 칼의 정체는 어멘스!

탈라히의 정강이뼈로 만든 귀물이었다.

나는 어멘스로 스윽 원을 그렸다. 내가 그린 원 안에 차원의 문이 나타났다. 지옥과 직접 연결된 문이었다.

끄아아악! 끼야아아악!

살짝 열린 문틈 안에서 끔찍한 소리들이 들렸다. 지옥의 아귀들이 앞다투어 문틈으로 손가락을 뻗었다. 앙상한 나뭇가지 같은 손가락들이었다. 그들의 손톱에선 핏물이 뚝뚝 떨어졌다. 아귀들은 지옥을 벗어나고 싶다고, 그곳을 탈출해서 얼른 이 세계로 들어오고 싶다고 아우성쳤다.

나는 어멘스를 십자로 휘둘러 지옥의 문을 파괴해 버렸다.

끼아악!

탈출에 실패한 아귀들이 원통하다는 듯 괴성을 질렀다.

지옥의 문이 다시 닫혔다.

나는 어멘스를 옆구리에 차고 왼손 검지에 착용한 반지를 쓰다듬었다. 청록색과 주홍색, 노란색 보석이 박힌 반지, 리암이었다.

후웅! 후웅! 후오웅!

내 손가락 위로 세 가지 빛무리가 영롱하게 떠올랐다. 청록색은 세상 모든 물질을 녹여 버리는 독성을, 주홍색은 광기를 전염시키는 독성을, 노란색은 최면과 정신지배를 가능케 만드는 독성을 의미했다.

내 오른손엔 악마의 종 키키로!

왼손엔 삼색의 마법반지 리암!

허리엔 뼈의 칼 어멘스!

목엔 해골 목걸이 쥬퍼!

위대한 탈라히 세트가 모두 이 세상에 등장했다. 나는 샤피로 세상의 귀물들을 이 세상으로 불러오는 데 성공했다.

위대한 탈라히 세트가 한자리에 모이자 새로운 특징이 발현되었다. 4개의 귀물로부터 거무튀튀한 선들이 스르륵 뿜어져 내 몸 주변을 휘휘 휘감았다. 그 모습이 마치 검은색 거미줄이 몸 주변을 둘러싸는 것 같았다.

그 검은 선들이 뭉쳐서 서서히 갑옷의 형체를 갖추었다.

가슴에 울부짖는 악마가 새겨진 갑옷이었는데, 반투명해서 속이 훤히 들여다보였다. 손으로는 만질 수가 없는 마법의 갑옷이었다.

'커둔' 이라 불리는 이 유령 갑옷은 위대한 탈라히 세트가 모두 모여야 발현되는 특이한 마법 무구였다. 커둔은 불과 물, 얼음과 번개, 바람을 포함한 모든 원소 마법을 90퍼센트 삭감해 버리는 엄청난 능력을 지녔다.

오랜 옛날 네크로맨서 탈라히는 바로 이 유령 갑옷 커둔 덕분에 그 어떤 마법사도 두려워하지 않았다.

"좋군."

나는 흐뭇한 표정으로 커둔을 내려다보았다. 착용감이 전혀 느껴지지 않는 갑옷이라 더더욱 마음에 들었다.

삑삑—

등 뒤에서 스피커폰이 울렸다.

여비서가 스피커폰을 통해 방문객의 존재를 알렸다.

"이사님, 미센 이사님께서 오셨습니다."

"들어오시라고 해."

한스의 누나인 미센도 뤄슨 그룹의 등기 이사였다.

잠시 후 미센이 아름다운 머리카락을 찰랑이며 내 사무실로 들어왔다.

"누나가 웬일이야?"

"여기 서류 검토할 것이 있어서."

미센은 내게 다가와 서류 뭉치를 하나 건넸다.

비서가 조용히 문을 닫았다.

그 즉시 미센의 태도가 돌변했다. 미센은 내 앞에 살짝 무릎을 꿇었다가 일어났다.

"주인님의 종 미센이 감히 주인님께 무례를 범했습니다. 용서하소서."

미센의 정체는 바이올렛!

이쪽 세상에선 내 누나지만, 샤피로의 세상에선 내 충실한 종이다.

나는 미센을 향해 손사래를 쳤다.

"무례라니, 그런 말 하지 마. 어쨌거나 여기서 미센은 내 친누나잖아."

"흑흑흑! 주인님께서 그리 말씀하시면 저는 죽고 싶어집니다. 저처럼 미천한 존재가 어찌 감히 주인님의 누이가 되오리까? 사람들의 이목이 없는 곳에선 저를 노예로 대해 주소서. 흐으윽!"

미센이 눈물을 뚝뚝 흘렸다.

나는 미센을 잡아 일으켰다.

"알았으니까 울지 마. 그래, 내게 보고할 게 뭐지?"

"여기, 주인님께서 준비하라 명하신 서류들을 가져왔나이다. 중국 사천의 청두 공항으로 향하는 비행기 표와 가짜 여권입니다."

"어, 준비되었구나."

나는 미센이 내민 서류를 받았다. 나와 알렉산드라, 마사, 세 사람을 위한 비행기 표와 가짜 여권들이었다. 여권 안에는 중국 대사관을 통해 발급된 비자가 찍혀 있었다.

"미센의 것은?"

내가 물었다.

미센이 본인의 가짜 여권을 꺼내 보였다.

"제 것도 준비했습니다."

"응. 잘했어."

나는 고개를 끄덕였다.

지금 백화문의 문주 송 옌은 사천성의 수도인 청두에서 대담한 음모를 진행 중이었다. 나는 송 옌의 계획이 절정에 달했을 때 쳐들어가서 완전히 쓸어버릴 생각이었다. 거기에 더해서 이번 기회에 가르시아와 백화문의 비리를 만천하에 폭로할 준비도 마쳤다.

작전명은 코라의 구출!

마사의 부친인 코라는 지금 백화문의 손에 붙잡혀 있는 상태였다.

원래 코라를 납치한 사람은 에몰 가르시아였다. 하지만 그 후 코라의 신병은 흑마법사들의 손에 넘겨졌다가, 그 흑마법사들이 백화문의 그늘로 숨어들면서 자연스럽게 백화문의 수중에 들어갔다.

"마침 잘되었지 뭐야. 백화문의 감옥에서 코라가 감금된 상태로 발견되면 내가 이런저런 설명을 하지 않아도 일이 잘 풀릴 거야."

나는 코라의 구출을 핑계 삼아 백화문을 박살 낼 생각이었다. 마사와 알렉산드라를 작전에 끼워 넣은 것도 그 때문이었다.

내가 세운 계획은 다음과 같았다.

어느 날 마사가 실종된 코라로부터 연락을 받는다. 현재 백화문 안에 감금되어 있으니 구해 달라는 연락이다.

부친의 소식을 들은 마사는 친구인 알렉산드라에게 이 사실을 알린다.

알렉산드라가 다시 이 이야기를 내게 전달하고, 나를 통해 미센의 귀에까지 코라의 소식이 들어간다.

네 사람은 깊은 고민을 한다. 그 결과 "우리가 직접 코라를 구출하자!"는 결론을 내린다.

어른들에게 이 사실을 알리는 것은 위험하다. 템플 기사단이 대규모 병력을 편성해서 코라를 구출하는 것은 불가능하가 때문이다. 그렇게 전면전을 펼쳤다가는 당장 코라가 위험해질 것이다.

결국 나와 미센, 알렉산드라, 마사, 이렇게 4명이 중국에 침투한다.

이상이 내가 세운 계획이었다.

물론 나는 이렇게 4명만 움직일 생각은 없었다.

미센이 물었다.

"병력은 얼마나 준비하오리까?"

"너무 많으면 번잡하기만 하지. 사실 나 혼자서 백화문을 쓸어버리는 것이 가장 편하겠지만, 그런 짓을 했다가는 나중에 보어 경에게 뭐라고 설명을 하겠어? 게다가 백화문을 공격하는 사이에 코라도 안전하게 구출해야 하잖아. 그러니 미센과 모리나가 나와 함께 가자고. 더불어서 속박된 빛도 움직여야겠어."

"그 정도면 충분할 것이옵니다. 아 참! 길 안내와 잡일 처리를 위해 드네르프의 아이들도 투입하겠나이다."

"뭐, 그런 사소한 일은 미센과 모리나가 알아서 해."

나는 손을 휘휘 저었다.

미센이 다시 물었다.

"하면 보어 경에겐 언제 이 사실을 알리오리까?"

"출발 전까지는 우리의 행적을 숨겨야겠지. 미리 알게 되면 보어 경이 걱정하실 거야."

나는 보어 경에게 걱정을 끼치기 싫었다.

미센이 고개를 주억거렸다.

"알겠습니다. 하지만 비행기 출발 후 24시간 안에 백화문의 악행이 만천하에 드러나도록 장치를 해 놓았으니 결국 보어 경도 사실을 파악할 것입니다."

"그때는 당연히 보어 경의 귀에도 이야기가 들어가야겠지. 타이밍을 잘 맞춰서 반 데어 뤼슨과 버플리, 그리고 바이어와 리엔조 가문을 움직여야 해."

"알겠습니다."

미센이 나를 향해 머리를 깊이 숙여 보였다.

나는 다른 것을 물었다.

"그나저나 왕 옥과는 연결이 되었나? 백화문의 주작당주 말이야."

미센이 눈썹을 살짝 찌푸렸다.

"어제 보고 드린 바와 같이 왕 옥은 지금 백화문의 감옥에 투옥된 상태입니다. 그녀는 지금 백화문의 배신자로 지목되어 곤경에 처해 있습니다. 송 옌이 조만간 며느리인 왕 옥을 직접 심문하여 처벌의 수위를 결정한다고 합니다."

왕 옥의 투옥 사실은 나도 아는 바였다. 나는 샤피로의 시야를 통해 왕 옥이 감옥으로 비참하게 끌려가는 장면을 지켜보았다.

미센이 대처 방법을 물었다.

"백화문에 잠입한 드네르프 첩보원들을 동원하면 왕 옥과 연결할 수 있습니다. 비록 그녀가 감옥에 투옥 중이라 위험이 따르기는 하겠지만, 그 정도 위험쯤은 감당할 수 있습니다. 명령만 내려 주십시오."

미센은 여차하면 드네르프의 첩보원들을 희생할 각오였다. 그녀에게는 드네르프 조직보다 내 명령을 수행하는 것이 더 중요했다.

나는 고개를 가로저었다.

"아니, 당장 왕 옥과 연결을 할 필요는 없어. 하지만 우리가 청두 공항에 도착할 무렵엔 왕 옥과 선이 닿아야 해. 왕 옥이야말로 백화문 호전파의 악행을 증명해 줄 중요한 증인이잖아. 당연히 그녀가 다치지 않도록 감옥에서 빼내 주어야겠지. 송 옌이 그녀를 처벌하기 전에 말이야."

코라 디 리엔조.

왕 옥.

이 두 사람은 반드시 구출해야 할 핵심 증인들이었다.

미셴이 선뜻 고개를 끄덕였다.

"그럼 왕 옥의 탈옥은 모리나에게 맡기겠습니다. 그리고 그 사이 제가 코라를 구출할 것입니다."

"그래? 너희들이 직접 그 일을 맡아 주면 나야 안심이지."

나는 미셴을 향해 엄지를 치켜세웠다.

행동은 장난스럽게 했지만 내 말은 진심이었다. 이쪽 세상에서 나를 제외하면 미셴과 모리나를 당할 사람은 없었다.

내 칭찬에 미셴이 얼굴을 살짝 붉혔다.

"그럼 미천한 종은 이만 물러나겠습니다."

미셴은 무릎을 꿇어 내게 인사를 올린 다음, 뒷걸음질로 물러났다.

나는 유리창을 향해 다시 등을 돌렸다. 뤄슨 빌딩 아래 분주하게 돌아가는 월스트리트가 눈에 들어왔다. 눈은 맨해튼의 월스트리트를 내려다보고 있지만 마음은 이미 중국으로 건너갔다.

"백화문이라! 이제 우리의 악연에 종지부를 찍을 때가 되었지."

나는 나직이 중얼거렸다.

손으로는 리암을 쓰다듬었다. 탈라히가 남긴 유품 리암이 내 손가락 위에서 요사한 광채를 발산했다.

Chapter 2

나와 미센은 회사 일을 핑계 삼아 샌프란시스코로 출장을 갔다.

같은 시각, 마사는 알렉산드라를 만나러 텍사스로 날아갔다.

샌프란시스코 공항에서 나와 미센은 가짜 여권을 이용해서 일본행 비행기에 탑승했다. 평소에 전용기만 타고 다니다가 일반 여객기를 타려니 많이 불편했다. 그것도 일등석이 아니라 이코노미석이어서 그리 달갑지 않았다.

'이 불편함과 짜증스러움을 모두 백화문에게 풀어 버려야지.'

나는 이렇게 마음먹었다.

알렉산드라와 마사도 바쁘게 움직였다. 그녀들은 텍사스에서 출발해 라스베이거스를 거쳐서 한국의 인천 공항으로 향했다. 물론 그녀들도 가짜 여권을 이용했다. 비행기 좌석도 이코노미석을 예약했다.

나와 미센은 나리타 공항에서 중국 사천성 청두행 비행

기로 환승했다.

알렉산드라와 마사는 인천 공항을 거쳐서 청두 공항으로 이동했다.

네 사람을 태운 두 대의 비행기가 거의 비슷한 시간에 청두 공항에 도착했다.

중국 시간으로 4월 1일.

드디어 우리 네 사람이 중국 사천성의 땅을 밟았다.

모리나와 테닛, 지니, 솜노, 가르멜, 칸노, 코온, 미리엄, 후안은 이미 이틀 전에 사천성에 도착해서 우리를 기다리는 중이었다.

호텔에 짐을 푼 다음 나는 관광 지도를 펼쳤다.

"여기가 삼국지의 촉나라가 세워진 사천성이란 말이지? 오늘은 어디를 둘러볼까?"

"어디를 둘러보다니요? 한스 이사님, 너무하신 것 아닌가요?"

마사가 불편한 기색을 내비쳤다.

지금 마사는 상당히 예민하게 반응했다. 본인은 실종된 부친을 구출할 생각에 골몰해 있는데 내가 한가하게 관광지를 언급하자 기분이 상한 모양이었다.

나는 피식 웃었다.

"마사, 그렇게 긴장해서 어디 실력이 나오겠어? 코라 님을 구출할 계획은 이미 철저하게 세워 놓았으니까 오늘은 긴장을 풀라고."

미센이 동의했다.

"한스의 말이 맞아. 이곳 청두에 백화문의 이목이 몰려 있는데 그렇게 긴장한 티를 팍팍 내면 어떻게 해? 그리고 관광객들이 하루 종일 호텔 방에만 머무르는 것도 너무 수상하잖아. 그러니까 마사와 알렉산드라도 작전에 돌입하기 전까지는 관광객답게 행동하라고."

"미센 언니의 말이 맞네요. 우리 모두 좀 더 자연스럽게 행동해야겠어요."

알렉산드라가 고개를 주억거렸다.

마사도 얼른 태도를 바꿨다.

나는 관광 지도에서 두 곳을 골랐다.

"자, 그럼 오늘은 여기를 둘러볼까? 촉나라의 재상이었던 제갈공명을 모신 무후사. 이곳을 먼저 보고, 그 다음 두보 시인을 기리는 두보초당을 관람하자. 두 곳 모두 외지의 관광객들이 많이 찾는 곳이라 자연스러울 거야."

마사가 물었다.

"그럼 작전은 언제 시작하죠?"

"작전은 내일 새벽."

나는 달력에서 4월 2일을 가리켰다.

"4월 2일 새벽이요?"

"그래. 오늘 두 곳을 관광한 다음, 호텔에서 저녁을 먹고 시내의 유명한 클럽에 놀러갈 거야. 미센 누나가 미리 클럽의 룸을 예약해 놓았거든. 그곳에서 술을 시키고 춤을 추면서 흥청망청 노는 척하다가 새벽에 청성산으로 이동할 거야."

나는 지도에서 청성산을 가리켰다.

"청성산이라고요? 아미산이 아니고요?"

이번엔 알렉산드라가 물었다.

코라 디 리엔조가 갇힌 곳은 불교의 성지인 아미산이었다. 그런데 내가 도교의 성지인 청성산을 언급하자 곤혹스러운 모양이었다.

내가 작전을 설명했다.

"지금 백화문 병력이 아미산과 청성산에 나뉘어 있거든. 내일 새벽에 내가 청성산에 침투해서 소동을 벌일 거야. 그럼 아미산의 병력들이 청성산으로 집중되겠지. 그때 미센 누나와 마사, 알렉산드라가 빈집에 침투해서 코라 님을 구출하라고."

"안 돼요! 그건 너무 위험해요."

알렉산드라가 펄쩍 뛰었다.

"한스 이사님! 저도 반대예요."

마사의 표정도 딱딱하게 굳었다. 부친을 구출하는 것은 좋지만, 그렇다고 나를 위험에 빠트리는 것은 싫은 듯했다.

미센이 두 사람을 다독였다.

"그렇게 걱정할 필요 없어. 한스는 혼자가 아니야."

"네? 그게 무슨 소리예요? 여기엔 우리뿐이잖아요."

미센이 목소리를 낮췄다.

"쉿! 물론 우리가 비밀리에 여기에 온 것은 맞아. 일이 커지면 백화문 놈들이 눈치를 챌 테고, 그러면 코라 님이 위험해질 테니까 말이야."

"그렇죠."

"하지만 한스는 우리 반 데어 뤄슨의 차기 가주잖아? 그런 한스를 위험에 빠트릴 수는 없지. 그래서 내가 다른 준비를 해 놓았어."

"다른 준비요?"

알렉산드라와 마사가 눈을 동그랗게 떴다.

미센은 고개를 좌우로 흔들었다.

"미안하지만 두 사람에게는 자세히 알려 줄 수 없어. 하지만 이건 분명해. 한스는 분명 무사할 거야."

미센은 카리스마가 넘쳤다. 천방지축에 각성률이 높은 마사도 미센은 어려워했다. 세상에 두려울 것이 없는 알렉산드라도 미센에게는 위축감을 느꼈다. 뤄슨 그룹의 이사진들도 보어 경보다 미센을 더 두려워했다.

이건 당연한 일이었다.

미센의 정체는 바이올렛!

샤피로 세상 지하 세계를 다스리는 지배자였다. 지하 세계의 내로라하는 강자들도 바이올렛 앞에 서면 설설 기었다.

그 위압감이 자연스레 흘러나와 미센의 카리스마를 구축했다.

"언니가 그렇게 말씀하시면 믿어야겠죠."

알렉산드라가 걱정을 덜었다는 듯이 대답했다.

마사도 찌푸렸던 얼굴을 폈다.

제갈공명을 모신 무후사는 생각보다 규모가 작았다. 대신 무후사 내부의 큰 향로 앞에서 중국인들이 향초를 이마에 대고 절을 하는 모습이 인상적이었다. 나는 알렉산드라와 마사에게 삼국지의 내용을 설명해 주었다.

"어쩜! 한스 이사님은 중국의 역사에 대해서도 잘 아시네요?"

마사가 감탄했다.

서양 사람들에게 삼국지는 그리 친숙한 편이 아니었다. 유비, 관우, 장비, 제갈공명에 대해서 잘 아는 사람도 별로 없었다.

반면 동양인들에게 삼국지는 필수 교과서나 다름없었다. 나도 청소년 시절에 삼국지를 몇 번이나 반복해서 읽었고, 카이스트 재학 중에도 한 번 더 완독했다.

알렉산드라가 자랑스럽다는 듯이 내 팔짱을 끼었다.

"당연하지. 누구의 약혼남인데."

"쳇! 그래, 너 잘났다."

마사가 입술을 삐쭉거렸다.

나는 어깨를 으쓱했다.

"사실 지금까지 내가 설명한 것은 중국 역사가 아니야. 나관중이라는 사람이 역사를 바탕으로 지어낸 소설, 다시 말해서 팩트(Fact: 사실)와 픽션(Fiction: 허구, 소설)이 합쳐진 팩션(Faction) 장르지."

팩션은 전 세계적으로 유행하는 장르였다. 역사적 사실에 소설적인 상상력을 더해서 만들어진 이 장르는 소설은 물론이고 영화와 드라마 분야에도 큰 영향을 미쳤다.

"그러니까 삼국지가 천일의 앤 같은 것인가요?"

마사가 다시 물었다.

'천일의 앤'은 16세기 영국 튜더 왕조의 국왕인 헨리 8세와 앤 볼린의 이야기를 다룬 영화였다. 내용이 자극적이고, 역사적으로도 중요한 사건이라 소설과 영화, 드라마의 소재로 많이 활용되었다.

나는 고개를 가로저었다.

"천일의 앤보다는 삼국지가 훨씬 더 스케일이 크고 좀 더 소설에 가깝지. 굳이 비교를 하자면 삼국지는 천일의 앤보다는 아더왕과 원탁의 기사에 가까울 거야."

이런저런 이야기를 하다 보니 어느새 무후사를 모두 둘

러보았다. 우리는 택시를 타고 두보초당으로 이동했다.

두보는 이태백과 함께 손꼽히는 중국의 유명한 시인이었다. 나는 알렉산드라와 마사, 미센을 데리고 두보초당을 둘러보았다. 세 사람 모두 무후사보다는 두보초당이 더 마음에 든다고 평했다. 이곳 두보초당에서는 중국식 정원과 회랑, 그리고 대나무 숲으로 에워싸인 담벼락 길을 둘러볼 수 있어서 좋았다.

마사도 한결 긴장을 덜어 낸 모습이었다.

저녁은 호텔에서 먹었다.

호텔에서 추천하는 것은 값비싼 중국식 코스 요리였는데, 우리가 선택한 것은 간단한 면 요리와 딤섬(만두)이었다.

이제 코라 구출 작전까지 8시간도 남지 않았다. 중요한 일을 앞두고 배를 빵빵하게 채우기 부담스러웠다.

사천의 면 요리는 그다지 입에 맞지 않았다. 그리 맵지는 않았지만 생각보다 많이 짰다. 무엇보다 면발에서 풍기는 밀가루 냄새가 탐탁지 않았다.

반면 딤섬은 훌륭했다. 속이 보일 정도로 얇은 만두피가 딤섬의 식감을 잘 살려 주었다.

식사 후에는 옷을 갈아입고 클럽으로 향했다. 청두에서 가장 유명하다는 곳이어서 그런지 인파가 몰려 북적북적했다.

평소 클럽을 좋아하는 마사가 오늘은 얌전했다. 어금니를 꽉 깨문 마사의 표정은 더할 나위 없이 딱딱해 보였다.

부친의 구출을 앞두고 있으니 가시방석에 앉은 듯 마음이 불편한 것이 당연했다. 하지만 지금은 이렇게 긴장할 때가 아니었다.

알렉산드라가 마사의 옆구리를 툭 쳤다.

"마사, 긴장 풀어."

"응. 미안."

마사가 손바닥에 난 식은땀을 닦으며 대답했다.

우리는 새벽까지 클럽의 룸 안에서 춤을 추며 놀았다. 스테이지에는 나가지 않았다. 대신 양주와 과일을 시키고 룸 안에서만 춤을 췄다.

양주는 먹는 시늉만 하고 다 따라 버렸다. 큰일을 앞두고 술에 취할 수는 없었다.

새벽 2시 반.

드디어 작전 타임이다!

우리는 쿵쿵 음악이 울리는 클럽을 뒤로하고 밖으로 나왔다. 미센이 미리 대기시켜 놓은 자동차 두 대가 우리를 향해 스르륵 다가왔다.

운전사는 중국인.

그것도 일반인이 아니라 백화문에서 잡일을 하는 사람들이었다.

하지만 이들의 진짜 신분은 드네르프의 첩자였다. 미센은 마사와 알렉산드라의 팔짱을 끼고 한 차에 탔다.

그녀들의 목적지는 아미산.

불교의 성지인 아미산에 백화문의 핵심 시설이 설치되어 있었고, 그 안에 코라가 감금되었다.

다른 한 대에는 내가 올라탔다.

이 차의 목적지는 청성산!

도교의 성지인 청성산은 지금 백화문의 삼엄한 경계가 발동되어 접근이 불가능했다. 백화문주 송 옌이 청성산에서 엄청난 일을 벌이고 있기 때문이다.

"지금쯤 송 옌의 대법이 완료를 앞두고 있겠지? 아마도 송 옌은 세상을 다 얻은 기분일 거야. 그 앞에 지옥이 기다리고 있는 줄도 모르고 말이야. 아하하!"

상대가 기쁨의 절정에 달했을 때 천 길 지옥의 낭떠러지로 떨어뜨리는 것!

이것은 내가 즐기는 방식이었다.

"활짝 열어 주지. 그 지옥!"

나는 으스스하게 뇌까렸다.

Chapter 3

차로 이동을 하면서 나는 눈을 지그시 감았다.

그 즉시 샤피로와 시야가 공유되었다. 나는 그 전지적 시각을 통해 지금 청성산에서 벌어지는 일들을 훤히 굽어보았다.

청성산의 가파른 오르막을 따라 뿌연 운무가 스멀스멀 일어났다. 산허리부터 시작된 운무는 짙은 밤중에도 사라지지 않고 산 전체를 휘감았다.

청성산 입구엔 중국 공안 당국이 설치한 바리케이드가 몇 겹으로 늘어서 있었다. 곳곳에 입산 금지 팻말이 걸린 상태였다.

바리케이드에서 조금 더 올라가면 초소가 보였다. 산을 빙 둘러싼 초소에는 백화문의 문도들이 4명씩 한 조를 이뤄 배치되었다.

청성산의 도관은 가파른 돌계단을 따라 층을 이루며 건축되어 있었는데, 덕분에 위에서 내려다보면 하부의 도관 지붕들이 산 아래까지 줄지어 늘어선 모습이 보였다. 운무에 휘감긴 도관의 모습은 감탄이 절로 나올 정도였다.

지금 이 도관들은 백화문도들의 숙소로 사용 중이었다.

영화에서 카메라 앵글이 줌 아웃(Zoom Out: 멀리 빠지면서 촬영하는 기법)하는 것처럼 샤피로의 시야가 청성산 도관을 멀리하고 하늘 위로 쭉 올라갔다. 그 다음 청성산 도관 너머의 동굴로 향했다.

동굴에 가까이 가자 백화문도의 숫자가 더 많이 보였다.

샤피로의 시야는 그 문도들을 뛰어넘어 동굴 안으로 파고들었다.

동굴 안은 의외로 한적했다.

송 옌은 부하들마저 이 동굴 안에 들어오지 못하도록 금지시켰다. 백화문도들은 동굴 안에서 무슨 일이 벌어지고 있는지 알지 못했다. 오직 극소수 수뇌부와 송 옌의 심복들만이 동굴 안에 드나들었다.

수뇌부들은 동굴 안에 들어갈 때 커다란 통을 짊어지고 들어갔다. 그 다음 몇 시간 뒤 핼쑥한 얼굴로 동굴에서 기어 나왔다.

백화문도들은 저 안에서 무슨 일이 진행 중인지 궁금했다. 하지만 차마 물을 수가 없었다. 동굴을 드나드는 수뇌부들의 표정이 너무나 굳어 있었기 때문이다. 심지어 수뇌부 가운데 몇 명은 공포에 질린 기색이었다.

깊은 밤.

자동차 한 대가 청성산 입구에서 1킬로미터 떨어진 지점에 접근했다.

"여기서 세워."

나는 차에서 내려 청성산을 쓱 훑어보았다.

샤피로의 눈을 통해 여러 번 훑어본 곳이라 곧 지형이 파악되었다. 나는 세르히오에게서 빼앗은 능력, 즉 공간이동을 펼쳤다.

눈앞 풍경이 와락 일그러졌다가 눈 깜짝할 사이에 다시 펴졌다. 내가 서 있는 곳은 청성산 입구가 아니라 동굴 안이었다.

"이거 편리한걸?"

나는 공간이동 능력이 마음에 들었다.

나는 동굴 내부의 지리도 이미 파악해 놓았다. 동굴에 기어들어 온 곤충들이 이 안에서 벌어지는 일들을 실시간으로 내게 전달해 주었다.

나는 미로처럼 복잡한 동굴 안을 일일이 걸어서 들어갈 마음이 없었다. 공간이동으로 단숨에 점프!

내가 도착한 곳은 동굴 입구에서 지하로 150미터 이상 내려온 곳이었다. 좁고 꼬불꼬불한 동굴이 끝나는 지역은 탁 트인 광장으로 연결되었다. 광장 입구엔 커다란 바위를 다듬어서 만든 석문이 설치되었다.

나는 석문을 뛰어넘어 지하 광장 안으로 한 번 더 공간이동했다.

지하 광장은 폭 60미터 크기였다. 천장의 높이는 얼추 30미터가 넘었다.

지하 광장 바닥은 평평하게 깎여 있었는데, 그 바닥에 직경 44미터 크기의 대형 진법이 설치되어 있었다.

진법 외곽엔 뜻을 알 수 없는 문자가 둥근 원을 그리며 돌바닥에 새겨져 있었고, 그 문자의 띠를 따라 주홍색 로브를 입은 흑마법사들이 빙 둘러 앉았다.

원 안에는 육각형의 도형이 형성되었다. 육각형 꼭짓점에는 회색 피부에 머리카락이 듬성듬성한 네크로맨서들이 자리했다.

네크로맨서와 흑마법사들은 중얼중얼 주문을 읊는 중이었다.

원형 진법을 뒤덮은 것은 불길하게 일렁거리는 핏빛 안개였다. 피 안개는 네크로맨서들의 운율에 맞춰 춤을 추었다.

나는 샤피로의 시각을 통해 피 안개 속을 들여다보았다.

육각형 도형 내부엔 또 다른 원형 진법이 설치되어 있었다.

이 진법의 외곽을 따라 중국의 한자가 새겨져 있었고, 그 한자 주위에 도복을 입은 도술사들이 빙 둘러 자리했다. 도술사들은 머리에 뾰족한 모자를 썼고, 오른손엔 술이 매달린 방울을, 왼손엔 조그만 종을 들었다.

'백화문의 신인류들은 크게 무사와 조련사, 그리고 도술사로 구분된다지?'

나는 반 데어 뤄슨의 보고서에서 읽은 내용을 떠올렸다.

도술사들이 자리한 안쪽, 오각형의 별이 보였다. 별의 꼭짓점에는 다섯 명의 도술사가 위치했는데, 모두 벌거벗은 차림이었다. 다섯 도술사의 가슴엔 피로 弔(조)라는 한자가 그려져 있었다.

샤피로의 시야가 진법의 중심으로 좀 더 파고들었다.

오각형 안쪽엔 또다시 둥근 원형 진법이 설치된 상태였다. 돌바닥을 따라 중국 고대의 갑골문자가 새겨져 있었고, 그 주변에 끔찍한 괴인들이 앉아 있는 모습이 보였다.

괴인들은 분명 사람이었다. 한데 온몸의 피부가 모두 벗겨져 근육과 힘줄이 그대로 드러났다. 입술이 없는 탓에 괴인들의 잇몸과 이빨도 그대로 보였다. 괴인들의 커다란 눈알이 데룩데룩 움직일 때마다 눈알을 붙잡고 있는 안구 근육의 움직임이 고스란히 눈에 들어왔다.

'총 18명.'

나는 괴인들의 수를 세었다.

괴인들은 좌우로 몸을 흔들면서 음산하게 주문을 외웠다.

괴인들 안쪽엔 다시 정사각형의 도형이 자리했다.

정사각형의 네 꼭짓점엔 4명의 괴인이 앉아 있었는데, 그들도 옷을 입지 않았고 피부가 없이 몸속 근육을 그대로 드러내었다. 다만 이 4명의 괴인들은 땅바닥까지 하얀 백발을 늘어뜨린 것이 특징이었다.

맨 외곽에 서구의 문자로 이루어진 원형 진법 하나!

그 안에 육각형 진법 하나!

육각형 안에 다시 한자로 구축된 원형 진법 하나!

그 안에 오각형 진법!

오각형 안에 다시 갑골문자로 만든 원형 진법 하나!

그 안에 사각형 진법!

이것을 모두 더하면 총 6개의 진이 중첩된 셈이었다.

가장 외곽의 원형 진법 주위엔 주홍색 로브를 입은 흑마법사 88명이 자리했다. 그 내부의 육각형 꼭짓점엔 6명의 네크로맨서가 자리를 잡았다.

두 번째 원형 진법 주위엔 백화문의 도술사 36명이 빙 둘러 쌌다.

그 안쪽 오각형 꼭짓점엔 5명의 나체 도술사가 자리했는데, 가슴에 핏물로 弔(조)라는 한자를 그린 것이 특징이었다.

가장 안쪽의 세 번째 원형 진법은 정체불명의 괴인들이 차지했다. 괴인의 수는 18명. 괴인들은 온몸의 피부가 벗겨져 근육을 고스란히 드러낸 끔찍한 모습이었다.

원진 안에는 사각형의 도형이 있었고, 네 꼭짓점엔 하얀 백발을 기른 괴인들 4명이 자리했다.

샤피로의 시야가 마침내 사각형 안쪽까지 도달했다.

여섯 겹으로 중첩된 진형의 중심부!

그 안쪽에 놓여 있는 것은 12개의 관이었다.

그중에서도 중심에 놓인 2개의 관이 가장 크고 돋보였으며, 주변의 관 10개는 중심의 것보다 크기도 작고 모양도 밋밋했다.

12개의 관에는 핏물이 찰랑찰랑 고여서 역한 냄새를 풍겼다.

외곽의 흑마법사가 중얼중얼 주문을 읊을 때마다 피 안개가 춤을 추면서 진법 중앙으로 몰려갔다. 그 피 안개에서 농축된 핏물이 똑똑 떨어져 12개의 관을 채웠다.

네크로맨서 6명이 음산한 노래를 불렀다.

그 노래에 맞춰 땅속에서 음차원의 마나가 일어나 관 주변을 에워쌌다. 최외곽의 원형 진법과 육각형 진법이 피의 기운과 음차원의 마나를 10배 이상 증폭시켜 주었다.

중간 원진에서 도술사들이 방울을 흔들고 종을 울렸다. 으스스한 음파가 파문을 일으키며 서로 간섭했다.

그 기운이 오각형 진법으로 집중되었다.

오각형의 꼭짓점에 앉은 다섯 도술사의 몸이 혈광으로 크게 일렁거렸다. 그때마다 다섯 도술사의 가슴에 그려진 弔(조)라는 글씨가 허공으로 툭 튀어나와 뱅글뱅글 돌더니 12개의 관으로 밀려들어가 스르륵 스몄다.

가장 안쪽 원진에선 피부가 벗겨진 괴인 18명이 몸을 좌우로 흔들면서 주문을 외웠다.

그 주문들이 갑골문 형태로 바뀌어 돌바닥 위를 스르륵 미끄러졌다. 검은 먹물로 쓴 듯한 갑골문이 12개의 관을 향해 스르륵 다가가 안으로 흡수되었다.

사각형 꼭짓점에 앉은 백발의 괴인들은 관을 향해 혀를 오물거렸다. 흉측하게 생긴 혀가 허공에 글씨를 썼다. 검붉은 색깔의 갑골문이었다.

그 갑골문들이 12개 관 위로 날아가 찰랑거리는 핏물 안으로 잠겨들었다.

진법 바깥엔 백화문의 수뇌부들이 자리했다.

중앙에 서 있는 인자한 외모의 노인이 바로 백화문주인 송 옌이었다. 송 옌의 뒤에 시립한 검은 수염의 중년인이 백화문의 총관인 송 제였다.

송 옌 왼편에서 초조하게 대법을 지켜보는 단신의 늙은이는 저우 제룬! 바로 백화문의 장로원주였다.

송 옌의 오른편에 위치한 덩치가 큰 노인은 장로부원주인 허 지엔준이었다.

이들은 평소 사이가 좋지 않다고 알려졌다.

허 지엔준은 무상인 쟈오 팡저우와 함께 백화문 호전파를 영도하는 인물이었고, 장로원주 저우 제룬은 송 옌과 함께 백화문 중도파의 거두였다.

한데 이 모든 것은 거짓이었다.

송 옌과 쟈오 팡저우, 저우 제룬, 허 지엔준은 모두 한 패였다. 이들은 서로 대립하는 척 연극을 하면서 뒤로 손을 잡고 백화문의 문상 왕 쑤이를 견제해 왔다.

백화문의 수뇌부들이 초조하게 지켜보는 가운데 주문이 더욱 강렬해졌다. 종소리와 방울 소리가 격렬하게 절정으로 치달았다.

대법이 드디어 막바지에 이르렀다.

장로부원주 허 지엔준이 감격 어린 얼굴로 입을 열었다.

"문주님, 드디어 마지막 고비입니다. 이 고비만 넘기면 우리 백화문의 7,000년 염원이 달성되는 것입니다. 으허허!"

"쉿! 장로부원주께선 부정 탈 소리 마시구려. 그냥 가만히 대법을 지켜봅시다."

장로원주 저우 제룬이 옆에서 핀잔을 주었다.

백화문 서열 2위인 문상 왕 쑤이가 죽었다. 서열 3위인 무상 쟈오 팡저우는 실종되었다.

이 대법이 완성된다면 세상은 백화문의 것이나 다름없었다. 그때 송 옌의 신임을 얻는 자가 일인지상 만인지하의 위치에 오를 것이다.

장로원주 저우 제룬과 부원주 허 지엔준은 그 이인자 자리를 놓고 서로를 견제하기 시작했다.

능구렁이 송 옌은 장로원주와 부원주의 속내를 짐작했다. 앞을 가로막은 벽과 같던 문상이 사라지고, 껄끄럽던 무상마저 실종된 지금, 백화문은 이제 송씨 가문의 것이나 마찬가지였다. 장로원주를 배출한 저우씨나 부원주를 배출한 허씨 가문은 향후 송씨의 발밑에서 아부나 떠는 신세로 남을 것이 분명했다.

"후후후!"

송 옌의 얼굴에 진득한 미소가 걸렸다.

등 뒤에서 송 제가 굵은 목소리로 재촉했다.

"장로들은 무엇을 하는 것이오? 서둘러 피를 보급하시오."

송 제의 재촉에 장로들이 통을 짊어져 날랐다. 커다란 통의 마개를 따자 찰랑거리는 핏물이 보였다. 백화문의 장로들은 역겨운 피 냄새를 꾹 참으며 통을 번쩍 들어 원형 진법에 들이부었다.

콸콸 쏟아진 핏물이 원진 안으로 스며들어 피 안개로 변했다. 그 피 안개가 대법의 에너지원 역할을 했다.

흑마법사들의 이마에 핏줄이 돋았다. 흑마법사들은 이를 악물고 주문을 외웠다.

네크로맨서들의 코에서 피가 터졌다. 네크로맨서들도 이빨을 꽉 깨물고 대법에 전력을 쏟아부었다.

도술사들은 미친 듯이 방울을 흔들었다. 죽을힘을 다해 종을 울렸다. 대법이 점점 더 고조되었다.

가슴에 弔(조) 자를 그린 도술사 5명은 꺽꺽 소리를 내며 목을 뒤로 까뒤집었다. 그들의 가슴에선 弔(조)라는 글씨가 피부를 뚫고 튀어나올 것처럼 크게 부풀었다.

피부가 벗겨진 괴인들은 오뚝이 인형처럼 좌우로 크게 까딱였다. 그들이 만들어 내는 검은 갑골문자가 엄청난 속도로 관속으로 유입되었다.

이것은 흡혈전륜대법(吸血轉輪大法)!

죽은 자를 되살리는 끔찍한 금단의 술법이 현세에 재현되었다.

제7화
흡혈전륜대법 II

Chapter 1

흡혈전륜대법!

이것은 세상에 존재해서는 안 되는 술법이다. 하늘을 거역한 역천의 술법이다.

이 끔찍한 술법을 창안한 사람은 육존 가운데 한 명이자 백화문의 9대 문주인 혈마 송 웨밍이었다.

송 웨밍은 세상에 둘도 없는 천재였다. 그는 살아서 피의 악마라 불렸고, 죽어서는 백화문 후손들에 의해 신격화되었다. 그가 활동했던 기원전 44세기에는 감히 그를 거역할 존재가 세상에 없었다.

그래서 붙은 칭호가 혈마, 즉 피의 악마였다.

당시 송 웨밍은 눈에 띄는 모든 여자를 취했고, 모든 보물을 차지했으며, 세상에서 누릴 수 있는 것은 모두 누렸다.

그 끔찍한 마왕이 말년에 창안한 것이 바로 흡혈전륜대법이었다.

피의 공양을 이용해서 죽은 자를 되살리는 술법! 송 웨밍은 언젠가 이 술법을 이용해서 자신이 부활할 것이라 믿었다. 그것도 그냥 부활하는 것이 아니라 다섯 배는 더 강해져서 부활할 것이라 확신했다.

한데 7,000년이 지난 지금까지 송 웨밍은 부활하지 못했다.

역대 백화문의 문주들이 흡혈전륜대법을 펼치지 않았기 때문이다.

역대 문주들은 송 웨밍을 두려워했다. 통제할 수 없는 피의 악마를 되살렸다가 자신이 무슨 꼴을 당할지 모르는데 흡혈전륜대법을 시도할 이유가 없었다.

실제로 송 웨밍의 악명은 치가 떨릴 지경이었다. 송 웨밍은 무려 1,000명이 넘는 여자로부터 4,000명이 넘는 자식을 보았다. 이 여자들 가운데는 송 웨밍의 며느리들도 포함되었다. 심지어 송 웨밍의 딸도 들어 있었다. 4,000명이 넘는 송 웨밍의 자식들 가운데 대부분은 부친의 손에 의해 죽었다. 송 웨밍은 평소 사람의 심장을 뽑아 먹는 것을 즐겼는데, 자식들이라고 예외는 아니었다.

백화문의 역대 문주들은 혈마 송 웨밍에 대한 기록을 읽고는 그 끔찍함에 몸서리를 쳤다.

이것이 흡혈전륜대법이 그동안 책 속에서 잠자고 있던 이유였다.

송 옌도 혈마를 되살릴 마음이 전혀 없었다.

서역에서 건너온 네크로맨서들과 접촉하기 전까지는!

네크로맨서들은 사후 세계를 지배하는 자.

죽은 이를 되살리고 무덤에서 시체를 일으키는 자.

네크로맨서들의 지식 안에는 죽은 자를 통제하는 방법이 상세하게 기록되어 있었다. 일단 무덤에 누운 자들은 그 누구도 네크로맨서의 지배에서 벗어나지 못했다.

이건 확실했다.

네크로맨서들은 죽은 영혼을 불러오지 않았다.

영혼 없이 몸뚱어리만 일으켜 세워 자유자재로 부렸다.

"이거구나!"

송 옌이 무릎을 쳤다.

흡혈전륜대법에 네크로맨서의 흑마법을 더하면 엄청난 무기를 손에 넣을 수 있다는 생각이 송 옌의 뇌리를 강타했다.

송 옌은 네크로맨서들로부터 흑마법을 강탈해 직접 익혔다. 아들인 송 제에게도 네크로맨서의 흑마법을 연마하라고 명령했다.

마법을 빼앗긴 네크로맨서들은 송 옌의 도구로 전락했다. 그들은 이곳 지하 광장에 갇혀서 흡혈전륜대법의 구성품이 되었다.

네크로맨서나 흑마법사들은 혈마의 신체에 직접 접촉할 수 없었다. 송 옌은 네크로맨서와 흑마법사들을 진법의 최외곽에 배치한 다음, 흡혈전륜대법을 거행하기 위한 도구로만 사용했다. 송 옌은 네크로맨서들이 수작을 부리지 않을까 경계했다.

송 옌이 지켜보는 가운데 흡혈전륜대법은 이제 절정으로 치달았다. 백화문의 장로들이 핏물을 계속 쏟아 부은 탓에 지하 광장 전체가 핏빛 안개로 뒤덮였다. 12개의 관을 채운 핏물은 금세라도 넘칠 것처럼 찰랑였다.

음산한 기운이 사방으로 뻗었다.

"지금이다. 가자."

송 옌이 아들에게 신호를 주었다.

"네, 아버님."

송 제가 옷을 훌렁 벗었다.

송 옌도 의복을 벗고 알몸이 되었다.

"문주님?"

장로원주 저우 제룬과 부원주 허 지엔준이 의아한 표정을 지었다.

다른 장로들도 눈을 껌뻑거렸다.

송 옌은 장로들의 반응에 답하지 않았다. 입술을 꾹 다물고 진법 안으로 들어갔다.

송 제가 굳은 표정으로 그 뒤를 따랐다.

송 옌이 두 팔을 뻗었다. 피 안개가 스르륵 뭉쳐 송 옌 부자의 몸을 휘감았다.

송 옌이 안개 속에서 주먹을 꽉 쥐었다.

"커헉!"

88명의 흑마법사들이 일제히 피를 토했다. 흑마법사들의 몸뚱어리가 순간적으로 미이라처럼 바짝 말라붙었고, 그들의 머리가 터져 나가면서 핏물이 폭포수처럼 치솟아 진법 중앙의 관으로 낙하했다.

"쿨럭! 쿨럭!"

네크로맨서들도 기침과 함께 피를 토했다. 그들은 차가운 바닥에 벌렁 드러누워 경련했다.

송 옌은 차가운 눈으로 네크로맨서들을 둘러보았다.

"세상의 중심은 우리 중화다. 너희 냄새나는 서양의 원숭이들은 흡혈전륜대법이 완성되는 위대한 순간을 볼 자격이 없어. 너희는 그저 흡혈전륜대법을 완성시키기 위한 도구에 불과해."

네크로맨서들이 육각형 진법에 누워 숨을 할딱였다.

송 옌은 네크로맨서들을 죽이지 않았다. 그냥 죽이기엔

네크로맨서들의 재주가 너무 아까웠기 때문이다. 차후에 송 옌은 이들을 노예로 부려먹을 생각이었다.

저벅저벅.

송 옌이 한 발 한 발 진법 안으로 들어갔다.

송 제가 그 뒤를 따랐다.

피 안개가 일렁거리면서 송 옌 부자에게 길을 터 주었다.

36명의 도술사들은 눈과 코, 입과 귀에서 피를 흘리며 방울을 흔들고 종을 울리는 중이었다. 흡혈전륜대법이 절정에 가까워질수록 도술사들의 기력은 바닥났다.

피부가 벗겨진 괴인들도 기진맥진해서 검붉은 피를 토했다.

송 옌은 사각형 진법 안으로 들어갔다.

핏물이 찰랑거리는 관 12개가 눈에 들어왔다.

"드디어 대법의 마지막 단계구나!"

송 옌의 목소리가 가늘게 떨렸다.

"네, 아버님. 이제 마지막만 남았습니다."

송 제의 눈동자도 바르르 진동했다.

송 옌이 고개를 끄덕였다.

"그래. 화룡점정이라고 했다. 세상을 집어삼킬 용을 그렸으니 이제 마지막으로 용의 눈을 넣어야지."

말이 끝나기 무섭게 송 옌이 관 하나를 골라 양팔을 쑥 집어넣었다. 핏물이 넘치면서 관이 부르르 요동쳤다.

송 옌이 관 속 시체의 머리통을 꽉 붙잡고 중얼중얼 주문을 읊었다.

이것은 흡혈전륜대법의 주문이 아니었다. 영혼을 쫓아내고 시체를 지배하기 위한 네크로맨서의 마법 주문이었다.

뿌드득!

뼈 으스러지는 소리와 함께 관 속에서 시체가 일어났다. 핏물이 사방으로 넘쳤다. 피부가 일부 썩었고 코가 퀭하게 뚫린 시체였다.

핏물이 넘치면서 관 옆에 적힌 글씨가 얼핏 드러났다.

백화문 제25대 문주

천무왕 송 각

관에 적힌 글씨는 이와 같았다.

이 시체의 정체는 천무왕 송 각이었다. 백화문의 25대 문주이자 송 옌의 오랜 선조 가운데 한 명인 송 각!

송 옌은 자신의 선조마저 도구로 만들었다.

송 옌이 옆으로 자리를 옮겼다. 핏물 속에 손을 푹 담은 송 옌은 두 번째 시체도 일으켜 세웠다.

관에 적힌 글씨는 다음과 같았다.

백화문 제 28대 문주

Chapter 2

탈명검존 저우 샤오루가 부활했다.

저우 샤오루는 저우씨 가운데 최초로 백화문의 문주가 된 인물이었다. 저우씨 일족은 저우 샤오루를 마음속 깊이 존경했다.

그 위대한 무인이 흡혈전륜대법에 의해 송 옌의 꼭두각시가 된 것이다. 송 옌은 진법 바깥쪽을 향해 비웃음을 흘렸다.

"클클클, 저우 샤오루가 내 꼭두각시가 되어 되살아난 것을 알게 된다면 아마도 장로원주가 눈에서 불을 토할 게야. 클클클!"

"장로원주는 알 수가 없겠지요. 그것 때문에 이런 것을 준비한 것 아닙니까?"

송 제가 관 옆에 미리 준비해 놓은 로브를 들어 저우 샤오루에게 던져 주었다. 송 옌의 명령을 받는 저우 샤오루는 주섬주섬 로브를 입었다. 얼굴까지 푹 가리는 로브였다.

송 옌이 세 번째 관에 다가섰다.

이번엔 백화문의 31대 문주인 용존 왕 웨이가 스르륵 일어섰다.

"클클클! 문상에게 이 모습을 보여 줘야 하는데 말이야. 클클클클!"

"하하하! 그러게 말입니다."

왕씨 가문의 선조를 일으켜 세운 뒤, 송 옌 부자는 배꼽을 잡고 웃었다.

다음 차례는 39대 문주인 천수검 송 쉰이었다.

이번엔 송 옌 부자 가운데 그 누구도 웃지 않았다. 송 쉰은 자신들의 직계 조상이었기 때문이다.

송 옌은 그렇게 관 속의 시체를 하나하나 깨웠다. 10개의 관을 모두 돌고 나자 이제 중앙의 관 2개만 남았다.

송 옌이 흡혈전륜대법에 역대 백화문의 문주 10명을 동원한 이유는 이들 10명이 최강자이기 때문이다. 살아생전 너무나 강했던 이 10명은 죽어서도 시체가 썩지 않아 흡혈전륜대법에 투입이 가능했다.

이제 남은 것은 둘!

송 옌은 긴장된 표정으로 중앙의 관에 다가섰다.

스윽.

손으로 핏물을 닦자 관에 적힌 글씨가 보였다.

백화문 제9대 문주
혈마 송 웨밍

다음 관에 묻은 핏물을 닦자 또 다른 글씨가 눈에 들어왔다.

부르군트 발데마르

송 옌은 관에 적힌 글씨를 읽으면서 활짝 웃었다.

"클클클클! 부르군트 발데마르! 일루미나티 발데마르 가문의 선조이자 유럽 프랑크 왕국의 기사단장! 혈마님과 함께 육존 가운데 한 명으로 손꼽히는 부르군트의 시체가 내 손에 들어온 것은 정말 행운이야. 클클클!"

부르군트 발데마르는 독일 검술의 창시자이자 역사상 가장 강한 여섯 사람, 즉 육존 가운데 한 명이었다.

6세기 초에 유럽에서 활약했던 부르군트는 말년에 동양의 검술에 심취해서 백화문의 선조와 교류를 했는데, 그것이 인연이 되어 중국에 뼈를 묻었다.

그 후 발데마르 가문은 독일을 떠나 미국에 안착했다.

6세기 이후 발데마르의 후손들은 선조인 부르군트의 유체를 찾기 위해 세상 곳곳을 다 뒤졌다. 하지만 성과를 얻지 못했다.

한데 그 부르군트의 시체가 송 옌의 눈앞에 나타났다.

송 옌은 침을 꿀꺽 삼켰다.

"혈마님과 부르군트! 내게 육존 가운데 2명의 시체가 있다. 이 둘이 생시보다 다섯 배나 더 강해져서 부활한다면 누가 이들을 막을 것인가! 광전의 현자 세르히오 가르시아도 감히 감당할 수 없으리라! 으하하하하!"

"그렇습니다. 이제 세상은 아버님의 발밑에 무릎을 꿇을 것입니다."

송 옌이 부르군트의 관 속에 손을 텀벙 집어넣었다. 송 옌의 손가락이 부르군트의 머리통을 꽉 움켜잡았다. 시체를 지배하는 네크로맨서의 마법이 발휘되었다.

한데 쉽지 않았다.

"크욱! 크후훅!"

송 옌이 거칠게 숨을 몰아쉬었다.

부르군트의 저항이 예상보다 더 격렬했다. 육존 가운데 한 명인 부르군트의 영혼은 네크로맨서의 마법만으로 지배하기엔 역부족이었다.

피 안개가 크게 일렁거렸다.

동굴이 무너질 듯이 뒤흔들렸다.

진법을 새긴 돌바닥에 쩍쩍 금이 갔다.

끄어어어—

부르군트의 관 속에서 끔찍한 소리가 흘러나왔다.

"크읏! 안 되겠다. 너도 힘을 보태라!"

송 옌이 도움을 청했다.

"네, 아버님."

송 제가 후다닥 달려와 핏물 속에 손을 넣었다. 송 옌과 송 제 부자는 힘을 합쳐 부르군트의 영혼을 억눌렀다.

네크로맨서의 마법에 흡혈전륜대법이 더해지면서 강한 결속력이 발휘되었다. 여섯 겹으로 중첩한 진법이 송 옌 부자의 마법을 극대화시켰다. 그렇게 증폭된 힘이 부르군트의 영혼을 짓눌러 갈아 버렸다.

꺼어어억!

부르군트의 영혼이 바스러지면서 굉음이 울렸다. 관에 금이 쩍쩍 가면서 핏물이 사방으로 넘쳤다.

그렇게 박살 난 관 위로 은빛 갑옷을 입고 은빛 투구를 쓴 매부리코의 노인이 일어섰다. 금발머리에 턱이 뾰족한 노인의 이름은 부르군트 발데마르!

육존 가운데 한 명이 드디어 부활했다.

부르군트의 발아래, 송 옌 부자가 주저앉아 숨을 헐떡였다.

"헉헉헉!"

"아버님, 하마터면 대법이 깨질 뻔했습니다. 쿨럭, 쿨럭!"

"그래도 이렇게 성공하지 않았느냐? 제야, 이제 마지막 하나만 남았다. 끄으응!"

송 옌이 손으로 자신의 무릎을 짚고 일어섰다.

송 제도 지친 몸을 이끌고 억지로 일어났다.

대법의 마지막은 혈마 송 웨밍이었다.

부르군트와 함께 육존에 포함된 또 한 명!

하지만 송 옌의 생각은 달랐다.

"육존이라고 해서 다 같은 육존이 아니지. 혈마님은 다른 육존과는 비교할 수 없는 초강자시다. 템플 기사단의 세베라 기즈나 일루미나티의 부르군트, 그리고 세르히오 가르시아는 육존 가운데 하위 서열에 불과해. 이반 가슈파로비치가 중간 서열. 그리고 혈마님과 십제가 육존 가운데 최강이시다."

송 옌은 긴장된 마음으로 마지막 관에 다가섰다. 그 다음 핏물 속에 두 손을 넣어 네크로맨서 마법을 발휘했다.

송 제도 함께 손을 넣었다. 처음부터 부친을 도울 요량이었다.

꾸어어—

관 속에서 괴성이 울렸다.

이번 괴성은 부르군트의 영혼이 내지르는 소리보다 몇 배나 더 강렬했다. 동굴 천장에서 돌가루가 우수수 떨어졌다. 돌바닥이 퍽퍽 터져 나가면서 진법이 뒤틀렸다.

"커헉!"

피부가 벗겨진 괴인들이 몸을 뒤틀며 고꾸라졌다. 도술사들이 일제히 핏물을 뿜으며 뒤로 넘어갔다.

"크아악! 제야, 힘을 쥐어 짜거라! 크아악!"

송 옌이 악귀처럼 얼굴을 일그러뜨렸다.

그때 핏물 속에서 팔이 불쑥 올라왔다. 털이 부숭부숭한 팔뚝은 송 제의 머리통을 덥석 붙잡아 그대로 으깨 버렸다.

"으악! 제야!"

아들의 죽음에 송 옌이 악을 썼다.

Chapter 3

"으아악! 제야! 제야!"

송 옌이 미친 듯이 아들을 불렀다.

하지만 머리가 박살 난 송 제가 대답을 할 리 없었다. 관 속에서 뻗은 털이 부숭부숭한 팔뚝은 송 제의 머리통을 쥐어 박살 낸 다음, 송 제의 몸을 타고 주르륵 훑어 내려왔다.

그 손에 스칠 때마다 송 제의 몸뚱어리가 좌우로 촤라락 갈라져 빨건 속살을 드러내었다.

마침내 악마의 손이 송 제의 가슴 부위에서 멈췄다.

송 제의 시체에서 뿌드득 소리가 났다. 갈비뼈가 좌우로 열리는 소리였다. 그렇게 가슴이 강제로 열리고 심장이 툭 튀어나와 악마의 손에 쏙 들어갔다.

악마의 손은 송 제의 심장을 붙잡아 다시 관 속으로 되돌아갔다.

"안 돼!"

혈마가 산 심장을 먹으면 흡혈전륜대법이 완성된다. 네크로맨서의 마법으로 완성되는 것이 아니라, 혈마가 남긴 원래의 방식으로 흡혈전륜대법이 구현되는 것이다. 송 옌은 미친 사람처럼 두 손을 휘저었다.

핏물 속 혈마의 머리통이 송 옌의 손에 잡혔다. 송 옌은 그 머리를 꽉 쥐고 네크로맨서의 마법을 구현했다. 송 옌의 두 눈에 핏발이 섰다.

꾸어어어―

혈마가 퍼덕퍼덕 몸을 떨었다.

"크으으윽! 안 돼!"

송 옌의 이마에서 구슬땀이 흘렀다.

혈마가 더 크게 몸을 퍼덕였다.

송 옌의 몸뚱어리가 관속으로 반쯤 딸려 들어갔다. 그러다 송 옌의 어깨까지 핏물에 잠겼다. 송 옌은 이를 악물었다.

"크아악! 안 돼에애애!"

퍼덕!

한 순간 송 옌의 비명이 멎었다.

송 옌은 부릅뜬 눈으로 자신의 가슴을 내려다보았다. 털이 부숭부숭한 손이 관 속에서 뻗어 나와 송 옌의 가슴에 닿았다.

혈마 송 웨밍은 상대방의 피를 지배하는 능력을 지녔다고 했다. 그 옛날 혈마가 손을 뻗으면 상대방의 가슴이 저절로 열리고 심장이 뽑혀져 나와 혈마의 입속으로 들어간다고 했다.

지금 송 옌의 가슴에서 그 전설이 재현되었다. 뿌드드득 갈비뼈가 강제로 열렸다. 뾰족한 뼈가 송 옌의 몸속을 휘젓고 살을 찢고 튀어나왔다.

"끄아아악!"

송 옌이 목이 터져라 비명을 질렀다.

벌겋게 열린 송 옌의 가슴속, 두근두근 맥동하는 심장이 혈마의 손짓에 딸려 나왔다.

"끄아악! 안 돼애!"

송 옌의 얼굴이 하얗게 질렸다.

관 속에서 혈마 송 웨밍이 일어섰다. 핏물을 뒤집어쓴 혈마의 몸은 반투명해서 몸속 근육과 장기, 뼈까지 훤히 들여다보였다. 그 모습이 마치 붉은 유리로 빚은 조각상처럼 보였다.

혈마와 송 옌의 눈이 마주쳤다.

혈마가 고개를 갸웃했다. 그 다음 입술을 동그랗게 말았다.

송 옌의 심장이 불쑥 뽑혀 혈마의 입술로 딸려 갔다. 핏줄이 매달린 상태 그대로 쭈욱!

송 옌은 필사적이었다.

"아, 안 돼! 살려 주십시오. 저는 혈마님의 후손입니다. 제가 혈마님을 오랜 잠에서 깨웠습니다. 저를 죽이시면 안 됩니다. 저는 혈마님의 후손입니다. 혈마님의 핏줄을 이은 송 옌이란 말입니다. 으허허헝!"

송 옌이 겁에 질려 울음을 터뜨렸다. 너무 무서워서 오줌까지 쌌다.

혈마가 다시 한 번 고개를 갸웃했다.

송 옌은 필사적으로 매달렸다.

"저를 살려 주십시오. 저는 쓸모가 많습니다. 저는 흡혈전륜대법으로 혈마님을 깨워 드렸을 뿐 아니라 여기 있는 부르군트 발데마르도 부릴 수 있습니다. 저를 부려서 혈마님의 제국을 다시 건설하십시오. 흐으허헝!"

혈마의 입속으로 반쯤 들어갔던 송 옌의 심장이 다시 튀어나왔다. 혈마는 한 손으로 송 옌의 목을 쥐고는 고개를 돌려 부르군트를 바라보았다.

송 옌이 눈짓을 했다.

부르군트가 은빛 검을 들고 기세를 일으켰다.

혈마의 입이 살짝 벌어졌다. 그 입술에 걸린 것은 미소였다.

송 옌이 다급히 말했다.

"마음에 드십니까? 저자를 혈마님께 바치겠습니다. 저는 쓸모가 많습니다. 여자! 여자도 바치겠습니다. 혈마님께서는 심장을 섭취하시기를 즐겨 하시며, 그 다음으로 여자를 좋아한다고 기록에 남아 있습니다. 후손인 제가 여자를 모아 혈마님께 바치겠습니다. 혈마님께서 원하시는 여자들은 다 잡아다가 올리겠습니다. 제발 살려 주십시오."

그 말이 혈마의 마음에 들었나 보다.

송 옌의 심장이 다시 돌아와 제자리에 안착했다. 갈비뼈가 다시 뿌드득 소리를 내면서 자리를 잡고, 송 옌의 가슴이 다시 닫혔다.

송 옌은 피가 철철 흐르는 가슴을 꽉 붙잡고 자리에 주저앉았다.

"헉헉헉!"

혈마가 고개를 까딱했다.

송 옌은 즉시 눈치를 채고 네크로맨서 마법을 발휘했다. 부르군트와 10명의 시체들이 혈마 주변으로 몰려와 무릎을 꿇었다.

혈마가 숨을 훅 들이쉬었다.

지하 광장을 가득 메운 피 안개가 쭈욱 빨려들어 혈마의 콧속으로 들어갔다. 안개가 걷히자 사람들의 눈에 혈마의 모습이 드러났다.

혈마의 키는 190센티미터가 넘었고, 턱에는 빳빳한 수염이 가득했다. 피부는 반투명해 붉은 유리로 빚은 듯했으며, 머리카락은 붉은 빛을 띠었다. 눈은 붉게 물들어 핏물로 가득 찬 것처럼 보였다.

송 옌이 목청을 높였다.

"모두 엎드려 절하라! 백화문의 제9대 문주이시자 우리의 시조이신 혈마 송 웨밍 님이 부활하셨다!"

"문주님?"

부원주 허 지엔준이 눈을 껌뻑였다.

눈치 빠른 장로원주 저우 제룬은 즉시 무릎을 꿇고 혈마에게 절을 했다.

혈마가 손을 뻗었다.

퍼억!

허 지엔준의 가슴이 폭발하면서 심장이 그대로 뽑혀 나왔다. 허 지엔준의 심장은 무려 30미터를 일직선으로 날아가 혈마의 입속으로 빨려 들어갔다.

"어어엇?"

허 지엔준은 그때까지도 눈을 껌뻑이며 상황 파악을 못했다. 그러다 뻥 뚫린 가슴을 움켜잡으며 고꾸라졌다.

장로들이 우르르 엎드렸다.

"혈마님의 부활을 앙축하나이다."

"저희 후손들을 어여삐 여겨 저희의 목숨만은 남겨 주소서!"

무려 7,000년 만에 찾아온 혈마의 부활!

지하 광장이 공포로 가득 찼다. 백화문의 장로들은 혈마의 제물이 될까 두려워 제대로 숨도 쉬지 못했다.

이 끔찍한 정적을 깨고 박수 소리가 울렸다.

짝짝짝!

나는 박수를 치면서 앞으로 걸어 나갔다.

혈마의 시선이 내게 향했다. 혈마가 고개를 갸웃했다.

생각지도 않던 불청객의 등장에 송 옌은 눈을 동그랗게 떴다. 저우 제룬을 비롯한 백화문의 장로들도 눈을 껌뻑거렸다.

"너, 너는!"

송 옌이 나를 알아보았다.

물론 송 옌은 나와 직접 마주친 적이 없었다. 하지만 가르시아와의 전투 이후로 나는 신인류들 사이에 명성을 떨쳤고, 유명인이 되었다. 당연히 송 옌도 보고서를 통해 내 사진을 보았을 것이다.

저우 제룬이 송 옌의 뒤를 이었다.

"너는 한스 반 데어 뤄슨! 미국에 있어야 할 놈이 어떻게 이곳에?"

나는 어깨를 으쓱했다.

"뭐, 내가 오지 못할 곳을 온 건 아니잖아. 그나저나 지루하게 기다려 준 보람이 있네. 혈마 송 웨밍의 부활이라!

거기에 더해서 부르군트 발데마르까지! 육존 가운데 2명을 이렇게 만날 줄은 몰랐는데, 이거 정말 흥미로워."

나는 영어로 말했다.

송 옌을 포함한 백화문의 장로 몇 명이 내 말을 알아들었다. 송 옌이 입술을 고약하게 비틀었다.

"닥쳐라. 어디서 어른을 상대로 망발을 지껄이느냐? 네 놈이 이곳에 어찌 잠입했는지 모르겠다만, 네 운명도 이제 끝이다. 혈마님, 저 서양의 애송이는 우리 백화문의 적입니다."

송 옌이 고해 바쳤다.

그 전에 혈마가 내게 손을 뻗었다.

Chapter 4

혈마의 손가락이 내 심장을 가리켰다. 유리로 만든 듯한 손가락이 밝은 빛을 토했다.

나는 잠시 고민을 했다.

이글거리는 태양!

짙은 어둠!

새하얀 나무!

십제검!

수많은 내 특기들 가운데 어떤 능력으로 싸워 볼까 고민이 되었다.

그때 내 검지에 착용한 리암이 삼색의 광채를 내뿜었다.

—제발 저를 사용해 주세요.

리암은 내게 이렇게 속삭였다.

허리춤에 착용한 어멘스가 웅웅웅 떨었다.

목에선 쥬퍼의 해골들이 딱딱딱 이빨을 맞부딪쳤다.

키키로가 뎅뎅 소리를 냈다.

나는 이들의 간곡한 청을 거절하지 못했다.

"그래. 내가 너희들을 이쪽 세상으로 불러들였으니 한 번쯤은 피 맛을 보여 줘야겠지."

나는 어멘스를 뽑아 허공에 쭉 금을 그었다.

내 심장을 노리던 혈마의 기운이 어멘스에 의해 뚝 끊겼다. 대신 어멘스가 만들어 낸 차원의 틈새에서 아귀들이 우두둑 쏟아져 나왔다.

지옥에서 기어 올라온 아귀들은 비쩍 말라 뼈만 남은 상태였다. 크기는 원숭이 정도였고 생김새는 괴상망측했다. 아귀들은 눈도 없고, 귀도 없고, 몸도 없었다. 그저 앙상한 팔다리와 입만 남았다. 그 흉측한 모습으로 우르르 달려드는 광경이 실로 끔찍했다.

혈마가 아귀들을 향해 손을 쭉 뻗었다.

혈마의 손에서 웅웅웅 벌 떼 우는 소리가 났다. 붉은 기운이 혈마의 손 주변에 달무리처럼 일어나 아귀들을 후려쳤다.

아귀들의 몸이 그 붉은 기류에 닿자 퍽퍽 터졌다. 아귀들은 혈마의 상대가 되지 못했다.

하지만 아귀들은 인해전술로 밀어붙였다. 차원의 틈새에서 기어 올라오는 아귀의 숫자는 헤아릴 수 없을 정도였다.

아귀들은 두려움도 몰랐다. 그들이 느끼는 감정은 오직 하나!

배고픔!

지옥에서 올라온 아귀들은 오로지 배고픔을 해소하겠다는 일념 하나로 입을 쩍 벌리고 달려들었다.

혈마는 손을 붕붕 휘저어 아귀들을 지웠다. 혈마에게 접근하는 아귀들은 예외 없이 몸이 터지고 형체가 뭉그러졌다.

아귀들은 송 옌을 향해서도 달려들었다.

송 옌이 버럭 소리를 질렀다.

"한스 반 데어 뤄슨! 이 음흉한 놈! 이제 보니 네놈도 사악한 흑마법을 익혔구나!"

"그게 뭐 어때서?"

나는 어깨를 으쓱했다.

송 옌은 죽일 듯이 나를 노려보다가 부르군트를 움직였다.

육존 가운데 한 명인 부르군트 발데마르가 은빛 검을 뽑았다.

파사사사—!

눈부신 광채가 지하 광장을 가득 메웠다. 그 광채는 얼음처럼 서늘했으며 서릿발보다 더 무서웠다. 부르군트의 광채에 노출된 아귀들이 꽁꽁 얼어붙었다가 푸스스 흩어졌다.

몇몇 아귀들이 은빛 광채를 피해 송 옌에게 달려들었다.

이번엔 탈명검존 저우 샤오루가 앞으로 나섰다. 로브를 펄럭이며 몸을 날린 탈명검존은 검을 수평으로 길게 휘둘렀다.

키야야야양—

탈명검존의 검에서 고양이 울음 같기도 하고 금속 긁는 소음 같기도 한 굉음이 울려 나오면서 공간이 잘렸다. 전방의 아귀들이 그대로 몸이 말라비틀어지면서 전멸했다.

"이건 탈명검! 선조님의 탈명검이잖아!"

장로원주 저우 제룬이 눈을 크게 떴다. 저우씨 일족의 우두머리인 저우 제룬이 탈명검을 알아보지 못할 리 없었다.

"우드득! 문주, 감히 탈명검존 선조님의 유체까지 욕보이다니! 이건 너무하는 것 아니오?"

저우 제룬이 고리눈으로 송 옌을 노려보았다.

송 옌은 저우 제룬의 시선을 회피했다.

그 와중에도 아귀들이 계속해서 지옥에서 올라왔다. 그중 한 무리는 지하 광장 벽면을 타고 천장으로 기어 올라갔다가 허공에서 뚝 떨어지며 목표물을 노렸다.

송 옌이 손가락을 까딱했다.

이번엔 로브를 뒤집어쓴 또 다른 시체가 움직였다. 송 옌의 선조 가운데 한 명인 천수검 송 쉰이었다.

송 쉰이 하늘을 향해 검을 휘젓자 무려 1,000개에 육박하는 검의 그림자가 돋아나 아귀들을 베었다.

저우 제룬이 허탈하게 웃었다.

"천수검! 허허허! 문주는 우리 저우씨뿐 아니라 본인의 선조인 송 쉰 님의 유체까지 욕보였구려. 어허허허!"

"큭!"

송 옌의 얼굴이 벌겋게 물들었다.

아귀들의 공격은 끝이 없었다. 부르군트와 탈명검존, 천수검만으로 막기엔 수가 너무 많았다.

송 옌이 또 시체를 움직였다. 로브를 입은 또 다른 시체가 몸을 날려 송 옌의 앞을 가로막았다. 이번 시체는 여덟 종류의 무기를 동시에 뽑아서 아귀들을 쓸어버렸다. 천무왕 송 각의 등장이었다.

혈마는 그 와중에도 아귀들을 퍽퍽 터뜨려 죽였다.

송 옌 주변엔 강한 시체들이 너무 많았다.

아귀들은 영악하게도 방향을 틀어 백화문의 장로들을 노

렸다. 일단 쉬운 상대를 붙잡아 배를 채울 요량이었다.

그때 지하 광장 벽면 한쪽이 터지면서 지하수가 콸콸 쏟아졌다. 장로들을 향해 달려들던 아귀 일부가 그 물벼락에 휩쓸려 떠내려갔다.

이번에 나선 이는 용존 왕 웨이었다.

무수히 달려들던 아귀들도 잠시 주춤했다.

나는 고개를 갸웃거렸다.

“어라, 제법 버티네?”

나는 어멘스로 허공을 한 번 더 그었다.

이번에 열린 틈새에선 히드라가 튀어나왔다. 꾸물꾸물한 촉수가 수십 개 달린 히드라들은 지하 광장에 뿌리를 콱 내리더니 수십 개의 머리를 쭉쭉 뻗어 독액을 쏘았다.

지독한 냄새가 사람들의 후각을 마비시켰다.

“독이다! 모두 숨을 멈춰!”

저우 제룬이 소리쳤다.

송 옌은 손가락으로 용존을 지목했다.

용존 왕 웨이가 앞으로 전진하면서 히드라를 향해 물을 쏘았다. 용존의 공격은 독특했다. 서양의 마법사처럼 물대포를 소환해서 쏘는 것이 아니라, 그냥 장력을 퍽퍽 날릴 뿐이었다. 그런데 용존의 장력이 수분을 잔뜩 함유하고 있어서 저절로 물대포가 되었다.

히드라의 독이 용존의 물에 중화되어 효과를 발휘하지

못했다.

용존의 머리 위로 천수검이 뛰어올라 1,000개의 검날을 뿌렸다. 허공에서 검의 그림자가 비처럼 쏟아졌다. 머리가 잘린 히드라들이 바닥에 축 늘어졌다.

천무왕도 나섰다. 천무왕은 여덟 개의 무기를 동시에 휘둘렀다. 둔기에 맞아 머리가 박살 난 히드라들이 바닥에 쿨럭쿨럭 독액을 토했다.

데에엥!

그때 종이 울렸다.

악마의 종 키키로의 능력이 발휘되었다.

네거티브 필드 작렬!

음차원의 공간 안에서 모든 어둠의 권속들은 죽지 않는다.

검날에 머리가 잘린 히드라가 다시 생생하게 일어섰다. 잘린 머리가 다시 돋아나 독액을 쏘았다. 둔중한 무기에 머리가 박살 난 히드라들도 재생했다.

용존이 장력을 마구 뿌렸다.

탈명검존도 공격을 퍼부었다. 듣기 끔찍한 소리와 함께 탈명검존의 전면부가 초토화되었다.

나는 어멘스를 한 번 더 휘둘렀다.

탈명검이 휩쓸고 지나간 그 폐허에서 지옥의 꽃이 피어났다. 붉은 빛깔의 꽃은 활짝 개화하자마자 입을 덥석 벌려 탈명검존을 집어삼켰다.

이것은 '첨퍼'라 불리는 지옥 생물이었다.

일단 첨퍼의 끈끈이주걱에 붙잡히면 어지간한 생명체는 그대로 녹아 버리게 마련!

하지만 생존 시보다 다섯 배나 더 강해진 탈명검존은 쉽게 당하지 않았다. 첨퍼의 옆구리가 터지면서 탈명검존이 탈출했다.

대신 탈명검존도 무사하지 못했다. 그의 왼팔이 첨퍼의 독에 녹아 흐물흐물했고, 머리가죽이 반쯤 벗겨졌다.

그 위로 아귀 떼가 다시 덮쳤다.

히드라들이 돋아나 핏핏핏! 독액을 쏘았다.

그 와중에 송 옌의 등 뒤에서도 첨퍼가 피어올랐다. 꽃잎이 조용히 개화하고 아가리를 쩍 벌리더니 그대로 송 옌을 집어삼켰다.

부르군트가 달려들어 은빛 방패로 첨퍼를 후려쳤다. 2.5미터가 넘는 첨퍼의 꽃잎이 방패질 한 방에 그대로 날아갔다.

나는 엄지로 리암을 한 번 쓰다듬은 다음, 뒤로 손을 쭉 뺐다가 휘둘렀다. 반지인 리암이 어느새 세 가닥의 채찍으로 변했다. 삼색의 빛으로 이루어진 채찍이었다. 청록색과 주홍색, 노란색의 채찍이 수십 미터 길이로 길게 뻗어 전방을 후려쳤다.

"크읏!"

청록 채찍에 얻어맞은 천수검이 배를 움켜쥐고 주저앉았다. 천수검의 몸뚱어리에 검푸른 반점이 피었다.

"끄아아!"

주홍 채찍에 스친 천무왕은 갑자기 광기를 보이며 아귀 떼에 달려들었다. 아귀들이 미친 듯이 날뛰며 천무왕을 덮쳤다.

천무왕의 광기에 죽어나간 아귀들이 많았지만, 결국 천무왕도 아귀들에게 붙잡혀 팔이 뜯기고 등이 깨물렸다. 아귀들은 눈 깜짝할 사이에 수를 불리며 천무왕을 꽉 붙잡았다.

"안 돼! 돌아와!"

송 옌이 네크로맨서 마법으로 천무왕을 회군시켰다.

하지만 아귀들에게 이미 발목이 잡힌 터라 돌아오는 것은 불가능했다. 천무왕의 시체가 아귀들에게 깔려 무섭게 뜯어먹혔다.

노란 채찍에 얻어맞은 용존은 더 큰 문제였다.

정신 착란을 일으킨 용존은 느닷없이 백화문의 장로들에게 쌍장을 때렸다. 용존의 두 팔이 좌우로 번쩍 교차했다.

"끄악!"

"컥!"

장로 2명이 피떡이 되어 날아갔다.

용존은 장로들 사이로 뛰어들어 마구 장력을 갈겼다. 장로들이 그 장력을 피해 뿔뿔이 흩어졌다가 아귀에게 붙잡혀 뜯어먹혔다. 사방에서 살려 달라는 비명소리가 난무했다.

"큭! 이건 또 뭐야?"

송 옌은 정신이 하나도 없었다. 네크로맨서 마법으로 용존을 겨우 제어했다 싶은 순간, 장로 한 명이 송 옌의 등 뒤에서 칼을 찔렀다. 송 옌의 등이 화끈해졌다.

"죽엇!"

정신착란을 일으킨 장로가 송 옌의 등을 한 번 더 쑤셨다. 장로의 눈은 흐리멍덩하게 흐려져 있었다. 입에선 침이 투두둑 흘렀다.

제8화
매의 샤피로

Chapter 1

"이익! 이런 미친 늙은이야, 정신 차렷!"

칼에 찔린 송 옌의 얼굴이 악귀처럼 일그러졌다.

머리가 홱 돌아 버린 장로는 칼을 뽑았다가 한 번 더 깊게 쑤셨다.

송 옌을 위해 부르군트가 검을 던졌다. 은빛 광채가 일직선으로 날아가 미친 장로의 머리를 두 쪽으로 갈랐다.

부르군트는 원래 첨퍼 세 뿌리에 휘감겨 싸우던 중이었는데 송 옌이 위험에 빠지자 앞뒤 가리지 않고 검을 날린 것이다.

덕분에 부르군트는 첨퍼에게 발목이 잡혔다. 검을 잃은

부르군트를 향해 첨퍼들이 집요하게 차륜 공격을 했다.

내 가슴에서 쏘아져 나간 해골들이 허공에서 이빨을 딱딱 맞부딪치며 달려들어 부르군트를 공격했다.

아귀들도 부르군트의 배후를 노렸다.

부르군트는 은빛 방패 하나로 버텼다. 방패가 허공을 붕붕 날아다니면서 단단한 방어막을 형성했다.

"과연 육존 가운데 한 명다운 실력이구나!"

나는 고개를 끄덕였다.

혈마가 내게 달려들었다.

몸에 달라붙는 아귀들을 강제로 떼어 버린 뒤 혈마는 내 앞에 나타나 손을 뻗었다. 혈마의 투명한 손가락이 내 심장을 지목했다.

그보다 내 갑옷의 반응이 더 빨랐다. 탈라히 세트가 모두 모였을 때 발휘되는 귀물, 유령 갑옷 커둔이 투두둑 돋아나 내 가슴을 보호했다.

"크우?"

혈마가 고개를 갸웃했다. 그의 두 눈이 핏빛으로 진하게 물들었다.

번쩍!

나는 혈마의 등 뒤로 공간이동했다.

바로 직후, 혈마의 옆구리가 동그랗게 뜯겨 나갔다.

송 옌이 그 모습을 보았다.

"세르히오의 공간이동과 공간 삭제! 어떻게 네놈이 세르히오의 능력을!"

송 옌은 자지러지게 놀랐다.

"크우우?"

혈마가 내게 시선을 돌렸다. 혈마의 두 눈이 분노로 물들었다.

혈마는 옆구리의 상처를 손으로 꽉 움켜잡았다. 지혈을 하는 동작이었는데, 그렇게 손을 한 번 대었다 떼자 상처가 감쪽같이 아물었다.

"호오! 그것 참 탐나는 능력인걸?"

나는 혈마의 재생 능력이 탐났다.

혈마가 다시 달려들었다. 혈마의 몸이 팍 사라진 듯했다가 내 앞에 불쑥 나타났다. 그가 세르히오처럼 공간이동을 한 것은 아니었다. 단지 이동 속도가 가공할 정도로 빨랐을 뿐이다.

나는 공간이동으로 사라진 다음, 혈마의 등 뒤에 나타나서 다시 손을 뻗었다. 혈마가 머무르는 공간이 통째로 삭제되었다. 혈마가 재빨리 몸을 틀었지만 왼손이 뜯겨 나가는 것을 피할 수는 없었다.

"크우!"

혈마는 오른손으로 왼손을 잡았다가 놓았다. 그러자 잘린 왼손이 다시 멀쩡하게 돋아났다.

"거참, 갈수록 탐이 나는걸."

나는 좀 더 강하게 입술을 핥았다.

혈마가 빠르게 달려들었다.

나는 공간이동으로 혈마의 좌측으로 피했다.

혈마가 그것을 예상하고 나를 향해 왼 주먹을 휘둘렀다. 붉은 기운이 초승달 모양으로 뭉쳐서 내게 날아왔다.

나는 공간이동으로 혈마의 우측으로 피했다.

혈마의 오른쪽 주먹이 내게 향했다. 초승달 모양의 기운이 코앞으로 날아들었다.

나는 공간이동을 세 번 연속 사용했다.

혈마가 바로 따라붙어 주먹을 연거푸 휘둘렀다. 초승달 모양의 기운이 한꺼번에 일곱 개나 나타나 나를 사방에서 압박했다.

이것은 전륜권(轉輪拳)!

혈마가 즐겨 사용하는 공격 방법이었다.

나는 더 이상 피하지 않았다.

'지금이 아니면 전륜권을 언제 받아 보겠어?'

이런 생각으로 혈마의 전륜권을 몸으로 맞아 주었다. 붉은 초승달 모양의 기운은 쇠를 가르고 바위를 부술 만큼 날카로웠다. 게다가 눈 한 번 깜빡일 동안에 무려 100번이 넘는 주먹질이 날아들었다.

내 몸 위에서 큰북 100개를 동시에 두드리는 소리가 울렸다. 유령 갑옷 커둔이 전륜권을 맞아 찢어질 듯 출렁였다.

커둔이 미처 해소하지 못한 힘은 반투명한 날개로 막았다.

전륜권에 정통으로 얻어맞고도 나는 멀쩡했다.

"크우?"

혈마가 고개를 갸웃거렸다.

나는 손을 슥 휘둘렀다. 내 손끝에서 돋아난 하얀 나뭇가지가 한 자루의 예리한 검이 되었다. 십제가 남긴 검술이 내 손끝에서 구현되었다.

하얀 광채가 확 피어올랐다가 사그라졌다.

"꺼억!"

혈마가 가슴이 쩍 갈라진 채 뒷걸음질 쳤다.

혈마의 눈에 얼핏 공포가 어렸다.

나는 공간이동으로 혈마의 등 뒤로 돌아간 다음 다시 검을 휘둘렀다. 하얀 광채가 다시 한 번 피어올랐다.

이번엔 혈마의 어깨가 쩍 갈라졌다.

혈마는 서둘러 자신의 가슴을 쓰다듬고 어깨를 붙잡았다. 가슴의 상처가 스르륵 아물고 잘린 어깨가 저절로 회복되었다.

나는 공간이동으로 잠시 물러섰다가 나뭇가지를 앞으로 쭉 내밀었다.

20미터 길이로 쭉 늘어난 나뭇가지가 혈마의 복부를 찔렀다. 나뭇가지에서 확 퍼진 광채가 혈마의 내부 장기를 들쑤셨다.

"꺼허헉!"

혈마의 얼굴이 일그러졌다.

나는 공간이동으로 픽 사라졌다가 혈마의 머리 위에 나타났다. 내가 휘두른 검이 혈마의 머리를 둘로 쪼갰다.

"꾸어?"

혈마는 반쯤 잘린 머리를 손으로 붙잡아 치료하면서 후퇴했다.

"어딜 도망치려고?"

나는 흥미로운 먹잇감을 놓친 적이 없는 사람이다. 성큼성큼 뒤쫓다가 한순간에 공간이동해서 혈마의 목을 베었다.

혈마가 전력을 다해 전륜권을 휘둘렀다.

그 옆에서 부르군트가 은빛 방패를 휘저으며 나를 공격했다. 송 옌이 부르군트를 부려 나를 협공한 것이다.

나는 왼손을 뻗어 나뭇가지를 일직선으로 찔렀다. 하얀 가지 수백 가닥이 배배 꼬이며 날아가 부르군트의 방패와 부딪쳤다. 부르군트가 15미터 뒤로 밀려나 동굴 벽에 거칠게 파묻혔다. 하얀 나뭇가지는 부르군트의 팔다리와 몸통을 관통해 동굴 벽에 꽉 묶어 두었다.

왼손으로 부르군트를 잠재운 다음, 나는 오른손으로 혈마를 붙잡았다.

"크와!"

혈마가 마주 손을 내밀어 내 오른손에 깍지를 끼었다. 역사상 혈마와 깍지를 끼고 싸운 사람은 없었다. 혈마는 상대방의 피를 조종하는 능력자였다. 그런 능력자에게 신체 접촉을 허용했다가는 온몸의 피가 역류해서 죽을 것이다.

지금도 혈마는 내 피를 역류시키려고 들었다.

하지만 그보다는 혈마의 손이 재로 변하는 속도가 더 빨랐다.

나는 한 손에 태양을 들고 다른 손에 어둠을 움켜쥔 절대자!

짧은 순간 내 손바닥에서 뿜어진 고열은 혈마의 손을 활활 태우고도 모자라 혈마 뒤쪽 30미터 영역을 용암 덩어리로 만들어 버렸다. 화르륵 타오르는 용암에 휘감겨 백화문의 장로 6명이 그대로 불덩이가 되었다.

"이럴 수가!"

송 옌이 입을 쩍 벌렸다.

제아무리 재생력이 좋은 혈마도 완전히 타 버린 손을 되살리지는 못했다.

"크우? 크으으!"

혈마는 두려운 듯 나를 피해 뒷걸음질 쳤다.

나는 쥐를 모는 고양이처럼 혈마에게 다가섰다.

"크우! 크와아아!"

혈마가 진저리를 치며 주먹을 휘둘렀다.

한 손으로 구현하는 전륜권이었다. 두 손을 써도 내 상대가 되지 못했던 바로 그 하찮은 전륜권이었다. 7,000년 전에는 혈마의 전륜권을 감당할 사람이 없었다지만 내 눈엔 가소로워 보였다.

내가 혈마에게서 빼앗고 싶은 것은 이런 하찮은 주먹질이 아니었다. 나는 혈마의 놀라운 재생 능력이 탐이 났다.

"그러자면 얼마나 재생을 잘하는지 시험을 해 봐야겠지? 이리 와 봐. 내가 아프지 않게 잘라 줄게. 내가 보는 앞에서 재생을 해 보라고."

나는 혈마를 향해 손가락을 까딱였다.

"크우우!"

혈마가 진저리를 쳤다.

Chapter 2

"크우! 크우!"

혈마는 미친 듯이 도망을 쳤다.

"헉헉헉! 으으으!"

두 팔을 잃은 송 옌이 허둥지둥 그 뒤를 쫓았다.

송 옌의 팔은 아귀들에게 뜯어먹혔다. 산 채로 잡아먹힐

뻔한 공포가 송 옌의 얼굴을 하얗게 만들었다.

장로원주 저우 제룬이 송 옌을 부축했다. 이 자리에서 사지가 멀쩡한 이는 장로원주뿐이었다. 나머지 장로들은 모두 죽었다. 흡혈전륜대법을 실행했던 자들도 모두 아귀들에게 뜯어먹히거나 히드라의 독액에 녹아 버렸다.

송 옌이 부활시킨 시체들도 대부분 아귀의 먹이가 되었다. 탈명검존과 천무왕, 그리고 천수검이 아귀의 뱃속으로 들어갔고, 나머지도 모두 비슷한 신세가 되었다.

오직 용존 왕 웨이만 소멸하지 않았다. 나는 백화문을 해체할 생각이지만, 그렇다고 백화문도 전원을 죽일 생각은 없었다.

'장차 백화문은 온건파인 왕 옥이 이끌도록 해야겠지? 한데 왕 옥은 무력이 부족해서 문제야.'

내가 용존 왕 웨이를 남겨 둔 이유는 왕 옥을 돕기 위해서였다.

부르군트도 소멸시키지 않았다. 부르군트는 독일 검술의 뼈대를 세운 위대한 검사였다. 그런 인물을 아귀의 먹이로 던져 주기는 싫었다.

그렇다고 부르군트를 세상에 공개하기도 어려웠다. 그의 후손들인 발데마르 가문이 어떤 반응을 보일지 뻔히 예상되기 때문이었다. 나는 혼백을 잃은 부르군트를 직접 거두기로 마음먹었다.

그렇다면 이제 남은 상대는 혈마와 송 옌, 그리고 저우 제룬뿐.

이들 셋은 나를 피해 도망치느라 혼이 쏙 빠졌다.

"헉헉헉! 장로원주, 저기로 피합시다."

송 옌이 턱으로 철문을 가리켰다.

혈마가 가장 먼저 철문 안으로 몸을 날렸다.

송 옌과 저우 제룬이 바로 뒤이어 철문 안으로 들어갔다. 송 옌은 그 즉시 기관 장치를 움직여 철문을 닫았다.

원래 이곳은 혈마가 잠들어 있던 장소였다. 이곳 밀실의 벽은 두께 50센티미터의 강철로 만들어졌는데, 역대 백화문주들이 이 방을 이렇게 튼튼하게 건축한 이유는 혹시라도 혈마가 부활했을 때 통제가 불가능하면 이 밀실 안에 가둬 두기 위함이었다.

"헉헉! 세상에 저런 괴물이 있었다니!"

문을 꽉 걸어 잠근 뒤 송 옌이 바닥에 주저앉아 한탄을 했다.

"크허억! 그러게 말입니다."

땀투성이의 저우 제룬이 송 옌 바로 옆에 주저앉았다.

"쿠우우!"

혈마는 밀실 구석에서 몸을 웅크렸다.

그때 철실 전체를 가로지르며 하얀 광채가 번쩍였다.

내가 벌인 일이었다. 나는 손끝에서 돋아난 하얀 나뭇가지를 십제검의 수법으로 휘둘렀다.

공간이 스컹! 갈렸다. 두께 50센티미터의 철실이 비스듬하게 갈라지며 옆으로 스르릉 미끄러져 내렸다.

"괴, 괴물이구나!"

"무쇠로 만든 밀실을 통째로 잘라 버리다니, 으으으! 인간이 아니다!"

송 옌과 저우 제룬의 안색이 까맣게 죽었다.

혈마는 잘려 버린 밀실을 타 넘어 도망쳤다.

스컹!

내 손끝에서 출발한 십제검이 유도탄처럼 쏘아져 나가 혈마의 다리를 베었다.

두 다리가 잘린 혈마의 상체가 허공에 부웅 떠올랐다가 바닥에 거칠게 처박혔다.

"크우!"

혈마는 잘린 다리를 붙잡아 상처에 붙이고는 재생 능력을 발휘했다. 한데 손이 하나만 남아 재생에 시간이 좀 걸렸다.

그 전에 내 검이 날아가 혈마의 어깨를 잘랐다.

혈마의 몸이 휘청거리다 바닥에 처박혔다.

나는 나뭇가지를 바닥에 축 늘어뜨리고는 혈마를 향해 천천히 다가섰다.

"크우우우."

혈마가 뭉그적뭉그적 도망쳤다. 두 팔과 두 다리가 잘린 상태라 등과 엉덩이로 땅을 비비며 도주할 수밖에 없었다.

나는 바짝 다가가 혈마의 목줄기를 움켜잡았다.

"크와!"

혈마가 입을 벌려 내 손을 물었다.

유령 갑옷 커둔이 내 손목을 보호했다. 혈마의 이빨은 드라큘라의 그것처럼 날카로웠지만 커둔을 뚫지는 못했다.

나는 혈마의 몸뚱어리를 번쩍 들었다.

내 등에서 돋아난 나뭇가지 두 가닥이 혈마의 복부를 쑤시고 파고들었다.

"크읍!"

혈마가 발버둥쳤다.

내 등에서 나뭇가지 열 가닥이 추가로 돋아났다.

10개의 가지가 혈마의 몸에 10개의 구멍을 뚫었다.

"크롸롸!"

혈마는 더욱 거칠게 몸을 뒤틀었다.

내 등에서 100개의 나뭇가지가 돋아났다. 고슴도치의 가시처럼 빽빽하게 돋아난 나뭇가지를 보자 혈마의 눈에 공포가 깃들었다.

"한 번 재생해 봐."

나는 나뭇가지로 혈마의 어깨 살점을 10센티미터 깊이로 파 주었다.

"크왁!"

혈마가 몸을 뒤틀었다. 그 와중에도 혈마의 피가 부글부글 끓어 상처를 치유했다.

“잘하네. 한 번 더 해 봐.”

이번엔 혈마의 어깨에 20센티미터 깊이의 상처가 파였다. 상처가 깊다 보니 어깨뼈까지 함께 잘렸다.

“끄아아!”

혈마가 고통에 겨워 신음했다.

상처가 깊기 때문일까? 혈마의 재생 속도가 현저하게 느려졌다.

“이건 좀 어려운가? 그럼 15센티미터는 어때?”

나는 혈마의 어깨에 15센티미터 깊이로 상처를 만들었다.

“끄악!”

혈마가 이빨을 딱딱 맞부딪쳤다.

혈마는 감히 내 눈을 마주 보지도 못했다. 그의 눈동자가 불안하게 흔들렸다.

나는 혈마의 몸에 이것저것 실험을 했다.

실험이 계속될수록 혈마의 정신은 점점 더 파괴되었다. 그 끔찍한 광경을 보는 것만으로도 송 옌과 저우 제룬은 반쯤 미쳤다. 송 옌의 눈에 비친 나는 악마 그 자체였다.

그래도 나는 실험을 멈추지 않았다. 나는 혈마를 불쌍히 여기지 않았다. 세상에 먹이를 불쌍하게 생각하는 포식자는 없다. 혈마는 내 먹잇감에 불과했다.

마침내 실험이 모두 끝났을 때 혈마는 잘 다져진 고깃덩이로 변해 있었다.

그래도 혈마는 죽지 않았다. 상상을 초월할 정도로 질긴 재생력 덕분이었다.

"그래도 신통하네. 세르히오는 고통을 참지 못하고 육체 기능이 죽어 버렸는데, 이렇게 죽지 않은 것을 보면 제법 재주가 있어. 과연 육존 가운데 한 명이라 불릴 만해."

나는 모처럼 혈마를 칭찬해 주었다. 그 다음 혈마의 두개골을 붙잡고 그의 뇌에 굴레 식물을 심었다.

"몸뚱어리가 질기니 심부름시키기 좋을 거야. 이참에 노예로 부려 먹어야지. 루룰루~!"

이제 내가 계획했던 일들이 대부분 다 풀렸다.

콧노래가 절로 나왔다.

Chapter 3

내가 혈마와 부르군트를 권속으로 만드는 동안 청성산은 깨끗하게 정리되었다. 테닛과 가르멜, 미리엄과 후안 가르시아가 청성산 아래부터 시작해서 산꼭대기까지 말끔하게 정리를 한 덕분이었다.

그 사이 칸노와 코온은 동굴 입구를 지키는 자들을 처리했다.

청성산에서 살아남은 자는 송 옌과 저우 제룬밖에 없었다. 혈마와 부루군트는 내 권속이 되었다.

"그럼 이제 아미산으로 가 볼까?"

나는 노예들에게 뒤처리를 맡긴 뒤 아미산으로 공간이동했다.

그즈음 아미산의 전투도 거의 막바지에 달했다.

한 시간 전, 미센과 모리나가 코라 디 리엔조와 왕 옥을 구출해 냈다. 그 후 왕 옥을 따르는 온건파들이 송씨 가문과 쟈오씨 가문을 급습했다.

백화문은 크게 5개 가문이 공동으로 영도하는 체제였다.

송씨, 왕씨, 쟈오씨, 저우씨, 허씨.

이상 다섯 가문 가운데 송씨와 왕씨의 세력이 가장 컸고, 그 다음이 쟈오씨였다. 문주인 송 옌이 송씨 가문의 대표자였고, 문상 왕 쑤이와 무상 쟈오 팡저우가 각각 왕씨와 쟈오씨 가문을 이끌었다. 이상 다섯 가문 외에도 쿠씨와 장씨가 있지만 그들은 상대적으로 세력이 약했다.

이런 상황에서 왕씨 혼자서 나머지 네 가문을 상대하는 것은 불가능했다.

한데 지금 아미산에선 그 불가능한 일이 실현되었다. 나머지 네 가문의 주력들이 아미를 떠나 청성산에 집결한 까닭이다.

왕 옥을 추종하는 세력들은 먼저 송씨의 터전을 습격해 큰 피해를 주었고, 이어서 쟈오씨 문중을 공격했다.

주작당주 왕 옥이 수백 마리 독수리 떼에 올라타 선봉에 섰다. 자, 축, 인, 묘, 진, 사, 오, 미, 신, 유, 술, 해. 이상 십이지신이 땅에서 일어나 왕 옥을 따랐다. 주력이 빠진 네 가문은 허무할 정도로 쉽게 무너졌다.

왕 옥은 공격을 하면서도 고개를 갸웃거렸다.

"이상하다? 이렇게 쉽게 허물어질 자들이 아닌데?"

왕 옥의 중얼거림이 멀리 청성산에 있는 내 귀에 들렸다.

나는 피식 웃었다.

사실 백화문의 네 가문이 이렇게 지리멸렬한 이유는 솜노와 지니 때문이었다. 내 명령을 받은 바람의 신인과 우레의 신인이 보이지 않는 조력자가 되어 왕 옥을 도왔다. 백화문도 가운데는 맹수를 길들여서 부리는 조련사들이 많은데, 솜노가 그 맹수들의 우리를 미리 습격해서 모조리 도륙해 버렸다. 송 제가 키운 영험한 흑표범도 솜노의 손에 죽었다. 지니는 송씨 가문의 부대가 집결한 곳에 벼락 30발을 내리꽂아 모조리 지져 버렸다.

그 직후 왕 옥이 이끄는 온건파가 난입했다.

당황한 송씨 가문은 제대로 힘도 써 보지 못하고 붕괴했다. 이어서 호전파의 중심인 쟈오 가문이 두들겨 맞았다.

이른바 '왕 옥의 난'이 시작되었다.

아미산에서 혈투가 발발하자 중국 전역의 백화문도들이 움직였다. 송 옌이 백화문에 구축해 놓은 뿌리는 굵고 깊었다. 그 뿌리들이 중국 전역으로 퍼져나가 송 옌의 힘이 되어주었다. 송 옌은 이들을 보이지 않는 칼, 즉 '흑검(黑劍)'이라고 불렀다.

왕 옥이 온건파를 움직여 호전파와 중도파를 공격하자 중국 전역에 흩어져 있던 흑검들이 들고 일어났다. 그들은 가장 빠른 교통수단을 동원해 아미파로 집결했다.

왕 옥도 흑검의 존재를 알았다. 그녀가 역천을 도모하면서 가장 우려한 것이 바로 이 흑검들이었다.

한데 새벽이 지나 아침이 밝아 온 이후까지도 흑검은 나타나지 않았다.

드네르프의 활약 덕분이었다.

러시아의 드네르프는 지난 밤 아미산으로 향하는 모든 길목을 장악한 다음, 속속 모여드는 흑검들을 모조리 저격했다. 드네르프의 스나이퍼들은 어두운 밤중에 더 무서운 실력을 선보였다. 무려 2킬로미터 밖에서 저격을 하니 제아무리 강한 훈련을 한 흑검들이라고 해도 버틸 수가 없었다.

백화문의 내분은 4월 2일 오전 7시에 절정을 맞았다.

사천성 상공에 유럽에서 출발한 수송기 한 대가 부우웅 지나갔다. 그 수송기 밑창 뚜껑이 열리며 그 안에서 보어 경과 짐 버플리, 크리스토프 바이어가 낙하산도 없이 하강했다. 이어서 뉴욕의 반 데어 뤄슨과 텍사스의 버플리, 독일의 바이어, 그리고 이탈리아의 리엔조 가문 정예병들이 줄줄이 전장에 투입되었다.

아미산에 내려선 3명의 가주는 곧장 백화문으로 쳐들어갔다. 템플 기사단의 신인류들이 가주의 뒤를 쫓아 백화문을 덮쳤다.

"아버님!"

미센이 백화문 담벼락에서 튀어나와 보어 경을 불렀다.

"요런 못된 것!"

보어 경이 호랑이 소리를 냈다.

미센은 냉큼 머리를 조아렸다.

"아버님, 죄송합니다. 상의도 드리지 못하고 이곳에 온 것은 모두 코라 경을 구출하기 위해서입니다."

"그 입 다물어라. 내가 너와 한스를 용서하지 않을 것이다. 이번 일이 마무리되면 둘 다 한 달 간 지옥훈련을 받을 줄 알아라. 그나저나 네 동생 한스는 어디 있느냐?"

보어 경이 주위를 둘러보았다.

나는 공간이동을 통해 백화문 지붕에 내려선 다음 보어 경 앞으로 뛰어내렸다.

"저 여기 있습니다."

"한스, 이놈! 이 못된 놈! 내가 얼마나 걱정을 했는지 아느냐?"

보어 경이 주먹을 불끈 쥐었다.

나는 냉큼 보어 경을 껴안았다.

“아버님, 죄송합니다. 벌은 나중에 달게 받을 테니 우선 이곳부터 정리하시지요.”

“이런 못된 놈! 이 못된 불효자 녀석!”

보어 경이 주먹으로 내 등을 퍽퍽 때리다가 나를 꽉 끌어안았다.

나도 보어 경을 꽉 안았다.

짐 버플리가 휘릭 날아왔다.

“자네 무사했구먼. 우리 알렉산드라는 어디 있는가?”

“저기 마사와 함께 있어요.”

미센이 담벼락 뒤쪽을 가리켰다.

알렉산드라와 마사가 짐 버플리를 향해 손을 흔들었다. 마사의 옆에는 핼쑥한 얼굴의 코라가 누워 있었다.

“코라!”

“이 친구! 살아 있었구먼!”

보어 경과 짐 버플리가 동시에 코라를 향해 날아갔다. 크리스토프 바이어도 코라에게 다가섰다.

그 와중에도 공격은 계속되었다. 반 데어 뤼슨과 버플리, 바이어, 리엔조 가문의 연합군은 백화문의 높은 담장을 메뚜기처럼 뛰어 넘었다.

“으아악! 적들이 또 쳐들어온다.”

"항복! 항복!"

마지막까지 저항을 하던 백화문의 호전파가 최후의 비명을 질렀다.

백화문 깊은 곳에선 유진이 발견되었다. 보어 경 앞으로 끌려나온 유진은 바닥에 엎드려 눈물을 뚝뚝 흘렸다.

"흐흐흑! 보어 백부님!"

유진의 얼굴은 엉망이었고 옷은 모두 찢긴 상태였다. 유진은 송 제에게 이용만 당하고 이곳에 포로로 붙잡혀 있었다. 그러다 백화문에 내분이 발생했고 템플 기사단이 쳐들어온 덕분에 풀려났다.

"못난 것!"

유진의 비참한 모습에 보어 경이 혀를 찼다.

미센이 내게 눈짓을 했다.

나는 싱긋 웃었다. 모든 일은 내 의도대로 이루어졌다.

몬순 황궁이 활활 타올랐다.

사방이 온통 시뻘건 불바다였다. 송아지만 한 헬 하운드들이 황궁을 헤집었다. 뿔이 3개나 달리고 황소보다 더 큰 헬 하운드도 간간히 보였다.

바닥에 누운 헬 하운드도 많았다. 죽거나 다친 헬 하운드의 수가 100마리가 넘었다.

그 사이사이에 태양교 사제들의 시체도 보였다.

태양교의 교황 라자로는 실로 무시무시한 천재였다. 교황이 보홀을 휘두를 때마다 눈을 뜰 수 없는 광채가 솟구쳐 궁전을 불태우고 연못 물을 모두 증발시켰다. 태양교의 대주교들이 교황을 보필했다.

헬 하운드의 수석장로도 과연 노괴물이라 불릴 만했다. 수석장로의 곁에 웅크린 거대한 헬 하운드는 그 크기가 궁전만 했다. 머리에 돋은 뿔은 모두 7개였는데, 그 뿔에서 우르릉우르릉 번개가 쳤다.

태양교와 헬 하운드의 싸움은 걷잡을 수 없는 참화를 불러왔다. 황좌에 앉기 위한 권력 투쟁이 몬순 황실을 잿더미로 만들었다.

태양교를 끌어들였던 황태자는 헬 하운드 이장로의 공격을 받아 죽었다. 이장로의 손짓 한 방에 황태자의 몸이 잿더미로 변했다. 황태자를 섬기던 할슈타트 백작은 삼장로의 헬 하운드에게 물려 온몸이 불덩이로 변했다.

황태자의 장인인 모런 공작이 재빨리 "항복!"을 외쳤다. 이장로는 모런마저 불로 태워 버렸다.

태양교도 삼황자 측에 보복의 손길을 뻗었다.

헬 하운드를 몬순 황궁에 끌어들인 사람이 바로 삼황자였다. 교황 라자로는 "어리석은 삼황자를 태양신의 이름으로 벌하라!"라는 명령을 내렸다.

대주교들이 보홀을 흔들자 삼황자의 몸에서 불길이 치솟

았다. 붉은 번개처럼 뻗어나간 불길은 삼황자의 몸을 스치고 지나가 웨일스 기사단 전체를 빠지직! 휘감았다. 기사단장인 무톰 백작도 단숨에 재로 변했다.

태양교와 헬 하운드 사이에 벌어진 엄청난 싸움에 사황자도 말려들었다. 사황자를 섬기는 퍼른 기사단이 불의 벽에 갇혀 몰살당했다. 기사단장 안텔롭도 500미터 높이로 치솟는 불길을 뛰어넘지는 못했다. 궁정마법사 뮤트도, 드래고니안의 마법사들도 모두 다 두 거대 세력의 희생양으로 전락했다.

혹시 황좌를 차지할 기회가 있을까 싶어 황실에 잠입한 팔황자도 헬 하운드에 물려 죽었다. 폭발 능력자인 팔황자는 헬 하운드를 무려 열다섯 마리나 해치웠지만, 거기까지가 그의 한계였다.

황태자와 삼황자에 이어 사황자와 팔황자마저 헬 하운드에 물려 죽자 몬순 황실은 대가 끊겼다.

황제의 혈통을 이은 사람은 이제 샤늘루루 공주와 에바 공주만 남았다.

샤피로는 그제야 행동에 나섰다.

화르륵! 화르르륵!

샤피로가 걸음을 내디딜 때마다 주변의 모든 불길들이 그의 몸속으로 빨려 들어왔다. 컹컹 짖던 헬 하운드도 쭈르륵 흡수되었다. 불의 마법사들이 모든 양의 기운을 빼앗기고 말라 죽었다. 헬 하운드의 마법사도, 그리고 태양교의 사제도 예외가 될 수 없었다.

샤피로는 넓은 황궁을 한 바퀴 돌았다.

황궁 전체를 휘감던 불이 거짓말처럼 사그라졌다.

"앗! 너는!"

태양교의 대주교들이 샤피로의 정체를 알아보았다. 교황 라자로의 눈이 폭풍을 만난 듯 뒤흔들렸다.

헬 하운드 장로들도 휘둥그레진 눈으로 샤피로를 바라보았다. 수석장로가 짓무른 눈으로 샤피로를 더듬었다.

샤피로가 부드럽게 두 손을 들었다.

그의 마음속 깊은 곳, 너무나 깊은 그 심연 속의 문이 삐이꺽 열렸다.

그 문 안에 우주가 담겨 있고, 그 우주에 2개의 태양이 떠 있었다. 빠르게 회전하는 태양과 어둡게 불타오르는 태양!

샤피로의 오른손이 하늘로 들린 순간, 태양교 대주교들의 기운이 모조리 빨려나가 샤피로의 심연 속 태양으로 흡수되었다.

샤피로의 왼손이 하늘로 향한 순간, 헬 하운드 장로들의 기운이 모조리 흡착당해 샤피로의 심연 속 검은 태양으로 유입되었다.

"안 돼!"

교황 라자로가 비명을 질렀다.

"어떻게 이런 일이!"

헬 하운드 수석장로가 입을 쩍 벌렸다.

그 둘도 끝내 샤피로의 흡입력을 버티지 못했다.

멈칫멈칫 하다가 단숨에 쭈우욱—!

샤피로는 숨을 크게 들이쉬었다가 내쉬었다.

불의 지배자 샤피로 완성!

불에 대한 샤피로의 탐욕이 드디어 결실을 맺었다.

땡그랑!

헬 하운드의 수석장로가 푸스스 흩어진 자리, 뼈로 만든 단검 하나가 요란한 소리를 내면서 바닥에 떨어졌다.

샤피로는 운명에 이끌린 듯이 다가가 단검을 주워들었다.

목에 새겨진 해골들이 딱딱딱 이빨을 맞부딪쳤다. 손가락에 낀 반지 리암이 웅웅웅 삼색 빛을 토했다. 악마의 종 키키로가 뎅뎅 울어 댔다.

"어멘스! 이건 어멘스구나!"

탈라히의 정강이뼈로 만들었다는 어멘스가 운명처럼 샤피로의 손에 들어왔다.

"탈라히 세트가 드디어 내 손에 모두 모였구나!"

그 순간 샤피로는 새로운 운명이 시작되고 있음을 느꼈다.

"불의 지배자에 이어 어둠의 지배자까지 되어야겠다. 그 다음엔 또 다른 것을 노려야겠지? 내 탐욕은 끝이 없으니까.”

불타 버린 제국의 황궁 안에서 샤피로는 이렇게 중얼거렸다.

이것은 오랜 옛날, 샤피로가 막 불의 지배자가 되었을 무렵의 일이었다.

번쩍!

현재의 샤피로가 눈을 떴다.

땅속에서 가만히 몸을 웅크리고 과거의 기억들을 반추하는 재미도 쏠쏠했다. 하지만 샤피로는 과거에 얽매이는 성격이 아니었다.

“과거에 나는 그렇게 불의 지배자가 되었고, 이어서 어둠에 손을 대게 되었지. 그리고 생명의 나무까지 얻은 지금 나는 매의 샤피로가 되었다.”

샤피로의 등에서 뻗은 날개가 눈에 보이는 창공 전체를 뒤덮었다.

“그렇다면 지금의 나는 여기서 정체될 것인가?”

그럴 리 없었다.

샤피로는 탐욕의 화신!

세상 모든 것을 다 가져야 직성이 풀리는 존재!

매로 탈바꿈한 샤피로는 이제 새로운 먹이를 노렸다.

“멀지 않은 미래, 세계와 세계, 차원과 차원을 연결하는 문이 활짝 열려 네 마리 신수가 한자리에 맞부딪치는 날, 나는 비로소 내 진정한 존재의 의미를 깨닫게 될 것이다. 그리고 나머지 세 마리 환수의 머리를 짓밟고 우뚝 선 내 모습을 발견하게 될 것이다. 그 영광의 날을 위해 지금 이 순간에도 나는 끝없이 강해져야만 한다."

『샤피로』 완결

작가 팬 카페
http://cafe.daum.net/PoisonNecromancer

독공의 대가

권이백 신무협 장편소설

ORIENTAL FANTASY STORY & ADVENTURE

짜임새 있는 전개,
유쾌한 이야기로 독자들을 사로잡다!

사냥꾼이자 독인, 두 가지 정체성을 지닌 소년 왕정.
전대미문인 그의 독공지로(毒功之路)에 주목하라!

dream books
드림북스

DREAMBOOKS★

DREAMBOOKS★